Claude Roy

L'art à la source

II

Arts baroques, arts classiques, arts fantastiques

Gallimard

Claude Roy est né en 1915 à Paris, d'une famille de Charente. Il a raconté sa vie, sa formation, ses idées, dans les trois brillants volumes de son autobiographie : *Moi je, Nous, Somme toute.* Poète, essayiste, romancier, il est aussi un grand voyageur qui a toujours été attentif aux drames du monde et à ses espoirs. La guerre, la Résistance, les États-Unis, la Chine, le tiers monde, l'U.R.S.S. tiennent une place considérable dans son œuvre. Cette grande rumeur du monde est souvent présente dans ses romans : *La nuit est le manteau des pauvres, A tort ou à raison, Le malheur d'aimer, Léone et les siens, La dérobée, Le soleil sur la terre, La traversée du Pont des Arts.* Une grave maladie, en 1982, lui inspire les poèmes de *A la lisière du temps.* Les Goncourt lui décernent à l'unanimité en 1985 le premier Goncourt/Poésie.

Claude Roy est né en 1915 à Paris [illegible]. Il [illegible] dans ses trois ouvrages [illegible] de son autobiographie [illegible] [illegible] [illegible] [illegible] dans son œuvre [illegible] [illegible] [illegible] [illegible] [illegible].

I

Arts baroques

Philosophie de l'histoire de l'architecture selon moi : analogies avec les coraux, les madrépores, la formation des continents, et finalement avec la vie universelle. État permanent de transition, dernière floraison du Gothique.

Baudelaire

1

Les styles, comme les sentiments, existent avant d'être nommés : on les découvre plus qu'on ne les invente. Le vocabulaire les éclaire plus qu'il ne les crée.

Les œuvres occidentales qu'on est accoutumé de classer aujourd'hui dans la catégorie du baroque ont été réalisées par des artistes qui étaient baroques sans le savoir — très approximativement entre la fin du XVIe siècle et le milieu du XVIIIe. Ce n'est cependant qu'en 1860 que le grand historien suisse allemand Jacob Burckhardt, dans le *Cicerone*, parle du style baroque.

Avant de désigner un mode de la création plastique, le mot *baroque* n'est qu'un adjectif légèrement dédaigneux. Le grand lexicographe de la fin du classicisme, Furetière, souligne à juste titre l'étymologie du terme, emprunté au portugais *barroco* et au castillan *berrueco*, qui désigne les « *perles qui ne sont pas parfaitement rondes* ». Est baroque ce qui ne tourne pas rond, ce qui est irrégulier (c'est-à-dire n'obéit pas aux règles). Pendant deux siècles environ, de 1690 à 1880, l'unanimité se fera sur le sens du mot. Il désigne tout ce qui échappe aux principes reconnus, tout ce qui implique une nuance de bizarrerie, d'originalité inquiétante. Qu'on résolve contrairement aux règles de l'étiquette une question de hiérarchie ecclésiastique apparaît « *bien baroque* » à Saint-Simon. Pour Jean-Jacques, dans l'*Encyclopédie*, « *la musique baroque est celle dont l'harmonie est confuse, chargée de modulations et de dissonances* ». En 1788, Quatremère de Quincy écrit que « *le baroque en architecture est une nuance du bizarre* ». Même son de cloche chez Eleutherophile Millin : « *Le baroque est le raffinement et l'abus du bizarre.* »

Des palais, des églises, des villes entières ont été déjà construits dans le style que nous nommons baroque, Bernin et Feuchtmayer ont accompli leurs chefs-d'œuvre, le style baroque a marqué à jamais Rome, Prague et Vienne, le Portugal et la Bavière, l'Amérique des conquistadores et la France elle-même, mais le mot baroque est encore une sorte d'injure courtoise, marque une nuance de dépréciation, d'inquiétude et de dédain. C'est seulement en 1887 que paraît en Allemagne l'*Histoire du style baroque, du rococo et du classicisme* de Cornelius Gorlitt. C'est l'année suivante que l'art baroque aura son « philosophe », Henri Wölfflin, qui publie son grand ouvrage *Renaissance et Baroque*. Dès lors, les études historiques, les essais de philosophie des arts vont se multiplier autour des œuvres et de la notion de baroque. Ce seront en 1912 les travaux de Marcel Reymond en France, en 1915 ceux d'Arne Novak à Prague, en Allemagne le livre de Werner Weisbach en 1921, en Italie la *Roma barocca* d'Antonio Munoz en 1928 et les ouvrages de Benedetto Croce, en Espagne enfin l'essai retentissant d'Eugenio d'Ors, *Du Baroque*. En 1860, le baroque existait sans savoir qu'il était le baroque. A l'heure actuelle les historiens du baroque ne savent plus très bien ce qui est baroque. Eugenio d'Ors avait trouvé des œuvres baroques de la préhistoire au modern style et au style moderne. Jean Rousset, Marcel Reymond, Odette de Mourgues, Antoine Adam et des dizaines de critiques ont étendu le baroquisme à des domaines que n'avait pas songé à explorer Wölfflin : la poésie, la musique, les mathématiques, la physique, les boîtes à musique, le théâtre, la décoration, la théologie. Un érudit, par exemple, discute gravement pour savoir si la fondation de la Société de Jésus par Ignace de Loyola est une entreprise de style « *maniériste* » ou de « *style baroque* ».

Ce débordement d'une notion déjà délicate à définir, cette extension si généreuse qu'elle noie les frontières et les critères qu'avaient cherché à établir les premiers analystes du baroquisme ne laisse pas d'inquiéter les spécialistes ; ils ont sans doute raison, mais en vain. Si les notions de style correspondent à quelque chose de plus profond que des tiroirs destinés à garder un peu d'ordre dans les fiches et de méthode dans les recherches, si l'archaïsme, le classicisme, le baroque, le romantisme ne sont pas seulement des casiers commodes où répartir les œuvres conçues pendant certaines périodes de la civilisation, si ces termes ont une autre signification et une autre utilité que celle des accolades et des tableaux synoptiques, des itinéraires et des cartes routières de la culture, si nous pouvons être légitimement persuadés qu'un créateur classique ce n'est pas forcément (et pas uniquement) un contemporain de Boileau et de Le Nôtre, s'il y a un romantisme qui ne se définit pas seulement par la date de 1830, mais qui est « éternel » — alors rien ne peut, grâce précisément à des travaux comme ceux de Victor L. Tapié, nous empêcher désormais d'apercevoir, avec une évidence saisissante, le baroque là même où les spécialistes ne l'attendaient point, de désigner un baroque indien et un baroque cambodgien, de nous apercevoir avec l'aveuglement de l'éblouissant que certains artistes chinois de la dynastie Weï et l'architecte catalan moderne Gaudi sont des artistes baroques. P. Kohler parle « *d'un baroque permanent, hors duquel le classicisme a surgi pour un temps* ». L'Américain Imbrie Buffum, reprenant le point de vue d'Eugenio d'Ors, parle à son tour, dans ses *Studies in the baroque from Montaigne to Rotrou,* du baroque comme « un phénomène universel qui reparaît à diverses périodes de l'histoire ».

Il est évident que cette reconnaissance d'un baroque universel ne peut se faire que par référence à ce qui est proprement le domaine du baroque occidental, de 1580 à 1780 environ, dans une aire géographique définie par les grands pays catholiques de l'Europe méditerranéenne et danubienne : Italie, Espagne, Portugal, France, Autriche, Bavière, Bohême, avec des pointes avancées en Russie, et dans les colonies espagnoles d'Amérique. Nous sommes capables de définir le surréalisme d'Apulée ou du folklore indien d'Amérique en fonction d'un certain corps de doctrine et d'œuvres, établi par André Breton et ses amis. Nous savons très bien que c'est en comparant aux romantismes allemand et français certaines grandes œuvres du passé que nous pouvons parler du romantisme de saint Augustin ou de Dürer. De même, c'est l'existence d'un ensemble de monuments, de statues, de peintures et de décorations, l'art baroque proprement dit, c'est l'analyse de leurs dénominateurs communs par trois générations d'historiens et de penseurs, de Wölfflin à Eugenio d'Ors, de Munoz à Tapié, qui nous autorisent à nommer baroques, autrement que par licence analogique ou comparaison vague, des œuvres appartenant à des époques, des cultures et des continents qui se sont pourtant développés sans aucun rapport avec le mouvement esthétique (et moral) de l'Europe baroque.

Si l'on abuse du terme baroque, c'est qu'on peut d'abord en user utilement, c'est qu'il constitue une clef assez générale, qui permet d'apercevoir et de comparer des phénomènes réels, et non des fantasmes. Les vrais styles, les grandes catégories esthétiques qui se révèlent féconds à l'usage ne sont pas le fruit inutile d'une manie catalogueuse, ou de simples commodités de la conversation historique. Il en est des sciences humaines, avec bien entendu toute la marge d'incertitude qui les sépare des phénomènes immédiatement mesurables, comme des sciences de la nature : les classifications justes sont les classifications qui *marchent*, dont la mise en application, fondée sur des rapports réels, révèle d'autres rapports inaperçus. Une classification vraie permet de poser sur les choses de la nature ou la nature des choses une grille qui rend lisible ce qui ne l'était pas. De même dans l'histoire des arts : discerner un certain nombre de structures qui se retrouvent dans des œuvres, des genres, des époques en apparence éloignés, c'est retrouver un certain nombre d'attitudes fondamentales de l'esprit humain, ce que Jung nommerait des archétypes, et qu'il est peut-être préférable de nommer des constantes, ou des invariants. Les traits communs qui permettent de nommer un style primitif, archaïque, classique, baroque ou romantique ne définissent pas seulement une certaine manière de faire, une façon particulière de soumettre à la volonté humaine le bois ou la pierre, les couleurs et les volumes, mais rendent compte aussi, et avant tout, d'une certaine manière d'être.

2

On a prétendu retrouver dans le développement de l'activité humaine cette nécessité organique qui gouverne chez l'animal le passage de la toison d'hiver au pelage d'été, des parades nuptiales à la nidification, de l'hivernage à la pariade. De Vico au Père Teilhard de Chardin, un grand courant de la pensée occidentale demande à l'évolution historique de se dérouler selon un sens progressif et progressiste, et à l'humanité d'inscrire sur la terre une histoire cohérente, avec un commencement, un milieu, des péripéties et un dénouement. Toute la philosophie allemande du XIXe siècle culmine dans l'édifice hégélien, à partir d'une intuition analogique, qui prétend retrouver dans le grand corps de l'humanité les mouvements qui régissent les corps vivants, de l'embryon au cadavre, à travers l'enfance, l'adolescence, la maturité et la sénescence. L'exemple le plus intéressant de cette application d'une humanité-être-vivant à l'histoire de l'art nous est donné dans la première moitié de ce siècle par Henri Focillon. Le grand historien des arts est trop sensible et averti pour réduire jamais le sens des œuvres, et leur plénitude, à un problème de chronologie. « *L'œuvre d'art,* écrit-il dans *La Vie des Formes, est actuelle et elle est inactuelle... Le temps qui porte l'œuvre d'art ne la définit pas dans son principe ni dans la particularité de sa forme.* » On ne saurait déduire de l'œuvre de Focillon une doctrine du progrès continu des arts, ni rien qui contredise cette évidence fondamentale : un taureau de Pisanello ou de Picasso n'est pas *meilleur* qu'un taureau de Lascaux ou de Cnossos. Mais le besoin passionné de décrypter ce chaos chronologique que nous présente la durée historique a incliné Focillon vers une hypothèse dont l'examen nous fait rejoindre le problème d'où nous sommes partis, celui du baroque. Pour Henri Focillon, dans une civilisation donnée, les styles de l'art traverseront toujours, comme l'être vivant traverse l'enfance, la jeunesse, l'âge mûr et la vieillesse, quatre états successifs. Le baroque serait ainsi une sorte de magnifique maladie de vieillesse, l'apogée d'une décomposition. L'histoire de l'art serait celle d'un jeune homme malhabile et gauche, le bon sauvage archaïque, le gentil primitif balbutiant. Il devient un homme, et le voilà à l'apogée de la maîtrise de soi et des formes, équilibré, adroit, dépouillé, savant — en un mot : classique. Mais cette maîtrise même l'enivre : de plus en plus fort, de mieux en mieux — il succombe à la tentation du raffinement. C'est un vieux singe, qui sait faire désormais trop de grimaces. On va bien le voir à son déclin, dans la prolifération et l'exubérance de son acquis, engorgé de richesses accumulées et de techniques dominées, quand il cède à l'ivresse baroque.

Certes, ce schéma temporel rend compte d'un très grand nombre de données de l'histoire des civilisations, et il est vrai que le flamboyant en France a succédé au gothique, comme souvent ailleurs le baroque au classique ; il est vrai que les catégories de l'archaïsme, du classicisme, des diverses formes de ce que Focillon nomme le raffinement (maniérisme, préciosité, euphuisme, etc.), et le baroque enfin, ouvrent partout des perspectives exactes.

Ne craignons pas (au contraire) de comparer ce qui est en effet comparable, de mettre en parallèle l'architecture et les décorations d'angle de la tour cruciale de Prah Thkol (Kompong Thom) et la fenêtre de la salle capitulaire du couvent du Christ à Tomar (Portugal). Ne renonçons pas à juxtaposer dans notre examen critique le temple de Kanarak, aux Indes, et l'église du couvent de Saint Martin de Tepotzoltan, au Mexique, ou les autels délirants des 33 333 statues de Kwannon au temple San Jusan Gendo, au Japon, avec le palais édifié par le facteur Cheval.

Mais craignons en revanche les tentations de l'analogie entre la destinée de l'être vivant et celle des cultures et des arts. L'adolescence n'est pas toujours archaïque, ni l'âge mûr classique, ni le vieillard baroque. Il arrive bien souvent que le tumulte et la profusion baroque, sa théâtralité, cette explosion du mouvement et ce beau désordre opulent soient l'apanage de l'extrême jeunesse, et que (au contraire) le dépouillement, l'équilibre, l'harmonie, l'économie des moyens et la maîtrise de la main soient le privilège du grand âge. Il arrive que les jeunes gens soient très vieux, et les vieux hommes très jeunes. Si nous consentons d'admettre que l'archaïsme, le classicisme, le raffinement et le baroque sont des moments de la sensibilité créatrice, qu'on les retrouve dans toutes les destinées d'artistes, et dans ces destinées collectives, les cultures, les cités, les écoles — nous consentirons moins aisément à accepter une loi discutable qui les inscrirait, au long du temps, selon un ordre quasi fatal, qui ferait défiler, comme dans les beffrois mécaniques de la Renaissance, l'immuable cortège des Âges de la Vie et des Âges de l'Art, l'Enfant Préhistoire, le Jeune Homme Archaïque, l'Homme Mûr Classique, le Quadragénaire Raffinement et le Beau Vieillard Baroque.

Pour que nous puissions légitimement passer de l'hypothèse d'une analogie à la certitude d'une identité de structure et de développement entre l'être vivant et le Grand Être unanime des sociétés et de leurs cultures, il faudrait d'ailleurs être assuré que notre position d'observateur est *terminale*, que nous embrassons la perspective des âges par la fin. Un observateur situé à trente mille ans en avant de nous pourrait évidemment procéder à un découpage chronologique tout à fait différent, considérer comme l'adolescence ce qui nous est apparu comme une enfance, discerner les signes de la maturité là où nous avons cru lire ceux de la décrépitude, nommer classique ce que nous croyions archaïque, et baroque ce que nous avions désigné comme classique. Un imaginaire archéologue martien ne disposerait que de peu de repères pour situer dans une chronologie historique une œuvre de Poliakoff et une fresque d'Altamira.

Il apparaît de surcroît que l'apogée d'une pensée historiciste coïncide curieusement avec la réduction de certains facteurs déterminants de l'histoire. On a souvent parlé de l'accélération de celle-ci. Ne faudrait-il pas aussi parler d'une sorte d'écrasement, d'annihilement de l'histoire, au moins sur le plan de l'histoire des cultures ? « *Le temps du monde fini commence* », ainsi Paul Valéry constatait-il la naissance, au début de ce siècle, du grand espace commun de la planète Terre, où les frontières, les océans et les chaînes de montagnes ne constituent plus des murailles absolues et infranchissables. Mais ce monde fini signifie aussi, au niveau de la vie de l'esprit, une sorte « d'histoire finie ». Il existe, par exemple, une sorte de marché commun (et unique) de la création picturale, qui fait que Paris et Moscou, New York et Tokyo, Montréal et Pékin exposent, non pas la même peinture, mais les mêmes styles de peinture. Car un style n'est plus désormais cet ensemble de caractéristiques morphologiques qui succèdent à d'autres caractéristiques morphologiques. Le phénomène primordial de l'art contemporain, c'est la coexistence des esthétiques et des écoles. Les grandes civilisations du passé ont toutes donné naissance à des cultures monodiques. La culture actuelle est une culture polyphonique, ou plus exactement il n'y a plus une culture mais la coexistence, au sein d'une civilisation en voie d'uniformisation planétaire, de cultures très différentes. Même si l'abstraction est presque universellement pratiquée dans la seconde moitié du XXe siècle, le style abstrait en peinture semble loin de détenir un monopole comparable à celui dont ont pu bénéficier les grands styles plastiques du passé. A la même heure et au même lieu, nous apercevons aujourd'hui au travail l'artiste baroque, l'artiste archaïque, l'artiste classique, etc. Un homme comme Picasso est tour à tour, et presque simultanément archaïque, classique, raffiné, baroque. Les styles ne constituent plus un cortège, ils forment une ronde.

Cet entêtement du baroque à ne pas se laisser bien sagement enfermer et compartimenter dans l'étau des dates amène André Chastel à constater que les concepts de Wölfflin sont ébranlés, et que la notion de baroque désigne maintenant « *une vision animée, chaleureuse et colorée du monde plutôt qu'une certaine organisation des effets* ».

Le baroque ne peut être considéré d'abord comme un phénomène de décadence ou de vieillissement, d'altération ou de déclin. Avant d'être un moment de la durée historique, le baroque est un état d'esprit qui s'exprime à travers des formes.

3

C'est par opposition à l'art classique que Wölfflin, dans ses *Kunstgeschichtliche Grundbegriffe*, publiés en 1915 (et traduits en France en 1953 sous le titre *Principes fondamentaux de l'histoire de l'art*) a essayé de définir les éléments essentiels de l'art baroque. Il a ainsi souligné la coexistence de cinq couples d'antithèses, plus ou moins marquées selon les cas, qui lui permettent d'analyser les constantes d'une œuvre baroque. La méthode de Wölfflin fait penser au célèbre parallèle « *Racine peint les hommes comme ils sont, Corneille comme ils devraient être* ». Pour l'historien allemand, le classique est linéaire, le baroque pictural. L'un s'organise sur un plan, l'autre en profondeur. Le premier est statique, l'autre est avant tout mouvement, expansion. Le classique cherche à obtenir l'unité par l'harmonisation et la hiérarchisation des parties, le baroque par la convergence. Le premier vise un idéal de clarté, pour le second « *la clarté du motif cesse d'être un but* ».

Il est curieux de constater que les critères énumérés par Wölfflin à partir d'une étude des œuvres plastiques semblent pourtant beaucoup plus évidents et irréfutables quand on les applique aux œuvres littéraires. Si le classique se caractérise d'abord par la prédominance délibérée de la ligne, du dessin, du contour des formes, et le baroque par la prédominance d'une vision dans sa totalité, sans limites précises, avec l'aide du clair-obscur, l'opposition ainsi analysée rend compte davantage de ce qui sépare Racine de Claudel que de ce qui oppose Poussin à Tintoret. La distinction des plans qui caractériserait l'art classique, par contraste avec le refus baroque d'étager trop précisément les plans, la vision plane opposée à la vision en profondeur s'appliquent davantage à l'écart qui existe entre la construction régulière de la tragédie classique et la construction en journées du théâtre espagnol, de la *Dorotea* de Lope de Vega, ou du *Soulier de satin,* qu'à la différence de structure entre un portrait de Philippe de Champaigne et un portrait de Rembrandt. La « forme fermée » classique que Wölfflin oppose à la « forme ouverte » baroque, l'unité classique antithétique du pluralisme baroque, la prédominance des valeurs de clarté dans l'œuvre classique et des valeurs de complexité dans l'œuvre baroque, tous ces traits *collent* mieux à la comparaison des genres classiques (tragédie, formes poétiques fixes) et des genres baroques (tragi-comédie, opéra) qu'à celle des peintures, des sculptures ou de l'architecture.

Il apparaît que le refus des approximations, et de ce transfert des valeurs d'une discipline dans une autre, une des manies de notre temps, qui conduit à parler de poésie en termes de musique, de peinture en termes de littérature, et de sculpture avec le vocabulaire des mathématiques, ont retenu Wölfflin d'avoir recours à une notion cependant primordiale, et que Jacob Burckhardt, lui, avait mise au premier plan. « *Émotion et mouvement à tout prix* », écrivait-il du baroque dans le *Cicerone*. « *Non plus ce qui est arrêté, mais ce qui est métamorphose* », ajoutait-il. Le scrupule de Wölfflin l'honore, mais nous semble excessif : un tableau est une image immobile qui peut souvent suggérer le sentiment d'un *mouvement*. Un autel, une fontaine, une façade peuvent exprimer l'immobilité ou l'élan, la sérénité du recueillement ou l'exaltation d'un essor. L'œuvre baroque est évidemment une œuvre qui bouge, palpite, s'envole, ou s'élance. La chaire de la Klosterkirche de Weingarten, par Fidel Sporer, la grande Kermesse de Rubens au Louvre, la façade qu'Ignace Vergara a conçue pour le palais Dos Aguas à Valence, autant d'œuvres qui ne s'opposent pas seulement à la retenue, au suspens des œuvres classiques, mais aussi à l'immobilité volontairement hiératique des peintres de Byzance ou de Fra Angelico. Il est vrai que le baroque préfère l'organisation de l'espace au tracé rigoureux de la ligne, l'indéfini au dessiné, l'indéterminé aux limites, l'un-peu-trop au trop-juste-assez, l'illusion lyrique au constat objectif, le trompe-l'œil au trompe-l'esprit, la mise en scène à la suggestion discrète, le théâtral à l'intime, la surprise à l'effleurement, le choc à la litote, le cri au murmure. « *Le classicisme,* dit Gide, cet aspirant-classique, *c'est l'art d'exprimer le plus en disant le moins.* » Mais Claudel, ce baroque enivré de saisir à bras le corps le tout de la création : « *Croirez-vous que je sois puissant à fouler ma grande vendange de paroles — Sans que les fumées m'en montent au cerveau !* » Le baroque se laisse monter au cerveau la fumée et le feu — ou cherche à les faire monter au cerveau de son spectateur. Il pense qu'il n'y a pas de feu sans fumée, d'abondance sans trop-plein, de vie sans excès, de sagesse sans un peu de délire, de feu aux poudres sans poudre aux yeux. Le baroque ne hait pas le mouvement qui déplace les lignes, parce qu'il aime les lignes qui s'envolent, se courbent, se nouent, se dénouent, se lovent, se déploient, s'exaltent en soleil de gloire. Être baroque, c'est préférer mal étreindre plutôt que de ne pas assez embrasser, l'embrassement total à la perfection du choix, l'épanouissement au renoncement, la spirale à la ligne droite, l'hétéroclite au parcimonieux. L'artiste T'ang, le peintre Song, le sculpteur archaïque grec ou roman, l'auteur classique sont évidemment des intravertis : l'œuvre est ce qu'ils laissent affleurer à la surface, qui monte comme malgré eux des grandes profondeurs taciturnes du moi. Les artistes baroques ou romantiques sont évidemment des extravertis. Il n'est pas nécessaire avec eux de demander à l'intérieur ce qu'on ne voit pas en devanture : tout est à l'extérieur, tout est sur la table, les tripes, le cœur et l'humeur (pour le baroque en général une *belle humeur*). Si l'on cherche à définir d'un mot ce qu'il y a de commun entre les fontaines du Bernin Piazza Navona, la coupole de la

Klosterkirche de Weingarten, les décorations de Tintoret à la Scuola San Rocco, le plafond de l'église du Gesù à Rome, et le pont Charles à Prague, c'est le mot *théâtral* qui vient irrésistiblement à l'esprit. Le paysagiste Song veut suggérer une émotion, le sculpteur de Bodhisattva veut communiquer une paix ineffable, Racine et Poussin veulent transmuer en musique sereine le tumulte du sang et des nerfs, le tailleur de pierre roman veut faire descendre sur le fidèle la grande paix de Dieu. Ils tendent tous à l'homme un miroir sans buée, l'eau nativement paisible ou savamment apaisée où pourra se refléter notre plus calme visage. Mais l'artiste baroque, ce qu'il nous propose d'abord, c'est le plus théâtral des théâtres, une mise en scène lyrique de l'espace, un spectacle enfin.

4

Le théâtre n'est pas obligatoirement théâtral : les « deux tréteaux et une passion » n'impliquent pas essentiellement ces traits que définit le Littré : « *Théâtral — Qui vise à l'effet sur le spectateur... Empreint d'une grandeur apparente et affectée plutôt que réelle.* » *Bérénice* et *Les Trois Sœurs* offrent l'exemple admirable d'un théâtre sans rien de *théâtral.* Mais au cœur de l'art baroque il y a la volonté de donner un spectacle, un théâtre qui soit un peu plus que du théâtre. Les Anglo-Saxons emploient le mot *show,* et c'est signifier autre chose que le théâtre : un spectacle qui s'adresse d'abord aux yeux. Le style baroque a été profondément influencé par les spectacles, cérémonies, processions religieuses, mises en scène pieuses, fêtes et bals profanes, triomphes militaires, pompes funèbres dont l'Église, les princes et les mécènes italiens ont créé les formes surprenantes à la Renaissance. Le génie baroque est si profondément un art de la mise en scène que même l'analyse du baroque littéraire ramène à ce caractère théâtral. Pour les écrivains baroques, constate Alan

Boase, « *le rôle de la parole est de rendre visible l'idée, de la rendre dramatique et de l'offrir en spectacle... Pour eux, l'objet de toute œuvre d'art est d'émerveiller... Marino recherche la* bizarria della novità ».

Le Moyen Âge n'a pas ignoré les ressources que les spectacles peuvent apporter au pouvoir spirituel ou au pouvoir temporel. L'Église a su donner à voir aux fidèles pour leur donner à croire. Le mystère, représentation sacrée des épisodes de l'histoire sainte, ou la procession, cortège solennel où les croyants sont à la fois acteurs et spectateurs, ont été un instrument d'éducation, de suggestion et d'impression. Les rois et les grands féodaux ont eu recours à l'apparat des cortèges, au faste des joutes et des tournois, à l'éclat du sacre, à la majesté des entrées solennelles. Mais la Renaissance italienne a porté à un degré de complexité et d'ambition jamais égalé l'art des fêtes, laïques ou religieuses. La prédominance du metteur en scène qui nous frappe dans le théâtre contemporain a un précédent dans l'Italie renaissante. C'est un métier alors que d'organiser des fêtes, et les *festaiuli* florentins parcourent l'Italie. Léonard de Vinci met en scène les fêtes du duc de Milan, dessinant pour elles des arcs et des chars, des machineries somptueuses et des automates ingénieux. Mystères religieux, montés par les confréries, prédications de carême s'achevant par une représentation de la passion ou pantomimes profanes, ces spectacles tendent vers le spectacle total. Les fêtes de cour mobilisent les services d'un poète qui tresse autour de l'allégorie choisie des couplets et des vers, ceux d'un musicien, de peintres, de costumiers, d'artificiers, de chorégraphes, d'ingénieurs, de machinistes. Les triomphes s'inspirent des triomphes de l'antiquité romaine. Dante a décrit le « trionfo » de Béatrice, et le cortège conduit par elle, où défilent les vingt-quatre vieillards de l'Apocalypse, les trois vertus chrétiennes et les quatre vertus cardinales, etc. La décoration des chars, des baldaquins, des cortèges, la mise en scène des pantomimes et des allégories, où des anges descendant du ciel le long de câbles invisibles chantent des couplets précieux en brandissant des palmes, où d'autres anges soutiennent au-dessus du saint ou du prince des baldaquins à volutes, la magnificence des matériaux et l'exatravagance des trouvailles, tout est conçu pour frapper violemment l'imagination. Si les peintres, les sculpteurs et les architectes ont beaucoup apporté à l'invention de ces spectacles qui constituent des œuvres baroques avant la lettre, les fêtes ont bien rendu à la peinture, à la sculpture et à l'architecture ce que celles-ci leur avaient prêté. Avant d'être des tableaux tout courts, les œuvres baroques ont été des tableaux vivants.

Les préhistoriens cherchent, entre le pithécanthrope et l'*homo sapiens* l'élément intermédiaire, le célèbre « chaînon manquant ». Nous possédons en Italie le « chaînon » entre le spectacle baroque et son *immobilisation* dans le tableau, la sculpture ou l'ensemble architectural peint et sculpté. C'est à la fin de la seconde moitié du XVe siècle qu'un Franciscain milanais, Bernardino Caimi, eut l'idée de construire sur des collines soigneusement choisies des chapelles s'élevant de place en place, du pied de la montagne au sommet, et où des ensembles de personnages de bois sculptés polychromes, grandeur nature, figuraient les épisodes du Chemin de Croix et les Mystères du Rosaire. Le Sacro Monte de Varallo, ceux de Varèse et d'Orta, constituent une succession de scènes théâtrales, les tableaux figés et violents d'un « mystère », un grand théâtre immobilisé et rendu durable. Nous avons nous-même assisté à Varèse à la montée des pèlerins de chapelle en chapelle, aux étapes de prières devant ces dioramas géants, ces Musée Grévin de la foi, dans une atmosphère d'exaltation qui permet de comprendre ce que l'Église catholique de la Contre-Réforme attendait des beaux-arts. Dans les gigantesques « crèches » conçues par le frère Bernardino Caimi et ses collaborateurs on découvre un réalisme baroque d'une efficacité indéniable. Les cheveux et les barbes sont de vrai crin, les cordes qui ligotent Jésus, les clous qui le transpercent, l'éponge que lui tend le centurion, le sable et la terre sur lesquels il marche sont de véritables cordes, des clous réels, une vraie éponge, du vrai sable, de la vraie terre. Les décors sont peints en trompe-l'œil. Et en même temps que le réalisme est poussé à l'extrême, la vigueur dramatique de l'expression, le mouvement théâtral des personnages, le mauvais goût délibéré des détails, l'éclat violent des ors, le bariolage des couleurs, tout ici est baroque.

Que la théâtralité de l'art baroque ait sa source dans les spectacles, les fêtes, les pantomimes, les *shows* de la fin de la Renaissance et du début du XVIe siècle, la chronologie le confirme. En Italie, la grande pantomime *Méléagre,* en l'honneur de Léonore et Béatrice d'Este est de 1491. Les grandes fêtes de Vinci et de Brunellesco, les fêtes que donne Roderigo Borgia, et dont Burckhardt note le caractère baroque (gigantesques figures d'animaux d'où surgissent les légions de masques, louve en or d'où sortent douze danseurs, etc.), l'hommage de Reggio au duc Borso, avec ses baldaquins, ses archanges, ses scènes tournantes, ses chars fabuleux en forme de vaisseau, de licorne ou de carrosse volant sont du dernier quart du XVe siècle. Le baldaquin du Bernin à Saint-Pierre de Rome est édifié entre 1623 et 1634, Borromini accomplira l'essentiel de son œuvre entre 1638 et 1667, le P. Guarini la sienne aux alentours de 1660. A Ferrare, à Venise comme à Florence les pastorales en musique qui vont donner naissance vers 1600 à l'opéra (l'*Orfeo* de Monteverdi est de 1607, six ans après l'*Euridice* de Peri), font florès depuis près d'un siècle. Ce spectacle total, l'opéra, synthèse de la danse, du théâtre, de la peinture, suscite des équipes de costumiers, de décorateurs, d'ingénieurs-machinistes. L'opéra, forme baroque par excellence, crée un univers dont vont s'inspirer les architectes, les statuaires et les peintres. Ceux-ci vont exécuter pour ainsi dire *en dur* (et en durable) ce que les décorateurs de théâtre avaient conçu en matériaux périssables, pour l'éphémère éclat du plateau illuminé.

En France on constate le même décalage (de vingt à quarante ans) entre l'apparition du baroque théâtral et celle du baroque architectural ou plastique. Le ballet de cour français est en plein essor à la fin du XVIe siècle. Henri IV applaudit les ballets-mascarades des *Grimaceurs,* des *Filles Folles,* des *Barbiers.* Le Carême-Prenant de 1607 est marqué à la cour de France par le ballet des *Échecs,* celui des *Tirelaines,* les *Paysans et les Grenouilles,* et les *Bacchantes.* Marie de Médicis va demander à son Italie de donner un nouvel élan à la vogue des ballets de cour. Louis XIII dansera lui-même dans le ballet de la *Délivrance de Renaud,* en janvier 1607. Des bosquets, de chaque côté de la scène, dissimulent 74 choristes, 28 violons et 14 luths. Les décors des cinq tableaux sont d'une somptueuse et poétique extravagance. Dans ses *Mémoires,* adressés au Dauphin, Louis XIV attire l'attention de son fils sur « *l'usage légitime* » qu'on peut faire des divertissements, carrousels, ballets, « *courses de testes et de bagues* ». Il s'agit d'illustrer avant tout par de munificentes mises en scène la splendeur et la puissance de la majesté royale. « *Le Roi,* dit Saint-Simon, *aima en tout la splendeur, la magnificence, la profusion.* » Les arcs de triomphe pour l'entrée à Paris du roi et de la reine en août 1660, les décors et les costumes d'Henry Gissey pour le grand Carrousel de 1662, les décors de l'Italien Carlo Vigarini pour l'*Atys* de Lulli, un peu plus tard les dessins de costumes de Jean Berain père, voilà les premières œuvres baroques en France. Le divertissement de Molière, les *Amants Magnifiques,* qu'interprétera Louis XIV en personne (1670) est le modèle du spectacle baroque. Une succession de changements à vue fait apparaître des pêcheurs chargés de nacre et de branches de corail, puis le Roi, en Dieu Soleil, escorté de six dieux marins, surgissant dans une coquille portée par quatre chevaux marins, « *aux fanfares des trompettes et au son des violons* ». Quelques années avant, c'est au peintre Gissey et au poète Isaac de Benserade que Louis XIV avait demandé les décors, les costumes et les textes des écussons de la course de testes et de bagues de 1662. Le Roi y apparaît en empereur romain, revêtu d'une cuirasse vert pâle et or, le chef coiffé d'un cimier d'or au grand panache de plume pourpre, chevauchant une monture caparaçonnée d'or. Il porte une gorgerette composée de quarante-quatre roses de diamants. (La description de son costume court pendant deux pages entières, deux grandes pages, du manuscrit de la Bibliothèque de Versailles.) Autour du souverain, le prince de Condé en empereur des Turcs, Monsieur en Roi de Perse et le duc de Guise en roi « américain » (c'est-à-dire indien) sont environnés de seigneurs, d'estafiers, de pages, d'écuyers, de timbaliers déguisés en Turcs, en Persans et en « Américains ». La monarchie absolue, avec le concours d'un décorateur baroque et d'un poète précieux, s'offre une fête exotique, et ouvre à son bon peuple les enchantements d'un Orient de fantaisie. Nous retrouverons quelques années plus tard, dans les plafonds de Le Brun pour Versailles, dans son *Entrée d'Alexandre le Grand dans Babylone,* les casques empanachés, les costumes de guerriers et de princes de théâtre, les cuirasses d'opéra et les péplums de luxueuse mascarade des « mises en scène » d'Henry Gissey.

Ce n'est pas le baroque dans les beaux-arts qui donnera naissance au spectacle baroque, au baroque théâtral : c'est le baroque de la scène qui influencera la peinture, la sculpture, l'architecture. Car le siècle du baroque est d'abord le siècle d'or du théâtre. Les quatre grands auteurs de théâtre de ce temps sont aussi tous les quatre (et ce n'est pas un hasard) des poètes du théâtre-à-l'intérieur-du-théâtre : c'est, dans Shakespeare, la scène d'Hamblet avec les acteurs, le monologue de Jacques le Mélancolique dans *Comme il vous plaira :*

> *Le monde entier n'est qu'un théâtre*
> *Et tous les hommes et toutes les femmes*
> *ne sont que des acteurs.*

C'est dans Calderón, le *Grand Théâtre du Monde,* où l'on voit un Dieu-Metteur-en-scène distribuer leur rôle aux êtres, et la destinée humaine se dérouler comme un spectacle à demi improvisé. (Thème que reprend d'ailleurs Cervantès dans *Don Quichotte,* au chapitre XII du Livre second, lorsque le Chevalier à la triste figure explique à Sancho que la vie est un théâtre où, la représentation terminée, l'habilleuse Mort ôte aux acteurs les costumes qui les déguisaient et les renvoie, tout nus et tous pareils, au tombeau.) C'est enfin, dans Corneille, la prépirandellienne *Illusion Comique,* comédie des comédiens, jeu de miroirs, boîte magique à double fond où, au dénouement de la féerie, on retrouve les héros dans un coin de la scène, se partageant la recette. Pièce si peu classique que Corneille s'en excuse : « *Un étrange monstre,* écrit-il, *une invention bizarre, extravagante et capricieuse, une galanterie extraordinaire d'irrégularité.* » Il fallait pour la monter des décors merveilleux et un peu fous, des machines savantes et des apparitions ingénieuses, des masques, des jeux de lumière et d'eaux, une mise en scène aussi baroque que l'œuvre elle-même. C'est à propos d'une autre de ses œuvres, la tragi-comédie d'*Andromède,* coupée de chœurs et de récitatifs chantés, mise en scène par l'Italien Torelli, que Corneille écrivait que « *son principal but avait été de satisfaire la rue par l'éclat et la diversité du spectacle et non pas de toucher l'esprit... Cette pièce n'est que pour les yeux* ». Ce sont des centaines de ballets, d'opéras et de tragédies « pour les yeux » qui ont fait naître la beauté baroque.

Mais si le baroque proprement dit est né en art de l'influence de la décoration scénique, et de l'esprit du théâtre du temps, les maquettistes de théâtre, les costumiers, les décorateurs et les constructeurs de machineries avaient eux-mêmes reçu l'enseignement et l'héritage de ces décorateurs apparus aux alentours de 1510 en Italie, et qu'on a nommés les grotesques. André Chastel a montré l'importance de ces curieux artistes, longtemps oubliés et méconnus. Leur maître à tous fut l'étrange Luzi de Feltre, dit le Mort, qui explorait mélancoliquement les ruines et les villas romaines pour y observer les décorations antiques, voyagea beaucoup et mourut, capitaine d'aventure d'une compagnie vénitienne, au siège de Zara. Personnage, dit Vasari, « *aussi abstrait* (il entend par là bizarre, extravagant) *dans sa vie que dans son esprit et dans son innovation, les grotesques* ».

Ainsi la peinture aura inspiré le théâtre et les fêtes, qui inspireront les beaux-arts.

5

Le plus grand client des architectes, des peintres et des sculpteurs du XVIIe et du XVIIIe siècle sera, avant les souverains, les princes et les grands, l'Église. Au moment où commence à se dégager l'ensemble des traits qui constitueront le style baroque, l'Église catholique a précisément besoin de lancer une puissante campagne de propagande. La concurrence luthérienne, calviniste et anglicane, les hérésies qui, d'Allemagne au Danube, poussent leurs surgeons avec une prodigieuse vitalité, les révoltes socialo-religieuses et les jacqueries anticléricales de Rhénanie, les prophètes et les réformateurs antipapistes de Bohême, de Chelcicky le non-violent à Jean Hus et plus tard à Comenius, tout impose à l'Église romaine un énergique effort pour redresser une situation bien compromise. Réprimer, c'est bien, mais séduire, mais reconquérir est encore plus nécessaire. La répression a conduit à la création de la Congrégation du Saint-Office en 1542, de l'Index en 1543, à la remise en action de l'Inquisition, qui de Naples en Bohême va brûler les corps de quelques mauvais esprits. On lèvera des armées chargées de bien écraser physiquement les rebelles avant que les visionnaires ne tentent de les reconquérir spirituellement. La reprise en main a conduit à la création d'ordres religieux ou à la réforme de ceux qui existaient déjà. Les Capucins sont ramenés au respect de la règle de pauvreté absolue. Les Théatins, les Oratoriens, le Carmel se fondent. Et le 15 août 1534, un jeune Espagnol, qui a reçu un boulet dans le genou, une vision de la Sainte-Trinité dans la nuit et une volonté d'acier en partage, fonde à Montmartre, avec sept compagnons, la Compagnie de Jésus, dont les membres devront « *obéir comme un bâton dans la main d'un vieillard* », obéir *perinde ac cadaver*.

L'Église menacée, ébranlée, a besoin de tenir des assises, une assemblée générale de la chrétienté. Sous l'œil intéressé ou inquiet des souverains d'Occident, le Concile de Trente, qui réunit d'ailleurs surtout des évêques italiens et espagnols (les Français le rejoindront plus tard) va tenir cahin-caha ses sessions en trois périodes, entre 1545 et 1563. Il en sortira un corps de définitions dogmatiques, le renforcement de l'autorité pontificale, des mesures de discipline ecclésiastique, le Catéchisme Romain de 1566 et un programme d'application des beaux-arts à la conquête des âmes. « *Rome,* dit Sixte Quint, *n'a pas seulement besoin de la protection divine et de la grâce sacrée et spirituelle, il lui faut aussi la beauté que donnent le confort et les ornements matériels* ». Rome — et la chrétienté. Les réformés avaient toujours eu tendance à rejeter les « vains ornements » de l'art religieux, et de Savonarole à Luther la remise en question de la légitimité des principes aboutit souvent à la remise en question de la légitimité des images. Le converti brise des idoles de l'ancienne foi, le réformateur se fait iconoclaste. Sous leur pression, le Concile a précisé ce qu'il ne fallait pas faire, a banni les peintures trop voluptueuses des églises, décidé que la décoration des églises doit enseigner les fidèles, et les toucher. D'autres religieux vont tirer des travaux du Concile une esthétique catholique. Ammanati, en 1582, rédigera un traité qui fixe aux artistes leur tâche : celle d'être des prédicateurs efficaces. En 1611 paraît un ouvrage intitulé *La Peinture Spirituelle, ou l'Art d'admirer, aimer et louer Dieu.*

Au premier rang des milices chrétiennes, les Jésuites vont mettre en œuvre un immense plan de construction d'églises. Ils s'adresseront tout naturellement aux artistes « à la mode », c'est-à-dire à ces décorateurs et à ces architectes, à ces peintres et à ces sculpteurs qui ont été formés par l'art de la grande *festa* de la Renaissance. C'est pourquoi on en viendra souvent à confondre purement et simplement l'art baroque avec ses « commanditaires » et clients. Ainsi Émile Mâle, qui publie en 1932 son grand ouvrage sur l'*Art religieux après le Concile de Trente,* ne prononce jamais le terme art baroque : il se borne à parler d'un style jésuite, de l'art de la Contre-Réforme. Toutes choses très inégales d'ailleurs. C'est un peu comme si l'on partait du fait que les Dominicains ont passé aujourd'hui de nombreuses commandes d'art religieux à des peintres comme Matisse, Léger, Lurçat, Chagall, pour en conclure que la peinture contemporaine est de style dominicain. La comparaison est hasardeuse, mais pas absurde. Car il est certain que Bernin était ce qu'on appelait un « bon chrétien », mais absolument pas un homme dévoré par la foi, et qu'il a travaillé avec la même allégresse à ses fontaines profanes qu'à ses saintes pâmées. Les Jésuites voulaient construire des églises qui plaisent aux fidèles, ils ont appelé sur leurs chantiers les artistes qui plaisaient au public.

Le célèbre axiome de Sartre « *Toute esthétique renvoie à une métaphysique* » est vrai d'une vérité interne : il est exact que l'esthétique d'un artiste correspond toujours à sa métaphysique, à sa morale personnelle. Il n'est pas vrai qu'elle corresponde toujours, dans l'univers moderne du *marché,* à la métaphysique de ceux qui l'engagent à leur service. Il peut y avoir un accord profond entre le travail du créateur et la pensée de ceux pour lesquels il travaille. Le sculpteur roman n'a pas une conception du monde fondamentalement différente de celle des clercs qui l'emploient. Quand Philippe de Champaigne fait poser devant son chevalet les grands jansénistes, il n'y a pas un écart sensible entre la croyance du modèle et celle du peintre, entre son esthétique et leur métaphysique. On nous permettra d'être beaucoup moins assuré que la pensée profonde et la sensibilité naturelle du cavalier Bernin font de lui le frère en esprit de l'auteur des *Exercices spirituels.* « *Il est nécessaire de nous rendre indifférents à toutes les choses créées* », proclame d'emblée Ignace de Loyola dès la première semaine des *Exercices*. L'indifférence aux choses créées n'est pas le signe distinctif du Bernin. Il est aussi bizarre de parler en général d'un « style jésuite » que de dire que le cavalier Bernin est un artiste jésuite. C'était un architecte et un sculpteur qui travaillait *pour* les Jésuites : ce n'est pas exactement la même chose.

C'est précisément ce qui inquiète et surprend dans le grand baroque catholique : cet écart entre la métaphysique et l'esthétique, ce décalage entre le propos secret des employeurs et le propos affiché des employés. S'ils ne sont pas très regardants ni scrupuleux sur les moyens, les Jésuites et les hommes de la Contre-Réforme sont très sérieux quant aux fins : ils entendent séduire ou contraindre les hommes à faire leur salut. Mais pour cela ils s'adressent à des artistes dont le seul désir est de faire plaisir et de se faire plaisir. Ces ascètes pragmatiques, sévères pour eux-mêmes et indulgents pour leurs ouailles, persuadés qu'on n'attrape pas les mouches avec du vinaigre, demandent à des voluptueux de dresser leurs temples et de les décorer. Les Jésuites font feu de tout bois, et demandent aux diables profanes de porter leur pierre aux saints du Paradis.

Mais la confusion, naturelle souvent, entre le patron et l'artiste, entre le mécène et l'architecte, aboutit parfois à une mythologie assez cocasse. En lisant quelques historiens d'art vertueusement et laïquement réprobateurs, on fait la connaissance du Jésuite Baroque, une sorte de composé de Basile, de Torquemada et des confesseurs cauteleux de Ranuce-Ernest IV dans la *Chartreuse de Parme,* à la fois esprit glacé et pauvre hère hypocrite et malin, qui tire les ficelles d'un catéchisme en marionnettes où le Christ saigne en technicolor, où les Saintes et la Vierge palpitent de séduction charnelle, et où les anges s'envolent au ciel dans un grand frou-frou de soieries. Ce Jésuite Baroque est doublé d'un autre personnage bien antipathique, celui que l'historien tchèque Vaclav Cerny nomme « *le guerrier baroque* », soudard obscurantiste, qui après avoir levé les grandes compagnies de pierre polychrome, enrôlé les nonnes mystiques noyées d'amour, armé les évêques de crosses comme on l'est de matraques, et brandi l'épée de la répression, pose (baroquement) « *le pied sur la poitrine de l'adversaire égorgé* ».

A la décharge de l'historien tchèque, il faut bien constater que si Bernin et Tintoret ne peuvent pas honnêtement être traités de soudards baroques, il est vrai que sur l'axe Rome-Vienne-Prague les Jésuites développent pendant un siècle et demi, avec une audace emportée, la contre-offensive du catholicisme. Il s'agit pour eux d'écraser, d'étourdir, de réduire, de séduire, de conquérir. La Contre-Réforme entend saisir les âmes par tous les moyens, même moraux, même immoraux. Les soldats précèdent les Pères, qui précèdent les sculpteurs et les architectes. Les premiers, en Bohême, règnent par l'épée, le massacre et la mort physique ; les seconds par le verbe, la terreur et la mort spirituelle qu'ils promettent aux hérétiques ; les artistes, enfin, ont pour mission d'achever cette souveraineté du glaive et du prêche, et d'en inscrire le signe au fronton des palais, sur l'autel des églises et dans les mouvements de la pierre.

Les hommes d'armes exterminent les rebelles : « *Dans nos contrées,* écrit après la bataille de la Montagne Blanche Suzana Cerninova de Chodenice, *les ennemis se sont conduits comme des chiens.* » Quant aux survivants, les prédicateurs et les sculpteurs s'en chargeront. Les orateurs sacrés perfectionnent à l'usage des populations conquises la technique du frisson et de la terreur sacrée. Leur éloquence s'entend à briser les nerfs et *affoler* les foules qu'ils manipulent. Le Jésuite Bilejovsky compte pour ses ouailles les 81 200 gouttes de sang versées par le Christ, les 62 000 larmes qui coulèrent de Ses yeux. Bâtisseurs, dressant sur les ruines incendiées par leurs reîtres de nouveaux sanctuaires et de nouveaux palais, les Jésuites entendent que leurs artistes fassent naître, eux aussi, un frisson salutaire dans l'âme des passants.

D'Espagne, les Jésuites ont apporté des recettes superbes de Grand-Guignol métaphysique. Les Christs de bois peint, les Crucifiés sanglants, les beaux corps musclés et frisonnants de veines où s'enfoncent atrocement l'épine de la couronne et le fer de la lance, les chairs palpitantes et quasiment désirables où le sang et le pus inscrivent leurs stigmates, on les retrouve partout en Bohême, avec l'étonnant *Ecce Homo* de Kutnà Hora et les Calvaires qui peuplent les églises de Prague. Mais l'horrible n'est qu'un aspect de la domination physique. Il appartient aussi à l'art d'inspirer le désir ou le respect, de rayonner d'une piété sensuelle ou d'imposer une majesté sans réplique.

Les grands seigneurs, dont les Jésuites et l'Église consolident les privilèges d'occupants dès le seuil de leur palais, souhaitent affirmer leur gloire et inscrire leur puissance. Les quatre Atlas noueux qui soutiennent deux par deux les balcons du porche, au palais Clam-Gallas de Prague, dans la rue Jean Hus, il n'est pas interdit d'y voir le symbole involontaire de la condition où était tenu alors le peuple de Bohême, dont la misère et les travaux supportaient le luxe de ses maîtres. Le chef-d'œuvre de ces portraits, c'est sans doute celui du palais Thunn, où deux aigles déploient la prodigieuse arabesque de leurs ailes, dominés par deux figures assises et le double blason des comtes de Kolowrat. Mais les palais des princes n'ont pas seuls le privilège de frapper dès l'abord celui qui y pénètre. Sur la façade des églises, une cohorte de saints de pierre domine hautainement l'accès du sanctuaire. A Prague, près du pont Charles, l'église des Chevaliers de la Croix échafaude une cohorte dédaigneuse d'évêques et de martyrs. Les bourgeois enrichis veulent rivaliser avec les nobles et l'Église. La façade de la maison dite « de Jonas », à Pardubice, est l'apothéose du tape-à-l'œil mural, où s'inscrit la monstrueuse et gracieuse baleine qui crache son hôte Jonas dans un froissement exubérant de sirènes, d'angelots et de monstres marins.

L'intérieur des églises, les autels, les chaires, les

chapelles latérales, vont se couvrir d'une foule bariolée et dorée, d'un grouillement ingénieux de saintes aux beaux seins demi-nus, d'anges insidieux et tendres, de rocailles où ruissellent les feuillages, les crosses, les mitres, les animaux de la fable ou de la vie. Il s'agit de subjuguer le fidèle, de ne rien laisser dans les surfaces qui puisse le rendre à lui-même, de couvrir si prodigieusement l'espace que son œil n'échappe nulle part à l'obsession des sentiments qu'on entend faire naître chez lui. L'église de Sainte-Marie des Neiges, à Prague, illustre le chemin parcouru du gothique au baroque. Sur des murailles, dont l'élan appelle le regard à s'élever vers la pure jonction des voûtes, une ornementation baroque, rapportée deux siècles plus tard, lutte de tout le charme ambigu d'archanges pourpre et or et de saintes pâmées, pour que celui qui prie et contemple ne s'abandonne pas à lui-même. La nudité des murs, l'élan abstrait des colonnes, la simplicité des courbes, tout cela est suspect aux Jésuites. Au croyant du XIVe siècle, une architecture dépouillée imposa un Dieu austère et dangereux. Ce n'est plus de Dieu qu'il s'agit désormais, mais d'une délicieuse et absorbante parade de médiateurs très humains, d'adolescents au sourire cajoleur, de belles filles à demi évanouies de volupté, d'hommes d'église impérieux et volontaires. L'esthétique du baroque est, au sens originel du terme, une esthétique du *plein la vue*. Elle comble, remplit, engorge le regard, elle le flatte et le caresse, le fait promener sur une série de représentations puissamment charnelles et concrètes. L'art qui servira au Bernin à Rome à inventer des fontaines extravagantes et voluptueuses, à faire voltiger les tritons et les fleuves de la Piazza Navona, sert ici à glorifier le dogme le plus abstrait, à élever à Citoliby l'étonnant monument de la Sainte-Trinité, obélisque à triple racine aboutissant à un cercle d'or où s'inscrit un triangle. Il sert aussi, à Nemecky Brod et à Hradec Kralové à faire palpiter la gorge exquise d'une Vierge couronnée d'étoiles d'or, au-dessus d'une garde du corps d'évêques, de lansquenets et de filles extatiques. L'érotisme religieux est une arme de la domination théologico-politique. La Sainte Thérèse du Bernin a en Bohême un millier de sœurs pâmées, de la Madeleine à demi nue de la Loretta à la Vierge qui dégrafe son corsage sur la façade des Chevaliers de la Croix, de la Sainte Luitgarde de Matyas Braun, qui sur le pont Charles caresse les genoux du Christ, aux anges sensuels qui soutiennent, à la cathédrale Saint-Guy, le tombeau du saint contre-réformiste Jean Népomucène. Le Dieu des Jésuites n'est pas regardant sur le choix des moyens. Si un beau sein gonflé et brûlant peut maintenir au bercail une âme trop engluée dans la chair, les sculpteurs multiplieront les gorges dévoilées. La Sainte-Trinité fait du charme au peuple de Jean Hus.

Une idole khmère ou africaine, une pietà médiévale, une icône byzantine nous inspirent encore l'obscur et tenace sentiment du *sacré*. Une Vierge ou un Jésuite de Matyas Braun ou des Prokoff nous laissent délicieusement, coupablement insensibles à ce qui n'est pas leur grâce ou leur emportement, la douceur d'une épaule ou l'arabesque d'un surplis romantique. Le secret de cette perte de substance, c'est peut-être dans le cœur des sculpteurs qu'employaient les Jésuites qu'il faut aller le chercher. Ils avaient sans doute la foi, mais ils avaient plus sûrement du goût. Prague baroque est une ville païenne. Tant de temples et de figures sacrées sont le masque de l'heureuse indifférence, persuadée ou contrainte de se mettre au service d'un Dieu si lointain qu'il en est presque invisible. On a demandé à des artistes faits pour concevoir des fêtes et des jardins, des fontaines et des théâtres, des palais Esquive-ennui et des bals masqués, de se transformer en rabatteurs de Dieu. Ils ont rendu le Saint-Esprit alléchant. Ils ont mis en scène la messe comme ils auraient mis en scène *Renaud et Armide*. Ils ont rendu la Vierge et les Saintes si désirables, que se sauver avec elles devient une volupté. Ils ont inventé de vilains croque-mitaines pour faire peur aux pécheurs, et de jolies pieuses sirènes pour démontrer les avantages de la vertu. Ils ont transformé le lieu de la cérémonie sacrée en estrade scénique, et fait des lieux saints l'espace dansant d'une fête perpétuelle qui ne sait plus très bien si elle est fête galante ou Fête-Dieu.

6

De même que dans la peinture libertine rococo les voiles et les tentures, les rideaux et les capitons, les plafonds et les rinçeaux, les baldaquins et les vagues blanches du lit aux draps défaits inclinent irrésistiblement le regard vers le centre du tableau, vers l'appétissante nudité de la belle au plaisir dormant, de même, dans ces grandioses boudoirs de la Sainte-Trinité que sont les églises baroques tout est calculé pour que l'œil du spectateur-fidèle soit ramené à un *point de fuite principal*. De même que dans une bonne mise en scène de théâtre, un décor intelligemment conçu et éclairé concentre l'attention du public sur le ou les acteurs de la scène qui est en train de se jouer, l'Église baroque est machinée afin de forcer l'attention du croyant.

Les théâtres baroques et les décors qui élargissent leurs scènes sont conçus selon le principe de la découverte qui ouvre sur une perspective de fuite infinie : galeries ouvrant sur des galeries, escaliers s'enfonçant à perte de vue. Dans le cadre délimité par les colonnes, les rideaux, les tentures, les cintres, les portants, s'inscrit l'horizon fugitif de salles infinies, ouvrant sur d'autres salles, ouvrant elles-mêmes sur d'autres salles, qui ouvrent sur des jardins. L'horizon est toujours une princesse lointaine, et croit-on la saisir, la voilà qui s'enfuit. L'acteur placé au centre de cet essor devient le foyer stable, l'objet reposant du regard : il est d'autant plus présent que tout le reste est volatil, évasif, voltigeant.

La scène sacrée, le tréteau eucharistique de l'église baroque ont pour centre immobile cet « *œil calme du cyclone* » dont parle Georges Cattaui, et pour acteur liturgique, dans un double rôle, le prêtre, considéré tour à tour dans sa fonction d'officiant et son emploi de prédicateur. Le projecteur de la ferveur passe ainsi de l'autel à la chaire.

Ce sont sans doute les frères Asam (Cosmas Damian, peintre et architecte, et Egid Quirin, sculpteur) qui ont donné les plus parfaits exemples de l'autel baroque, avec le maître-autel de la Klosterkirche de Weltenburg et l'autel des Quarante-Saints de Bamberg. L'autel de Saint-Georges à Weltenburg est construit comme un décor d'opéra héroïque, autour d'une verrière claire, rectangulaire, qui s'élève en demi-cercle ; sur le fond de lumière se dresse l'image équestre de saint Georges triomphant des forces infernales. A l'abri des colonnes de marbre torsadé, qui jouent le rôle de portants, et au sommet du portique, sous une coupole peinte où voltigent de vaporeuses et pâles créatures, des évêques admiratifs et des anges gracieux donnent tous les signes d'une admiration exaltée pour les exploits du chevaleresque cavalier, frère céleste des héros de la Jérusalem Délivrée. Le prêtre de chair, devant le tabernacle, apparaîtra ici comme une statue mobile, animée, ni plus ni moins doré, hiératique et allégorique que les figures de bois et de stuc. L'autel des Quarante-Saints, à Bamberg, obéit à une autre conception. Autour du tabernacle, sous la grande coupole aux huit voûtes en ogive, l'autel déploie une gigantesque conque marine, dont les volutes dorées permettent à quatre personnages d'élever leurs regards vers le sommet de la superbe pièce montée. Au faîte de celle-ci un Enfant Jésus rose et bienveillant ouvre les bras dans le hérissement d'un soleil dont les cent rayons étincellent savamment. Nous retrouvons là les belles machines de théâtre qui descendaient majestueusement des cintres dans les opéras et les tragédies à récitatifs, enrobant un acteur glorieux qui s'appelait quelquefois Louis XIV. L'autel baroque est une merveilleuse machine, propre à faire sentir le « caractère magnifique » du Roi Jésus et du sacrifice de la messe.

La « *chaire de vérité* », où le prédicateur montera au moment du prêche, marque l'importance que la Contre-Réforme accordera à l'éloquence sacrée. La chaire est à l'orateur religieux ce que le jeu des grandes orgues et la tribune des chanteurs sont à l'oratorio. A l'église Saint-Pierre de Louvain, J. Berger la conçoit comme un castelet géant, un immense guignol sculpté en plein bois, où un enchevêtrement inextricable, d'un mauvais goût si fabuleux qu'il en est presque admirable, organise l'agitation d'un peuple d'anges, de racines, d'écureuils, parmi lesquels saint Pierre renie Jésus, saint Norbert tombe d'un cheval grandeur nature. Deux palmiers (également grandeur nature) couronnent un baldaquin auquel des angelots nus s'accrochent en cabriolant à tire-d'aile. Cette pièce montée encadre une petite scène où le prédicateur surgira à l'heure du sermon. A Weingarten, Fidel Sporer a conçu la chaire traditionnelle en bois sombre, stuc et or, comme un grand bénitier couronné d'un chapiteau. La trouvaille de mise en scène est d'avoir fait voltiger autour de cette lourde masse huit anges de marbre blanc, froufroutants comme des pigeons, souriants comme des danseurs, agiles comme des acrobates.

L'autel et la chaire de vérité dressent ainsi dans le sanctuaire baroque le décor à grande mise en scène de ce spectacle complet : le sacrifice divin considéré comme un grand opéra.

7

Des édifices religieux de Rome, Taine dit qu' « *ils glorifient non le christianisme, mais l'Église* ». On pourrait le dire également de Gian Lorenzo Bernini (1598-1680). C'est un esprit de la famille de Rubens, artiste grand seigneur, brillant, beau parleur et diplomate, dont l'atelier est connu dans l'Europe entière, que Louis XIV dispute aux papes, et auquel Urbain VIII et Innocent X confièrent le soin d'achever Saint-Pierre de Rome.

Rome était alors, comme le dit Victor L. Tapié, « *une ville de spectacle, et de spectacle religieux* ». Bernini fut l'ordonnateur brillantissime, adroitissime et intelligentissime de ce grand théâtre de pierre et d'encens. Homme de théâtre, Bernini ne l'est point simplement par métaphore, et façon de parler : il s'est passionné pour l'opéra, les comédies féeriques, les fêtes, a dessiné des décors, inventé des machines. Les problèmes d'architecture, de décoration et de sculpture que lui poseront les papes, il les résout avec un extraordinaire brio scénique. Quand il parle avec dédain des travaux de son rival, Borromini, technicien plus taciturne et plus modeste, le Bernin ne semble pas s'apercevoir qu'il définit aussi l'essence de son propre génie, qui est d'avoir su, comme son confrère, faire danser les façades et s'animer les perspectives. La grande colonnade en ellipse dont il entoura la façade de Saint-Pierre de Rome, les effets de surprise et de découvertes successives du palais Barberini appartiennent à cette architecture-spectacle qui propose un décor à l'œil plus qu'elle n'organise un lieu pour l'homme. Sculpteur, le Bernin préfère souvent l'effet violent à l'émotion vraie, l'abondance à la rigueur, le dramatique forcené à l'harmonie. Il appartient à cette race de créateurs qui ne rate jamais la « scène à faire », même si la scène à faire n'est pas absolument nécessaire. Le baldaquin de Saint-Pierre est l'exemple le plus parfait de cette pétrification de l'éphémère à laquelle s'applique le baroque, taillant dans le marbre ce qui fut au théâtre stuc et carton, coulant dans le bronze ce qui fut tenture et toile. Ce chef-d'œuvre de la statuaire de haute couture nécessita, pour être fondu, la condamnation à mort de plusieurs tonnes de bronzes antiques du Panthéon, que l'ancien cardinal Barberini, devenu Urbain VIII, sacrifia allégrement pour réaliser la maquette du Bernin. « *Quod non fecerunt Barbari*, disaient les Romains, *fecerunt Barberini* » (Ce que n'ont pas fait les Barbares, les Barberini l'ont accompli). Quatre colonnes torses projettent vers le dôme un de ces baldaquins d'étoffe que les reposoirs de procession, les pompes funèbres et les entrées de théâtre les jours de gala nous ont accoutumés à voir troussés en étoffe plutôt qu'éternisés dans le bronze. Un souffle de vent, immobilisé par le coup de baguette magique du sculpteur, soulève à jamais les pans et les festons de la tenture, ébouriffe les anges et chatouille les abeilles pontificales.

Les groupes du Bernin ont une grandeur suave, élégante. Le monument à Urbain VIII, celui en l'honneur d'Alexandre VII ont la majesté sans noblesse qui convient aux hommages officiels. Bernini est plus heureux dans les figures d'un alexandrinisme gracieux, où il se souvient d'avoir dans sa jeunesse restauré, pour le cardinal Borghèse, des marbres de la décadence. Daphné en train de se métamorphoser en arbre sous les yeux, d'ailleurs très paisibles, d'Apollon, est une de ces grandes machines qui sont de charmantes petites choses. Quant à la *Transverbération de Sainte Thérèse,* elle n'a pas fini, du président des Brosses à Stendhal, de Taine à nous, d'étonner les mécréants et de méduser les fidèles. Cette charmante créature pâmée dans ses voiles, qu'un Éros ambigu transperce d'une flèche tendre et coquine, dont la main, le pied nu s'abandonnent avec une voluptueuse mollesse, drapée dans sa robe comme dans un nuage de plaisir, est à la sainte d'Avila ce que *la Pucelle* de Voltaire est à la vraie Jeanne d'Arc. C'est une œuvre exquise, maniérée, et paisiblement érotique. Bernini a éclairé sa défaillante possédée avec l'art d'un grand éclairagiste de théâtre. Il l'a placée, à Sainte-Marie des Victoires, dans une niche tiède, véritable alcôve de Dieu, ménageant un médaillon d'albâtre dont la lumière diffuse caresse comme une main experte et douce le visage même de la volupté. Le bon Hippolyte Taine a été chercher pour le Bernin des répondants dans les traités jésuites de mystique, et relu Molinos pour s'assurer que les directeurs de conscience de l'époque assignaient aux âmes éprises de Dieu de « *s'abandonner et de se reposer sur la divine poitrine amoureuse* » en y parcourant les degrés de la contemplation « *qui sont l'extase, les transports, la pâmoison, le baiser, les embrassements, l'exaltation* ». A vrai dire, autant qu'au *Guida Spirituale* du théologien jésuite, c'est à la description des amours de Renaud et d'Armide dans l'œuvre du plus grand poète baroque, le Tasse, que fait songer la palpitante et sensuelle Thérèse berninesque.

La vérité est que Bernin est tout à fait à son affaire, et vraiment admirable, lorsqu'il peut s'abandonner sans gêne à son génie du plaisir païen, de la fête et du décor. A qui voudrait offrir à quelque invité d'un monde septentrional et brumeux le goût même du bonheur de vivre romain, il n'est d'autre conseil à donner que de conduire son hôte, au cœur à peine afraîchi d'une nuit de mai en Rome, à la terrasse d'un petit café de la Piazza Navona, et là de commander un carafon de Frascati blanc, bien frais, puis de se réjouir paresseusement, buvant, fumant et béant, des beaux théâtres de pierre et d'eau qu'a dressés ici Bernini : la fontaine du Maure, et l'intarissable, l'extravagante et désinvolte fontaine des Fleuves. Voilà le vrai Bernin, homme de plaisir et de parade, de virtuosité et d'allégresse, dont les saintes sont délicieusement inconvenantes, les saints trop bavards, les papes ennuyeux, les angelots trop roses, mais dont les fontaines sont de vraies fontaines, feu d'artifice de poudre d'eau aux yeux, mascarade de crocodiles et de lions, ruissellement de palmiers et d'eaux, gaieté des bons géants débonnaires et des cascades bavardantes et labiles.

On peut estimer qu'il y a peut-être des choses plus graves, plus importantes à dire aux hommes que ce que racontent les fontaines. Dans le sourire d'un jeune prince Bouddha réconcilié avec la sagesse silencieuse de l'univers, dans la fureur d'un supplicié de Goya accusant la vie, dans la sérénité romane ou le défi de Picasso, comme dans l'angoisse de Dostoïevski où le cauchemar tranquille de Kafka, il y a ce qu'il faut bien nommer un *message*, et le plus haut. Mais il faut peut-être s'arrêter un instant de déchiffrer le texte crypté du destin, et prêter l'oreille à l'eau qui, elle, ne dit rien. Les grands metteurs en scène des jeux de l'eau et de la pierre, qui ont fait présent à leurs contemporains et à la postérité des fontaines baroques de Rome n'ont pas vécu en vain. La courbe des eaux jaillissantes et des néréides aux seins luisants d'éternelle pluie, c'est la courbe même du loisir, du suspens, de cette fête mouillée que proposent au passant les figures charmantes de la Fontaine de Trévi (merci, Nicolas Salvi), les jeunes hommes adorables et nus de la fontaine des Tortues (merci, Della Porta et T. Landini), les dauphins ironiques de la fontaine du Triton (merci, cavalier Bernin). Si l'on demande à ces gentilshommes de l'art : « Quelle trace avez-vous laissée sur la Terre ? », il leur suffirait de répondre : « Une fontaine », pour avoir le droit de passer sans payer leur obole sur la rive heureuse. Ils ont bâti des églises, construit des palais, édifié des tombeaux, sculpté des figures. Mais ils ont aussi donné à l'eau l'occasion de se réjouir en s'éparpillant sur la pierre savante et le bronze exquis. Ils n'auront pas vécu en vain.

(Je reconnais que voilà un ton bien peu convenable à l'historien d'art et au critique. Dans l'exercice de ces arts, il convient de ne pas apparaître comme trop sensible, ni d'afficher trop de plaisir, d'émotion ou de sentiment devant les œuvres. Revenons donc au ton sérieux, sans nous forcer pourtant d'être outre mesure ennuyé, ni ennuyeux. L'amour de l'art n'est pas incompatible avec le sérieux.)

Quant à Borromini (1599-1667) ce n'est pas une recette tout à fait infaillible que de dire au voyageur de Rome, que s'il rencontre là-bas une église, un palais, où la pierre et les perspectives s'arrondissent et se creusent, s'allègent en ellipses, s'envolent en ovoïdes, il a affaire à une œuvre de l'ancien tailleur de pierres milanais. Car la ligne courbe n'est pas son apanage, elle appartient à tous les créateurs baroques. Mais Borromini a démontré comme peu de ses émules cette vérité baroque, que la ligne courbe est le plus court chemin du calcul à la grâce.

8

La rage au cœur, la maladie au corps, l'œil aigu, Baudelaire découvre l'Espagne en Belgique, et le baroque hispanique à Bruxelles. Cet homme épuisé, hagard, qui chancelle et déjà s'éteint, qui manque de s'évanouir parce qu'un passant marche derrière lui, parce qu'il croise un enfant ou un chien, griffonne d'une misérable écriture exténuée les notes d'un livre furieux, *Pauvre Belgique.* Mais chaque ligne ici, dès qu'il s'agit d'art, fait mouche, va droit à l'essentiel. L'hispanisme des Flandres qu'occupa le duc d'Albe est cerné en cinquante formules éblouissantes d'intelligence. « *Le rococo* (Baudelaire embrasse ici sous ce terme l'ensemble du style baroque) *est la dernière floraison du gothique... Les Jésuites et le style jésuitique. Style de génie. Caractère ambigu et complexe de ce style. (Coquet et terrible)... J.-C. faisant le trapèze... Terrible couleur, terrible style espagnol.* » D'une église jésuite il dit, en trois mots foudroyants : « *Merveille sinistre et galante.* » Baudelaire n'hésite pas un instant : il va au cœur de cet art qu'il tient pour injustement méconnu : « *Style théâtral... Il y a du théâtre et du boudoir dans la décoration jésuitique... Chaires énormes et théâtrales. La mise en scène en bois... Ici la sculpture dramatique arrive au comique sauvage, au comique involontaire.* » Le doigt déjà tremblant, bientôt paralysé, du grand et malheureux poète se pose sans hésiter sur le nœud du problème : « *coquet* » en Italie, « *terrible* » en Espagne et en Flandre, le baroque est toujours un art de la mise en scène.

L'Espagne de la Contre-Réforme, nous l'avons dit, porte à son apogée un certain nombre de genres dramatiques. « *Ce qui réjouit et récrée le plus,* dit Calderón dans *Le Grand Théâtre du Monde, c'est le jeu de théâtre.* » Les formes dramatiques de l'*edad de oro,* le siècle d'or, seront l'*auto sacramental,* sur la scène, qui enseigne au peuple les vérités de la foi par le mensonge des fictions, l'*auto da fe,* sur la place publique, qui apprend à vivre aux hérétiques et aux fidèles (en brûlant les premiers et en effrayant les seconds), la procession dans les rues, qui frappe l'imagination, et cette procession immobile, les figures de la sculpture polychrome, dans le décor théâtral de l'église baroque. L'année 1559 est une excellente année-échantillon pour la floraison de ces genres : Lope de Rueda parcourt l'Espagne avec son théâtre ambulant, on brûle quinze hérétiques à Valladolid le 21 mai, quatorze à Séville le 24 septembre, douze le 8 octobre de nouveau à Valladolid, Alonso Berruguete et Juan de Juni achèvent de sculpter les retables de la même Valladolid, Montañès et Gregorio Fernandez vont naître pour continuer leur œuvre, et la procession de la Semaine Sainte à Séville est cette année-là particulièrement courue.

« *Une des choses les plus tristes pour l'Espagne,* écrivait Miguel de Unamuno, *ce serait que nous pussions redevenir frivoles et joviaux.* » Ni la frivolité, ni la jovialité n'ont jamais menacé l'Espagne. Le baroque italien aura souvent un caractère de stupéfiante mondanité, avec ses vierges et ses saintes en déshabillé galant et ses églises qui multiplient les œillades. Le baroque espagnol est au contraire le refus passionné du « bon goût », de la gentillesse décorative, du clin d'œil. Ici l'imagerie est au service d'une religion pour laquelle la Passion du Christ n'est pas une belle légende un peu dépassée, pour laquelle le Sang de Jésus n'est pas une métaphore, mais un vrai sang, qui coule, qui goutte, mêlé de pus et de sanies, une religion qui demande à ses illustrateurs de mettre la mort en tableaux vivants, l'agonie, les supplices et les mystères de la foi en figures de cire aussi frappantes que belles (et s'il fallait choisir, belles ensuite, mais frappantes d'abord).

Trois maîtres accompliront les chefs-d'œuvre de ce réalisme baroque de la sculpture espagnole. Alonso Berruguete (1488 à 1561) est sûrement le moins espagnol (et le moins baroque) des grands créateurs de retables de cette époque. Son père, le peintre Pierre Berruguete, avait été formé en Italie, à la cour d'Urbino, et le fils ira étudier pendant quatorze ans en Italie. Les deux grands retables de Valladolid ont une violence qu'on trouve rarement dans les œuvres italiennes contemporaines : vieillards furieux ou gâteux, femmes hébétées de douleur, jeunes hommes niais et empêtrés, il n'idéalise pas les figurants de ses scènes. Cette objectivité paisible contraste avec le maniérisme savant des attitudes et des draperies, l'harmonie de la composition.

C'est, curieusement, un Bourguignon, Jean de Jugny, devenu à Valladolid Juan de Juni, qui réalisera entre 1533 et 1577 les plus espagnoles, les plus castillanes des sculptures coloriées baroques. Dans la *Mise au tombeau* de Valladolid, autour du Christ cireux étendu sur un lit, six figures groupées deux par deux dansent une sorte de ballet à la fois élégant et pathétique, la danse de la douleur et du deuil. Un peu plus, et l'œuvre serait purement décorative : il s'en faut de peu, de ce très peu qui est l'essentiel — l'émotion de l'artiste, cette force de conviction qui lui interdit d'oublier son sujet pour seulement se réjouir du beau mouvement qui précipite la Vierge dans les bras de Jean, de la souplesse des plis de la robe d'une des Saintes Femmes en train de faire la toilette funèbre. Il n'est jamais tout à fait inutile de croire à ce qu'on fait, et dans l'art religieux, après tout, la foi de l'artiste ne gâte jamais rien.

C'est peut-être l'*Enterrement du Christ* de la cathédrale de Ségovie qui est le chef-d'œuvre de Juan de Juni, et une des plus belles réalisations de la sculpture baroque sur bois. La scène est traitée en bas-relief peint, dans une apothéose de lignes courbes, de volutes, d'entrelacs. L'espace est entièrement occupé par le corps du Christ et les six personnages, dont les visages, les mains, les robes se composent, se nouent, se répondent avec une virtuosité, une rigueur et une qualité d'émotion tout à fait admirables. Nous sommes ici devant un de ces instants où le fléau de la balance s'immobilise. Les siècles précédents auront donné de ce grand thème sacré des expressions plus douloureuses encore, plus pathétiques ou déchirantes, de Matthias Grünewald à Giovanni Bellini, de Van der Weyden à la Pietà d'Avignon. Les siècles suivants raffineront encore dans le sens de l'harmonie des mouvements, de la subtilité de la composition, de l'équilibre des volumes, de l'élégance des attitudes. Mais avec Juan de Juni la sincérité est encore intacte, l'émotion retenue mais authentique, et la science, l'extrême goût atteignent la perfection.

Juan de Martinez Montañès (1568-1649) était célèbre pour l'intensité de sa foi. Il ne prenait le ciseau à bois et le pinceau qu'après de longues oraisons. A la cathédrale de Séville, son *Immaculée Conception* est une jeune fille chaste et réservée, dont la robe et le grand manteau sont des chefs-d'œuvre charmants de la mode baroque. Cet homme de prière habillait bien les dames. Son *Jésus de Passion,* dans la même ville, est le prototype de ces Christs espagnols qui ont quitté les rangs de la procession pour s'installer sur l'autel et s'y immobiliser, la croix sur l'épaule, le visage ensanglanté, chaque épine laissant couler un filet de sang, chaque veine des mains gonflée, chaque muscle tétanisé de souffrance. Le Christ aux mains jointes liées de cordes, que Pedro Roldan a agenouillé, nu et zébré de coups de fouet, à la Caridad de Séville, le *Christ de Lumière* de Gregorio Hermandez à Valladolid constituent d'autres exemples de ces figures pour Musée Dupuytren apologétique. Dans la Maison du Père, il en faut pour tous les goûts, y compris le pire. Thomas ne croyait qu'à ce qu'il pouvait toucher. On peut toucher ces Christs : les doigts s'en retireront tachés de sang frais.

El Greco, Hellène de Tolède formé en Crète, à Rome et à Venise, accompli à Tolède, dont le génie accordera l'enseignement des peintres du byzantin tardif de Candie, sous lequel il a probablement fait ses premiers apprentissages en Crète, avec celui de Titien à Venise et de Bassano à Rome, est un maître à la fois trop complexe dans sa technique et trop simple dans son inspiration pour souffrir d'être classé péremptoirement. Le coucher sur les lits de Procuste des catégories du style, le nommer baroque ou classique, serait risquer de le mutiler. L'extraordinaire audace qui lui fait traiter, dans la *Résurrection du Christ,* au Prado, les corps nus comme des draperies, comme un enchevêtrement décoratif de banderoles vivantes, est évidemment une hardiesse baroque. Mais Greco, qui a pris son bien partout où il était, à Byzance et en Italie, en Espagne et en Orient, sur la terre comme au ciel, Greco ne parle aucune langue connue avant lui : il a inventé une façon nouvelle de noter avec des couleurs la musique des anges et la parole de l'âme.

C'est, en peinture, Francisco de Zurbaran et Juan de Valdès Leal qui réaliseront en Espagne cet alliage instable de l'espace théâtral, de l'expressionnisme, du décoratif, de la rhétorique, du mouvement frénétique, du mauvais goût et des courbes savantes qui se résume par les mots : peinture baroque, et auquel fut sensible, parmi les premiers des modernes, Théophile Gautier :

dans les tableaux où le vieux Zurbaran
Sous le nom d'une sainte, en habit sévillan
Représente une dame avec des pendeloques,
Des plumes, du clinquant et des modes baroques.

L'*Apothéose de saint Thomas d'Aquin* de Zurbaran (au Musée de Séville), le *Saint Jérôme flagellé par les anges* de Valdès Leal, au même musée, sont d'excellentes illustrations de « l'art jésuite ». Le Saint Thomas se développe sur trois étages et trois dimensions : le saint que touchent les rayons de l'Esprit-Saint dominé par des nuées où trônent le Christ, Moïse, d'autres saints, entouré à son niveau d'évêques et de prélats, adoré au rez-de-chaussée par des religieux et des princes. Zurbaran excelle ici à cette expression du visage qui cherche à traduire l'inspiration par les yeux levés au ciel, et l'extase par l'air niais. L'Ange flagellant de Valdès Leal brandit son knout céleste avec une grâce exquise, et malgré la posture écrasée de saint Jérôme, on sent que c'est un plaisir d'être battu, pour la plus grande gloire de Dieu, par des anges si bien tournés. Le bon Murillo appartient aussi à l'école des yeux-levés-au-ciel. Sa peinture est une débauche de blancs d'yeux : la « spiritualité », c'est pour lui une intermi-

… œillade aux nuages. Son *Assomption* du Prado est une des plus écœurantes sucreries de la peinture. Au Louvre, sa *Cuisine des Anges,* découpée en petits morceaux, accorde le plaisir d'admirer d'excellentes natures mortes, mais l'ensemble donnerait l'impression d'un pieux canular de couvent, assez délicieusement stupide.

En dehors de la sculpture, c'est l'orfèvrerie et la poésie, en attendant l'architecture churrigueresque, qui offriront à l'Espagne les plus beaux fruits baroques. Dans le trésor de la cathédrale de Séville, la *custodia,* tabernacle portatif de Juan de Arfe, donne aux fragiles pièces montées des pâtissiers artistes et pieux la pérennité de l'argent, du vermeil et de l'or. Quatre étages circulaires, de plus en plus petits, dressent, appuyés chacun sur vingt-quatre colonnettes, cette Tour de Babel baroque vers le ciel. On se presse aux balcons : figures allégoriques, docteurs de l'Église, anges, putti, les quatre Évangélistes et leur zoo, les douze patrons de Séville, les monstres de l'Apocalypse et j'en oublie certainement. C'est un petit chef-d'œuvre inutile, composite et charmant, la boîte à musique de Dieu, le beau joujou des bons chrétiens.

Gongora, en revanche, est toute grandeur. Si l'un des traits dominants du baroque est la tentative d'embrasser les contraires, d'avoir les yeux de l'âme plus grands que les bras du corps, de rêver infiniment de concilier l'inconciliable, de réconcilier l'irréconciliable, la poésie de Gongora est le baroque à son paroxysme génial. Il a réussi à assujettir à une architecture rigoureuse les plus fluides et les plus évanescentes moissons de sentiments et d'images, à donner de la cohésion à un tohu-bohu scintillant de métaphores et de trésors sensuels, à exprimer la richesse dans la concision, l'abondance dans la brièveté, l'hétéroclite dans l'organique. Il plane comme un oiseau de proie, de très haut, puis fond et fonce sur l'image composite, et pourtant évidente, sur le mariage de mots antagonistes, ou effarés d'être accouplés, mais inoubliables (« *la nuit verte des prairies* », « *le navire givrant les ondes* », « *les astres fugitifs qui en fumée sonore se résolvent* », « *les golfes d'ombre* »). Il est capable des plus limpides allitérations (tel ce vers étonnant, bruissant et voltigeant du vent léger des vagues : « *Vagas cortinas de volantes vanos* »). Capable aussi des plus complexes compositions d'allusions, de comparaisons et d'idées, resserrées dans l'éclair d'un vers chargé d'électricité folle.

Pendant soixante ans, de 1580 à 1640, l'Espagne et le Portugal constituent un seul royaume. Mais ce n'est pas seulement l'éphémère unité politique de la péninsule Ibérique qui interdit de trop séparer l'évolution de l'architecture portugaise de celle de l'architecture espagnole. Les deux grandes puissances conquérantes, les deux ports d'attache des découvreurs des Indes, ont donné à l'Occident ses vrais palais des Mille et Une Nuits de l'Orient fabuleux. C'est au retour de Vasco de Gama que dom Manuel (1469-1521), pour célébrer le franchissement du cap de Bonne-Espérance, pose la première pierre du couvent de Belém, un des chefs-d'œuvre de l'art auquel le souverain donnera son nom, le style « manuelin ». Mais c'est un conquérant en personne, c'est Henri le Navigateur (1418-1460), qui bâtit pour les chevaliers-navigateurs de l'Ordre du Christ, dont il était Grand Maître, le monastère de Tomar. C'est à Belém que Vasco de Gama aborda en rapportant des Indes Occidentales les épices et les trésors dont le prix devait financer la construction du couvent. C'est de Tomar que partaient vers la Chine et le Japon les caravelles portugaises. L'Asie seule nous propose des exemples aussi luxuriants d'une floraison baroque de la pierre. Les madrépores et les récifs de coraux des océans lointains, sous la Croix du Sud, les plantes tropicales et les lianes, les fleurs carnivores et les serpents venimeux de la forêt vierge, les astrolabes et les chaînes d'ancre, les cordages et les filets s'enchevêtrent et se nouent aux murailles de Tomar. Au-dessus de la mer, ancrée au rivage comme un navire d'argent, la tour de Belém, construite en 1516 sur les plans de Francisco de Arruda, dresse au vent ses échauguettes et ses pilastres, comme le gréement du vaisseau de Sindbad-le-Marin. Mais en lançant au matériau ce défi superbe, en allégeant et ciselant la pierre comme des orfèvres de l'espace, les architectes de Tomar et de Belém continuaient la tradition des bâtisseurs du monastère de Batalha, édifié de 1338 à 1433, où la pierre se découpe en grilles aussi fines et extravagantes que le fer forgé des moucharabiehs arabes. A Belém, à Tomar, à Batalha on pense à ce qu'écrivait Théophile Gautier devant une coupole baroque : « *C'est touffu comme un chou, fenestré comme une truelle à poisson ; c'est gigantesque comme une pyramide et délicat comme une boucle d'oreille, et l'on ne peut comprendre qu'un semblable filigrane puisse se soutenir en l'air depuis des siècles.* »

Dans le plateresque espagnol, le gothique flamboyant et le *mudejar* né de la synthèse du gothique chrétien et de l'arabesque mauresque s'étaient mariés pour donner, comme dans la célèbre façade de l'église San Pablo à Valladolid, cette ornementation fiévreuse qui ne laisse pour ainsi dire pas un pouce de mur à découvert. Près de deux siècles plus tard, Churriguera, architecte et sculpteur (1650-1723), va fonder une dynastie de bâtisseurs aussi féconde que celle des Bach en musique, et donner son nom et celui des siens à une variété espagnole du baroque, le *churrigueresque.* Aucun des Churriguera, non plus que leurs imitateurs, n'aura de ces trouvailles véritablement architecturales qui caractérisent par exemple Borromini. Il ne s'agit pas pour eux d'organiser un espace, de machiner des perspectives, mais de meubler des surfaces. Les Italiens construiront en profondeur, les Espagnols en hauteur. Le chirrugueresque est un art avant tout de décoration : pour l'architecture assez simple d'une façade à colonnes, sur l'étendue d'un retable banal, le chirrugueresque dispose des éléments décoratifs aussi fournis et délicats que la végétation d'une tapisserie à fleurettes.

9

Contemporains de David, de Canova et de Girodet, trois des plus grands maîtres de l'art baroque n'ont jamais vu de leur vie Rome, Compostelle ni Prague, et n'ont d'ailleurs jamais mis les pieds en Europe. Les plus tardifs descendants de Bernini et de Juan de Juni étaient noirs, ou plus exactement mulâtres, parlaient le dialecte brésilien et le portugais. L'un s'appelait O Aleijadinho ; il est mort en 1814, âgé de soixante-dix à soixante-quinze ans. Les deux autres se nommaient Manoël da Cunba et Mestre Valentim.

Bernard Diaz del Castillo, compagnon de Cortés, a rédigé en 1568 le récit de ses campagnes avec le grand conquistador. Dans la conclusion de son *Histoire véridique de la Conquête de la Nouvelle-Espagne*, il écrit : « *Les Indiens ont très bien appris les métiers de Castille. Ils ont leurs ateliers, leurs ouvriers... Ils jouent des marionnettes et fabriquent de bonnes mandolines... Nous leur avons enseigné la sainte doctrine. Maintenant, ils ont leurs églises richement parées d'autels et tout ce qui sert au culte divin : croix, candélabres, cierges, calices, encensoirs... Certains villages ont des orgues.* »

Si, comme l'a dit Machiavel, « *gouverner, c'est faire croire* », nul gouvernement n'aura davantage approché de la perfection que celui des Espagnols (et des Portugais) en Amérique. En cinquante ans, les conquistadores du Roi et les conquistadores de Dieu, les Jésuites, ont agenouillé au pied du crucifix — baroque, bien entendu — les Indiens de leurs nouveaux domaines. Après les avoir sabrés de bon cœur, et de bonne foi (chrétienne), on a disputé pour savoir si ces vaincus étaient bien des hommes. Le Pape en a tranché en 1537 : « *Nous déterminons et déclarons... que lesdits Indiens et tous les autres peuples qui viendront plus tard à la connaissance des chrétiens, quoiqu'ils ne connaissent point la foi de Jésus-Christ, ne sont ni ne doivent être pour cela privés de leur liberté ni de la propriété de leurs biens, ou asservis.* »

C'est un des grands mystères de l'histoire des cultures que les deux plus grands centres de diffusion du baroque, hors de l'aire italo-espagnole, aient été deux régions, l'une d'Europe, l'autre d'Amérique, où il a été implanté par la force. Les Habsbourg colonisent la Bohême et l'Europe centrale, les Espagnols le Mexique et l'Amérique centrale. Cent cinquante ans plus tard, les peuples d'Europe danubienne et ceux d'Amérique se soulèveront pour finir par conquérir leur indépendance. A Prague comme à Mexico, les plans des églises jésuites, le style des statues, le goût des décorations sont arrivés dans les fourgons de l'étranger.

En Chine, où les missionnaires précéderont les

conquérants, et les prédicateurs les canonnières, les Jésuites s'étaient mis à l'école des artistes chinois. Sous la dynastie Ming, le Père Matteo Ricci fit une carrière chinoise très honorable de peintre traditionnel, sous le nom de Li Mah-Tou. Plus tard, au XVIIIe siècle, sous la dynastie T'sing, l'empereur nomma deux Jésuites peintres de la cour, les Pères Attiret et Castiglione, et pendant que les artisans et les décorateurs occidentaux raffolaient des « chinoiseries » et des magots, deux ecclésiastiques occidentaux tentaient de démontrer, pinceau en main, que, contrairement à l'axiome de Kipling, l'Est peut rencontrer l'Ouest, et se marier avec lui. Castiglione enseignait aux Chinois la peinture d'Occident, et se faisait enseigner par eux leur peinture classique.

Mais les missionnaires jésuites en Asie arrivaient les mains nues, sans escortes armées, plus assoiffés souvent de devenir des martyrs que de dominer les indigènes. Les Jésuites et les religieux espagnols, eux, arrivaient en Amérique au milieu d'une des plus sanglantes entreprises d'exploitation, d'asservissement et de torture d'un peuple dont l'histoire nous ait laissé témoignage. C'est un dominicain, le Père Bartholomé de Las Casas, l'apôtre des Indiens, qui nous a fait le récit indigné des massacres et des supplices accomplis par les conquistadors et les colons : « *Les Espagnols, oubliant qu'ils étaient hommes,* écrit Las Casas, *ont traité ces innocentes créatures avec une cruauté digne des loups, des tigres et des lions affamés. Ils n'ont cessé depuis quarante-deux ans de les poursuivre, de les opprimer, de les détruire avec tous les moyens déjà inventés par la méchanceté humaine.* » Beaucoup d'autres missionnaires espagnols protestèrent et luttèrent contre la cupidité des colonisateurs, l'usage de la torture, la réduction des Indiens à la condition d'esclaves, la poursuite féroce de guerres que Las Casas estimaient « *injustes, sans motif, entreprises pour satisfaire l'ambition et une insatiable cupidité* ». Des religieux comme Antonio de Montesinos, Bartholomé de Olmedo, Fray Torrifico de Motalma, que les Indiens avaient surnommé Motoliana, « *le frère pauvre* », ont confirmé avec courage les rapports de Las Casas.

C'est pourtant sur ce fond d'iniquité et de sang que se découpent, dans le ciel américain, les centaines d'églises baroques dont les maîtres d'œuvre catholiques ont tracé les plans, et où les Indiens, devenus peintres, sculpteurs, ont été laissés libres d'exprimer leur nouvelle foi avec une fraîcheur admirable.

Le « *barroco indio* » est un phénomène de culture comparable, dans une certaine mesure, à l'éclosion des *negro spirituals* en Amérique du Nord. Ici et là, la religion des maîtres devient la consolation des esclaves, ici et là un art « naïf » et populaire se greffe sur l'enseignement du christianisme et sur les formes esthétiques qu'il a engendrées en Europe. Les libertés que prennent les auteurs de *negro spirituals* avec les textes bibliques, les cantiques catholiques et les psaumes luthériens sont évidemment bien plus grandes que celles que prendront les tailleurs d'images indiens avec les modèles et les plans que leur fournissent les maîtres d'œuvre européens. Le *negro spiritual* est une poésie et une musique noires, une création originale dérivée de sources chrétiennes. Le « *barroco indio* » est une nuance, une variété du baroque européen, où l'essentiel reste hispano-latin, mais où les Indiens ont « mis du leur ». Le *negro spiritual* est l'art où les esclaves sont devenus maîtres. Le « *barroco indio* » est l'art des maîtres, enrichi par les esclaves.

Mais les œuvres dont les architectes et les sculpteurs espagnols proposaient aux artisans autochtones l'imitation (ou le développement) étaient propices à l'épanouissement, au jaillissement des dons et de l'imagination des Indiens. Les missionnaires espagnols et portugais ont souvent cherché à retrouver dans les anciennes religions de leurs nouveaux catéchumènes des éléments préchrétiens, à faire de leurs dieux les préfigures du Christ, de leurs rites une ébauche de la liturgie romaine, du partage des pains sacrés chez les Incas l'esquisse de la sainte Communion. Sans aller aussi loin dans la recherche naïve et passionnée des analogies, on peut constater que le baroque s'accordait plus profondément avec la vision du monde et la sensibilité des Fils du Soleil que ne l'eussent fait les œuvres d'une esthétique classique : l'Aztèque ou le Maya étaient mieux préparés à sentir Churriguera que Herrera, Bernini que Palladio. Ils n'étaient pas dépaysés par l'iconographie funèbre des Danses de Mort médiévales, des statues de la mort espagnole ou des corps en proie aux vers de Valdès Leal. De la tête de mort en cristal de roche du British Museum (d'origine niztèque ou aztèque) aux têtes de mort en sucre qu'on vend sur les places mexicaines le jour de la Fête des Trépassés, s'inscrit une tradition que le catholicisme espagnol, ses Christs couverts de sang, ses squelettes et ses saints suppliciés ne brisaient certainement pas. Si la grande architecture archaïque ou classique du Mexique précolombien est massive, de lignes austères, d'un dépouillement grandiose, on trouve au Guatemala, (à Quiriga, par exemple), au Honduras (à Copan), une architecture opulente, d'esprit tout à fait baroque. L'orfèvrerie préhispanique de la Nouvelle-Grenade, avec les bijoux d'or du Haut-Calima, les pectoraux et les pendentifs chiroptéromorphes de la région de Tolima, l'exubérance des décorations sculptées du palais de Labna, aussi grouillantes de motifs végétaux ou géométrisés que certains temples du Sud-Est asiatique, expriment une profusion, une luxuriance, une sorte de vertige décoratif qui sont beaucoup plus proches du baroquisme manuelin ou churrigueresque que de l'idéal classique issu de l'antiquité gréco-romaine, ou que de la simplicité du roman et du haut-gothique.

Le Portugais, le nègre, le Jésuite, l'Espagnol, l'Indien sont résolument sourds au commandement du Deutéronome : « *Tu ne feras point d'images taillées.* » Le christianisme des premiers âges, dans sa liturgie comme dans son art, ne détruit pas les croyances, les rites ni les symboles du paganisme : il les assimile et les métamorphose. Les saints des grands chemins et les croix des carrefours ont pris la relève des dieux vicinaux romains, les saints guérisseurs ont repris la clientèle des dieux guérisseurs du Panthéon gréco-romain, saint Césarée assure la succession de César Auguste déifié, et les esprits forts ont ironisé sur la persistance des cultes priapiques, où l'autel de saint Vit remplace pieusement celui du dieu phallique. Mais lorsque les conquérants de la religion, les *conquistadores a los divinos,* entreprennent d'évangéliser les Indiens, cette religion populaire, souvent déjà paganisée, barbarisée par les superstitions, les croyances primitives, l'imagination naïve du petit peuple lusitanien ou ibérique, va à son tour se marier curieusement avec le vieux fond indien. Au Brésil, le culte occidental de saint Antoine, qui rend à ses fidèles les amours enfuies et les objets perdus, s'associe aux vieilles magies aphrodisiasques indiennes et négro-africaines. Les saints de la fécondité, notamment saint Gonçalves, prennent la place des divinités autochtones dont la protection assurait aux femmes la fertilité et à la terre des moissons abondantes. Le christianisme des origines avait baptisé les dieux païens. Les Indiens et les Noirs vont à leur tour colorer de leurs religions primitives la foi que leur imposent les conquérants. Au début du XVIIIe siècle, Le Gentil de la Barbinais découvre avec effarement que les religieuses de Bahia célèbrent Noël par des danses frénétiques et démoniaques, et Froger que la procession du Corpus Christi dans la même ville est précédée de danseurs et de masques, « *remuant leurs fesses lubriquement* ». Les missionnaires des XVIIe et XVIIIe siècles cherchent à retrouver dans les anciennes croyances de leurs nouvelles ouailles des éléments préchrétiens : un bas-relief maya à motif cruciforme auprès duquel on distingue un enfant les fait rêver d'une Annonciation précolombienne. Mais les ethnographes contemporains ont montré, d'Alfred Métraux à Roger Bastide, que le messianisme indien des *Tupi* préparait le terrain au messianisme chrétien. Les églises chrétiennes qui s'élèvent au-dessus des Teocalli aztèques ne les ont peut-être anéantis qu'en apparence. A travers les fondations des bâtisseurs espagnols ou portugais le vieil humus originel va remonter. « *Les idoles qui avaient été enfouies avec les temples indiens,* écrit Leopoldo Zea, *réapparaissent dans l'ornementation des nouveaux temples chrétiens. Dans les frises, les colonnes et les corniches, elles montrent leurs visages diaboliques.* » L'iconographie chrétienne est adoptée avec passion par les peuples colonisés des « Indes occidentales ». A Mexico, il faudra un édit du vice-roi pour interdire en 1600 la représentation du Christ et de la Vierge sur les casseroles et les draps de lit. Les statues de la mort de l'église de Yannuitlan (Oaxaca), les têtes de mort en sucrerie dont *Tonnerre sur le Mexique* d'Einsenstein a célébré la macabre jovialité, sont peut-être les héritières de la statue de la mort de Gaspard Bercerra, au musée de Valladolid, à moins qu'elles ne descendent de l'admirable tête de mort en cristal taillé du British Museum, qui fit rêver Saint-John Perse. Comme le remarque un historien mexicain, ici « *la mort elle-même change de caractère ; ce n'est plus lá mort du chrétien que toute vie doit préparer. Elle est devenue quelque chose de quotidien, comme peuvent l'être les jeux dont s'amusent les enfants.* »

Mais dans l'art baroque colonial le conquérant venu d'Europe reste le maître d'œuvre de l'édifice. Aux débuts de la conquête, le sanctuaire baroque, de l'architecture aux décorations, du plan d'ensemble aux détails, de la façade à la sculpture des retables, est une œuvre importée, ou conçue et bâtie sur place par des artistes venus d'Espagne ou du Portugal. Les milliers d'églises élevées au Nouveau-Monde (le seul Mexique en comptera plus de huit mille, la seule ville de Bahia plus de quatre-vingts) sont d'abord des églises espagnoles ou portugaises ouvertes aux nouveaux convertis. Ainsi, l'église du Saint-Sauveur, à Bahia, sera apportée d'Europe en pièces détachées, pierre par pierre. On retrouve entre le Brésil portugais et les « Indes de Castille », du Mexique au Chili, en passant par l'Équateur et le Pérou, les différences de style qu'on note entre le baroque lusitanien et le baroque espagnol. C'est dans la décoration intérieure que les Jésuites et les architectes seront amenés après avoir formé des artisans indigènes, à leur accorder une liberté de plus en plus grande et à laisser libre cours à leur spontanéité.

Les églises baroques ibéro-américaines font penser au fruit du grenadier, dont l'écorce est simple et lisse, mais qu'on l'ouvre : une fête pourpre et brillante de grains serrés s'y épanouit. Rien de plus sobrement élégant que les façades crépies de chaux blanche et bleue des églises baroques du Brésil, Notre-Dame de la

Conception à Ouro Preto, Saint-François d'Assise à Mariana, la Chapelle de l'Engenho Bonito à Pernambouc. (Les façades des églises dans les États espagnols, Mexique, Pérou sont beaucoup plus chargées et luxuriantes). Mais l'intérieur est une explosion de végétations torrentielles et d'ornementations polychromes. C'est là que la fraîcheur et l'invention des artistes indiens, noirs ou mulâtres, se sont donné libre fête et joyeux cours. Les vieux thèmes chrétiens, l'arbre de Jessé, par exemple, ont scellé alliance avec la botanique américaine : l'arbre biblique est devenu un arbre de forêt vierge, la ligne courbe du baroque occidental s'accorde avec celle des lianes et des branches de la végétation subtropicale. Dans les interstices de la décoration foisonnante, des anges et des saints naïfs faufilent leurs visages roses et candides. Au couvent dominicain de Oaxaca, à l'église Saint-Dominique de Puebla, à San Francisco d'Acatepec, à Tonantzintla, le baroque européen devient l'*ultra-baroque* colonial, Eldorado enivré de sa profusion, un exquis fouillis de gemmes, d'or et d'innocence chantournée.

Aussi, alors que les premiers sanctuaires baroques du Mexique ou du Brésil sont l'œuvre d'architectes ou de sculpteurs formés à Valladolid, à Séville, à Lisbonne ou à Santarem, deux siècles après l'arrivée des conquistadores va naître à Vila Rica, bâtard d'une esclave noire et d'un artiste portugais, le plus grand sculpteur et architecte baroque d'Amérique, le plus tardif aussi. C'est en effet en 1730 que naît le mulâtre Antonio Francisco Lisboa, dont la lèpre, qui réduira ses bras à l'état de moignons (à la fin de sa vie on y fixait ses outils de sculpteur avec des courroies) fera O Aleijadinho, le Petit Estropié. Il mourra mutilé, paralysé, aveugle, à l'âge de 84 ans, invitant Jésus dans ses prières « *à poser sur lui ses pieds divins* ». Il avait en quarante ans couvert la région de Mihas Gerais, sorte de Far West peuplé par la ruée des chercheurs de diamants, de centaines de statues, et d'au moins six églises et chapelles.

Tandis que les idées de la Révolution, les soldats de l'an II et les armées de Bonaparte commencent à porter aux vieux royaumes catholiques les coups dont ceux-ci ne se relèveront jamais, le mulâtre génial achève d'organiser à Congohas do Campo l'ensemble architectural dont deux architectes de pure race portugaise ont tracé les premiers plans en 1758. Devant l'exquis sanctuaire du Bon Petit Jésus du Petit Bois, œuvre de Francisco de Lima, l'Aleijadinho va régler l'envol des douze statues le long des terrasses dont les lignes croisées composent un des plus beaux « lieux scéniques » de l'architecture religieuse. Auprès de la chapelle majeure, il taillera dans le bois de cèdre les soixante-six personnages d'un *pasos* géant, retraçant les épisodes de la Passion, confiant d'ailleurs probablement à ses deux esclaves noirs, Mauricio et Januario, les figures des centurions et des bourreaux. Au sommet de la colline, les grandes figures majestueuses des prophètes, à mi-chemin des Rois Mages orientaux et des Rois de tragédie, surpris les uns dans un geste d'orateur sacré, d'autres dans la sérénité de la méditation, chantent à la gloire du Bon Jésus de Motozinhos leur grandiose *mulatro spiritual* de pierre. L'art du vieux métis boucle ici le long périple de l'aventure chrétienne. La religion des eslaves et des humiliés de l'Orient antique avait apporté à l'Occident ses consolations universelles et son légendaire exotique. Elle a franchi maintenant, derrière les caravelles de Colomb et les chevaux d'Hernan Cortés, les océans et les forêts sauvages. Une nouvelle race d'esclaves s'empare de l'histoire et de la fable saintes, en fait son bien, son espérance et son chant. L'annonce qui fut faite par l'Ange à Marie, par Paul aux Romains, par les Jésuites aux Incas vaincus et aux Africains déportés, un mulâtre rongé de lèpre la transmet aux *bandeirantes*, aux Indiens et aux Noirs du Nouveau-Monde. Le dernier grand tailleur d'images catholiques est un paria, un métis, un infirme. Le dernier baroque est le fils naturel d'une eslave et d'un *carpinteros* des Indes espagnoles.

Mais y a-t-il un *dernier* baroque ? Sans doute non, puisque Barcelone donnera le jour, en 1852, à Antonio Gaudí, architecte souvent admirable, et grand poète de l'espace baroque. Nourri de Ruskin, de Viollet-le-Duc, influencé par le modern style et les préraphaélites, Gaudí avait l'ambition de « *reprendre l'œuvre des grands bâtisseurs du Moyen Âge là où ils l'avaient laissé* ». Ses grandes constructions, la maison Vicen, l'hôtel Guell, les maisons Calvet, Battlo, Mila, le parc Guell, la chapelle Guell, la cathédrale inachevée de la Sagrada Familia donnent au spectateur une sorte de vertige superbe et de très rare inquiétude. On pense à une Exposition Universelle de l'outrance décorative et du mauvais goût, à un bric-à-brac où s'amalgameraient l'Orient de bazar, l'architecture de saindoux des charcutiers inspirés, les décors « médiévaux » des mauvais dessins animés de Walt Disney et des chars de carnaval, les vitrines de Noël des grands magasins, Byzance et les bains turcs 1900, les entrées de métro de Guimard et les femmes de Mucha, le style nouille et le style spaghetti. Salvador Dali a célébré Gaudí pour l'extravagance de ses façades et le délire pétrifié de ses détails ornementaux. Mais Gaudí est beaucoup plus qu'un doux maniaque du rêve architectural, qu'un facteur Cheval professionnel, qu'un illuminé parfois inspiré, et souvent aberrant. Il avait l'intention de reprendre le problème de l'architecture là où le Moyen Âge l'avait laissé. Il a, en fait, repris le problème là où les baroques l'avaient abandonné. Plus encore que la grandiose et folle cathédrale de la Sainte Famille, son chef-d'œuvre est peut-être la chapelle Guell. La fusion de l'architecture avec la sculpture, grand œuvre du génie baroque, est poussée par Gaudí plus loin qu'elle ne l'avait jamais été. Aux origines de l'humanité, l'arbre équarri était devenu la colonne. Gaudí transforme la colonne en arbre. Passionné des formes naturelles, des courbes de la palme ou de celles du coquillage, de la fleur et de la gerbe, il ouvre la chapelle Guell par un cryptoportique étonnant, aux lourdes et pures colonnes inclinées qui ont la grâce des arbres voisins et la puissance des arcs-boutants gothiques. Sa chapelle fait béer sur l'extérieur des becs d'oiseaux géants, il trace pour le plafond du chœur une rosace de pierres polychromes, d'une élégance rigoureuse. Architecture-sculpture et polychromie, deux des directions essentielles de l'art baroque, se retrouvent dans l'œuvre de Gaudí. Il a conçu pour les enfants de Barcelone le plus beau jouet architectural qui soit, les bancs-balustrades multicolores et en spirales du parc Guell, qui serpentent sur plusieurs kilomètres, et dont les plis et replis, la décoration bariolée de tuiles busées et de fragments de céramiques constituent l'espace de jeu le plus poétique qu'un adulte ait ouvert aux enfants. L'homme qui a bâti la chapelle Guell est le Gustave Doré de l'architecture. Celui qui a construit le parc Guell est son Lewis Carroll.

10

« *Des femmes suspendues en l'air toutes nues, ayant aux pieds des pierres d'un poids immense, les hommes, attachés et étendus sur le plancher...* » Ce n'est pas la description d'un tableau religieux, quelque scène baroque de martyre, mais (l'année où naît Rubens) le sac d'Anvers par les soldats de ce grand catholique, le duc d'Albe.

Aux Pays-Bas que gouvernent les archiducs espagnols, cinquante ans plus tard, les humanistes sont bons catholiques et les Jésuites bons humanistes. Rubens sera l'ami des Jésuites bâtisseurs d'églises, l'intime du Père Aguilon, l'architecte de l'église Saint-Charles d'Anvers, à laquelle collaboreront le peintre, et son ami le Frère Huyssens. Le Père Hesius, architecte de Saint-Michel de Louvain, enseigne la philosophie et la physique, rédige des traités d'astronomie, publie des poèmes latins, prêche à Bruxelles, et trace des plans d'églises. Rubens correspond avec les princes, les savants, les érudits et ses confrères, est un client assidu de la librairie Plantin, lit les traités scientifiques et les ouvrages d'architecture, Virgile et

Plutarque, Ovide et Sénèque. A l'humaniste Peiresc, Rubens avoue qu'il n'aime guère « *la simplicité de l'Église primitive* (qui) *a certes conquis l'univers par les vertus de la vraie religion, mais, quant à l'élégance et à la beauté des formes, restait très au-dessous du paganisme* ». A l'école des deux Rome, les Jésuites des Flandres et Rubens vont entreprendre celle de l'Antiquité et celle de la Contre-Réforme, de donner à « *la vraie religion* » cette « *élégance* » et cette « *beauté des formes* » qui aideront à la conquête des âmes.

L'église baroque offre un décor idéal aux grandes compositions d'un peintre qui confiait à l'un de ses convives se sentir plus à l'aise face aux vastes surfaces que dans « *les petites curiosités* ». Les Bons Pères, Aguilon, Hesius, Huyssens, vont élever, de Namur à Bruxelles et d'Anvers à Malines, ces grandes nefs claires, où les chapelles secondaires cèdent le pas à l'autel et à la chaire, où la lumière tombe en gloire des fenêtres sans vitraux, où de grands pans de murs, des caissons de voûte, des plafonds appellent de hautes toiles aux couleurs éclatantes, des peintures aux masses puissantes, lisibles de très loin. A Saint-Charles de Namur, la façade à deux étages et la grande nef aux colonnes de marbre blanc, les voûtes dont Rubens dessina la décoration en marbres de couleurs, et que sculpta le Frère Maréchal, sont le résultat d'une étroite collaboration entre les architectes jésuites et le peintre. Pendant une quinzaine d'années, de 1610 à 1625, les tableaux religieux tiendront la plus grande place dans le travail de Rubens. La tiendront-ils dans son cœur ?

Celui que Baudelaire nommait « *un goujat vêtu de satin* » fait cascader et se tordre les corps nus d'un *Jugement dernier* avec la même bonne humeur indifférente que ceux d'une *Bacchanale*. Autour de *saint Ignace guérissant les possédés* (les yeux au ciel selon l'esthétique religieuse qu'il faudrait nommer le-blanc-des-yeux-du-vague-à-l'âme), Rubens déroule des angelots hilares et avec une placidité toute profane fait se tordre, écumantes de volupté bovine plus que d'angoisse, des beautés bien en chair. Peintre exquis de petits paysages, de jardins d'amour, de fêtes galantes ironiques et légères, poète admirable de la sensualité dès qu'il célèbre, nue ou vêtue de soie, demi-nue dans la fourrure ou baigneuse dorée offerte aux vieillards, nymphe ou Vénus, la femme de seize ans qu'il épouse à cinquante-trois ans, Rubens, en tant que maître du baroque religieux, est exemplairement dépourvu d'émotion, de sincérité et de feu. Il semble assister aux spectacles tragiques de la Passion et de la Légende Dorée des saints avec l'œil tranquille dont il regarderait une servante plantureuse suspendre du linge à sécher. L'amateur savoure ces toiles pour ainsi dire « au détail », s'émerveillant, fragment par fragment, d'un *faire* d'une incomparable virtuosité, et déçu cependant par ces compositions sans âme et sans vérité intérieure. Chaque épaule, chaque draperie, chaque chevelure dénouée est un morceau de roi, de roi de la peinture. L'ensemble est vide, comme un superbe étal composé seulement pour le plaisir des yeux quand l'esprit est absent, et ailleurs la tête.

Il n'est que de comparer l'une des *Crucifixion* de Rubens à la *Mise en Croix* de Tintoret, à la Scuola San Rocco, pour mesurer la distance qui sépare de tous les peintres qu'on peut dire légitimement *baroques*, le plus grand de tous, le seul vraiment très grand : Tintoret. (On nous épargnera de tomber dans le ridicule des classifications qui cherchent à coucher de force Rembrandt et Le Nain, Caravage et La Tour, Poussin et Watteau, Vélasquez et Chardin sur le lit de Procuste d'un baroquisme si vague qu'il n'est plus rien.)

L'œuvre de Tintoret réunit dans une synthèse sublime les caractères que définissait Wölfflin : elle est plus picturale que linéaire, s'organise dans un espace à plusieurs pans, préfère la forme ouverte à la forme close, l'ambiguïté à la clarté, sacrifierait au besoin l'unité à la complexité. Ajoutons-y le caractère théâtral et dramatique, la poésie des grandes courbes, l'élan décoratif. Mais alors que chez Rubens, et plus tard chez l'exquis Tiepolo, ces caractères seront achetés au prix d'un renoncement à l'expression, à l'émotion, ils s'accompagnent chez Tintoret d'une intensité de la passion, d'une vérité dans les caractères et les détails pittoresques, d'une force dramatique qui n'ont à peu près pas d'égales. Devant les grandes scènes religieuses Tintoret n'est jamais ce spectateur distraitement bovin et gaillardement salace que Rubens se laisse aller à être. Le plus grand des peintres de nus de l'école vénitienne, égalé par le seul Giorgione, Tintoret est un des rares artistes de son temps pour qui la Passion est une souffrance, et non une représentation, une épreuve, et non une allégorie. Mieux encore qu'à Delacroix, c'est à Tintoret qu'il faut appliquer ce que Baudelaire écrivait du maître de la place Fürstenberg : « *Passionnément amoureux de la passion, et froidement déterminé à chercher les moyens d'exprimer la passion de la manière la plus visible.* »

11

Arrachés au temple ou à l'église où ils veillaient et priaient, une korê archaïque grecque ou un orant roman sont peut-être bannis de leur patrie : ils ne sont pas amoindris ou mutilés, et non plus un Bodhisattva chinois ou une Vierge gothique. Même si l'artiste les a conçus pour un ensemble monumental, les a allongés ou incurvés pour remplir une fonction architecturale ou décorative, ils demeurent eux-mêmes dans l'exil du musée ou l'isolement de la vitrine. Ils se suffisent, non point dans le sens où la satisfaction de soi incline à la suffisance, mais comme la sérénité intérieure s'accomplit en plénitude. Une statue baroque, au contraire, semble s'étioler et se réduire dès qu'on la ravit au décor et à l'ensemble où elle vivait. Elle est pareille à l'acteur qu'un coup de baguette magique aurait immobilisé dans l'élan d'une réplique, puis ravi à la scène, à ses partenaires, à son texte et aux lumières, pour le jeter dans quelque solitude abstraite. L'œuvre baroque n'est pas faite pour être contemplée dans les musées, elle est conçue pour vivre dans son espace natal, celui du spectacle total que proposent un monument, une place ou une cité.

Lieux baroques ? Quelques petites villes de Bavière, de Saxe, de Suisse, et avant tout Saint-Gall en Suisse. Quelques lieux naturels spécieusement machinés par l'art combiné du jardinier, du sculpteur, de l'architecte et du poète (monstres de pierre émergeant de la verdure à Bomarzo, en Italie — bois et futaies du château de Kuks, en Bohême, où Matyas Bernard Braun fait surgir de ses grottes fabuleuses des ermites géants, barbus, surpris à quatre pattes, effarés, hagards, tournant vers le passant le visage farouche de l'animal humain — gigantesque figure du vieillard Apennin, accroupi au-dessus d'une des sources, au bord de l'étang des jardins de la Villa Pratolino, à Florence, dont Giovanni di Bologna a tressé la chevelure et la barbe fluviale aussi finement que les arbres qui l'entourent ont tissé leurs feuilles). Vienne, de préférence sous la neige, quand les bulbes de l'Universitätskirche retiennent encore à leur sommet un liséré blanc, et que les plis des soutanes des saints baroques sont poudrés à frimas.

Mais la ville baroque par excellence, la ville tout entière comme un théâtre, où l'art baroque domine et submerge tous les autres styles (ils y comptent cependant des œuvres admirables), la ville où chaque pas découvre un spectacle artificieux et raffiné, c'est Prague.

Que les bonheurs d'expression des artistes ne coïncident point forcément avec l'expression de bonheur des peuples, la Bohême entre 1580 et 1780 l'illustre admirablement. Une des cités les plus harmonieuses et les plus homogènes d'Europe a été presque entièrement conçue et bâtie alors que son peuple subissait de très grands maux, et cherchait à secouer le joug de l'étranger, les astreintes du despotisme et les servitudes de la pauvreté. Les Habsbourg, entourés d'architectes italiens, d'alchimistes anglais, de Jésuites espagnols, d'artistes viennois, romains (comme Lurago) ou parisiens (comme Mathey), de maîtresses étrangères et d'artisans ou d'artistes tchèques, imposent à la Bohême une religion à observer et des tributs à payer. Les révoltes et les convulsions du peuple arracheront seulement en 1781 l'édit impérial supprimant le servage, et l'Édit de Tolérance épargnant aux réformés les plus graves persécutions. Si des créateurs tchèques, comme Karel Streta en peinture ou Bendl en sculpture, s'affirment alors comme des maîtres, le style des églises, des palais et des saints est celui que les vainqueurs imposent aux vaincus : Rome domine les esprits, et les Habsbourg les corps. Une ville heureuse et belle naît au cœur d'un peuple révolté, malheureux et courbé.

Prague est aérée de places et de perspectives, mais aussi parcourue et minée de passages, de couloirs marchands, de boutiques cachées, de chemins bizarres. On se laisse avaler par un passage bordé de magasins tranquilles, qui vous a pris au beau milieu d'une ville de buildings et il vous crache dans une vieille ville de maisons Renaissance, de fontaines en fer forgé que domine un coq doré, et d'horloges magiques, comme celle du vieil hôtel de ville, qui à chaque heure fait défiler d'un petit pas saccadé le Christ et les douze apôtres. Quand ils sont rentrés chez eux, le coq chante et bat des ailes, la Mort sonne une cloche, retourne un sablier, dit bonjour au Grand Turc qui dit non, non de la tête (les Praguois se sont pressés de réparer leur horloge que les Allemands avaient brûlée avec l'hôtel de ville. Comme on les comprend !). Entre les doubles fenêtres des vieilles maisons, les locataires mettent de petites caisses de géraniums et de pois de senteur. Les façades se terminent comme celles de Hollande, en gradins, ou bien en triangles ou en pignons un peu fous : on y déchiffre encore de vieilles fresques à demi effacées, ou des crépis délavés, bleu-gris, vert mélancolique ou jaune éteint. Il y a des galeries aux piliers trapus, comme celles de Berne ou de Bayonne, et au-dessus des portes, des anges cabriolants et solennels, des lions à l'air ennuyé, des antiquaires qui essaient des boîtes à musique sur lesquelles danse un nègre en turban doré, habit de soie vert Véronèse, pantalon réséda et bas blancs. Et à tous les coins de rue, une église, deux églises, dix églises, avec la grande parade des saints au fronton, comme à l'église des Chevaliers de la Croix, près du pont Charles, ou dans les niches, ou sur les toits, saints mitrés brandissant des crosses, saints auréolés brandissant des croix de fer comme les auréoles, saintes aux pieds nus, pâmées comme des Lédas de bonne famille, ou encore des anges, les robes au vent, les yeux doux, mains inclinées de danseurs d'Opéra, bien trop jolis pour être honnêtes. Les églises sentent l'encens et la vieille pierre vaguement humide, il y a partout des anges et des saints-évêques, peints en or, rouge ou bleu, qui soutiennent des pièces montées de bois doré, des cascades de sacrés-cœurs et de grappes, de blasons et de couronnes de laurier, de guirlandes de roses et de rayons de soleil qui s'arc-boutent à des échafaudages délicieux de rocailles, d'angelots, de feuillages, d'aigles, de bêtes légendaires qui soulèvent à bout de bras des tombeaux dorés, des saints dorés, des apothéoses de crucifix et d'yeux de Jéhovah dans le triangle sacré.

Au milieu de tout cela, dans de petites armoires de verre, bardées de cierges allumés, des poupées saintes vêtues de brocart et de broderies, l'Enfant Jésus de Prague avec sa minuscule tête écrasée par un diadème, émergeant de ses ors comme un infant de cour, une Madame la Vierge en perruque poudrée, et sur elle l'ombre d'un Christ en Croix, déchiré, chaque blessure, chaque plaie, chaque goutte de sang peintes avec une précision clinique.

Pour le promeneur qui préfère le caprice de ses pas à la rigueur des guides, ces façades ourlées comme de jolies oreilles, où les statues se sont posées comme des pigeons d'exposition, le pont Charles et sa double haie de saints qui bénissent, prêchent, morigènent, lisent à haute voix ou exhortent, l'autel en pyramide humaine de personnages sacrés, à Notre-Dame des Neiges, ou bien la Loretta, paroisse des contes de fées, avec son clocher à bulbe, ses gracieux toits de vieilles tuiles rose pâle, ses clochetons, sa façade blanche, ses balustrades où les statues ont l'air perché comme des enfants qui jouent — tout cela semble l'œuvre d'un seul artiste, dont le plaisir du flâneur ne se soucie pas de connaître l'identité, et qu'on est tenté de nommer, comme on dit le Bernin ou le Borromini, le Barroco.

Mais si nous soulevons les masques de cet inconnu cosmopolite, qui parle tour à tour, et avec la même vivacité, italien, allemand, tchèque ou français (mais toujours avec l'*accent baroque*), nous découvrons qu'il est légion. C'est Kilian Ignaz Dientzenhofer qui a dessiné les plans de la Loretta et de l'église Saint-Nicolas de Mala Strana. C'est Carlo Luragho qui a conçu la place des Chevaliers de la Croix et Saint-Sauveur. C'est Jean-Baptiste Mathey qui a créé le château de Troja, Giovanni Pieroni celui de Wallenstein, Frantisek Maximilian Kanka la Chapelle des Italiens et la plupart des bâtiments du Klementinum, Giovanni Santini l'église Saint-Gall et le palais Morzin. Quant à ces ballerines célestes et à ces évêques-danseurs qui peuplent les rues et les autels, nous découvrons peu à peu qu'ils sont peut-être tous les serviteurs du même Dieu, mais certainement pas les enfants du même père.

De la centaine de sculpteurs qui travaillèrent à Prague pendant le grand siècle baroque, trois maîtres se détachent, par l'abondance de leurs œuvres, leur vigueur et leur personnalité. Jan Jiri Bendl (1625-1680), Tchèque formé en Italie, et deux maîtres étrangers, Ferdinand Maximilian Brokoff (1688-1731) et Matyas Braun (1684-1738).

A l'angle supérieur d'un des piliers de Saint-Sauveur, Bendl a installé vers 1648 un ange ravissant d'incertitudes, créature qui hésite encore entre l'enfance et l'adolescence, entre un sexe et l'autre, entre le ciel et la terre, entre le profane et le sacré, entre Ovide et l'Ancien Testament. Le corps aimable, aimablement caressé par d'aimables draperies, les joues charmantes que la lumière effleure comme on caresse un fruit, appartiennent à cet art policé, mondain, qui donne à l'oratoire les charmes de l'alcôve et aux purs esprits les séductions de la chair. Mais Bendl a d'ordinaire une très grande force, une gravité majestueuse. Son archange Raphaël, son saint Sigismond, la statue équestre du Roi Venceslas ne sont ni graciles, ni alanguis. Le mouvement de l'ange est vigoureux, son visage tendu et sérieux. Le saint et le monarque ont la robuste autorité de ceux qui entendent conduire plutôt que séduire, et ordonnent plutôt qu'ils n'enjôlent.

Si Johann Brokoff est l'auteur notamment d'une admirable Pietà, son frère Ferdinand Maximilian représente le baroque à l'état pur, c'est-à-dire l'impureté même, le mélange des genres, l'alliance piquante d'un lyrisme exaspéré et du sens décoratif. Son Calvaire de bois polychrome est d'un pathétique sincère dans l'expression des visages de la Vierge et de Jean et d'une élégance raffinée dans le mouvement des draperies : c'est le tragique habillé par un grand couturier, au goût exquis. Dans cette exposition permanente du génie baroque que constitue le pont Charles, F.M. Brokoff a montré tous les tours qu'il avait dans son ciseau, avec cinq groupes monumentaux, d'une invention et d'une audace stupéfiantes. Son saint François Xavier porté sur un pavois par les Bons Sauvages Atlantes, Chinois, Italiens, Turcs, les deux anges qui font des grâces à saint François Borgia, les Régentes Célestes qui figurent sainte Barbe, sainte Marguerite et sainte Élisabeth — autant de réussites. Brokoff a l'abondance, la variété, le sens de la mise en scène et de la mise en place, la *furia* du mouvement et le sens de l'harmonie ; il excelle également dans l'utilisation de la pierre et du bois peint.

Matyas Bernard Braun, lui, est l'homme d'une perpétuelle bourrasque, le poète du vent, des fureurs et des caprices, le prince de l'insolite et des énigmes. Il n'a pas attendu René et Chateaubriand pour supplier les orages tant désirés de se lever autour de lui. Il habite la tempête comme une mouette souveraine. Nus, comme saint Sébastien et Vulcain, ou vêtus de robes tumultueuses, comme ses Allégories et ses saints archevêques, ses personnages sont en proie à la fois au tumulte de la passion et au vertige de l'ouragan. Si dans les églises et les monuments religieux Braun fait descendre sur ses créatures l'Esprit-Saint dévastateur, foudre et rafale, il sait aussi, au château de Kuks, abandonner dans le parc des apparitions de rêve, l'ermite Onophrius et le solitaire Garinus, de dansantes jeunes femmes masquées, des allégories mélancoliques, le visage enseveli sous leurs voiles, une Marie-Madeleine couchée à même le sol, sous les arbres, alanguie entre le sommeil et le plaisir. Matyas Braun est le sculpteur le plus original et le plus profondément inquiétant de l'âge baroque, et un des cinq ou six grands maîtres *magiques* du XVIIIe siècle.

12

Le baroque était le défaut d'une perle qui donna son nom à un style. Le rococo, cette dernière floraison du baroque, est un style (celui de la *rocaille*, en italien) qui donne son nom à un défaut. L'Académie française en 1842 décrète que rococo « *se dit en général de tout ce qui est vieux et hors de mode dans les arts, la littérature, le costume, les manières, etc.* Ex. : " *Aimer le rococo* ", " *Tomber dans le rococo* ", " *Cela est bien rococo* " ». De Stendhal à Louis Hourticq, rococo est un terme dépréciateur. « *Le Bernin,* écrit le premier, *était le père de ce mauvais goût appelé dans les ateliers du nom quelque peu vulgaire de rococo.* » Quant au bon Hourticq, il fait remarquer dans son *Architecture française* que tout ce qui est exagéré n'est vraiment pas « *de chez nous* », que ce sont toujours des étrangers qui s'adonnent au « *style pittoresque* », que Meissonnier est Turinois, Oppenordt Hollandais, et Cuvilliés né en Hainaut.

Les spécialistes se prennent savamment les pieds dans les volutes, les courbes, les contre-courbes, les vrilles, les guirlandes et les rinceaux des églises bavaroises, souabes ou franconiennes en essayant de distinguer le baroque du rococo. C'est que le rococo est une nuance de l'humeur plutôt qu'une variation du style, un léger changement d'éclairage plutôt qu'une modification des structures. Tout ce qui est baroque n'est pas forcément rococo, mais tout ce qui est rococo est d'esprit baroque. Jean Cocteau a défini un jour les Italiens en disant que ce sont « *des Français de bonne humeur* ». Ainsi le rococo, qui est un baroque gai. Les créateurs italiens du baroque cherchaient à produire (disaient-ils) un effet de *terribilità*. Leurs héritiers rococo songent uniquement à séduire, à plaire.

Si les architectes de l'époque Régence ou des petites cours allemandes allongent et étirent souvent les proportions, s'amusent à accumuler les pignons, les coupoles, les bulbes, les flèches, c'est essentiellement dans la décoration que la nuance rococo se marque. Lorsque en 1750 Cochin attaque les artistes rococo, il les critique comme décorateurs, « *mauvais inventeurs d'ornements... : un Pineau estropia de sa sculpture toute l'architecture qui se fit alors... Tout était livré à un esprit de vertige. Meissonnier, homme qui avait véritablement du génie, mais un génie sans règle et de plus gâté en Italie par son admiration pour les Borromini, acheva d'amener le désordre dans toutes les têtes* ».

Du *paso* espagnol à la crèche napolitaine, du retable à l'autel, l'art baroque avait toujours eu tendance à considérer l'architecte comme le décorateur du théâtre de Dieu, ou du spectacle profane, à demander au sculpteur d'être le metteur en scène d'un drame immobilisé ou d'un opéra suspendu. Né du théâtre, des effets de perspectives et de trompe-l'œil du décor, le baroque, dans son infléchissement rococo, retourne gracieusement et allégrement au théâtre. Ce n'est pas un hasard si la plus grande « tribu » italienne d'artistes-décorateurs, ces Galli Bibiena qui s'éparpilleront dans toute l'Europe, de Bologne à Saint-Pétersbourg, excelle également dans les arts du théâtre, de la sculpture, de l'architecture, de la décoration de monuments et de résidences, et si, feuilletant leurs cartons, l'amateur hésite toujours devant un projet, se demandant s'il s'agit d'un « caprice », d'une maquette de décor ou d'un plan de palais réel. Ce n'est pas non plus une coïncidence si les Berain sont à la fois des décorateurs à la scène et des décorateurs à la ville, si dans les résidences et les châteaux des margraves, des princes-évêques et des petits souverains de l'Allemagne du Sud, des architectes-décorateurs comme Johann August Nahl, Johann Balthasar Neumann, les frères Asam et Cuvilliés dessinent dans les églises des tribunes qui ressemblent à des loges d'opéra, et si le théâtre privé du maître de la demeure est construit par eux avec autant de zèle que sa chapelle.

Un des ultimes chefs-d'œuvre du baroque et du rococo sera la salle de spectacle que Cuvilliés (1695-1768) construisit à la Résidence de Munich entre 1751 et 1753. Cuvilliés était un étrange personnage, nain, polyglotte et polytechnicien, grand esprit dans un corps qui n'atteignait pas quatre pieds. L'Électeur de Bavière, qui l'avait engagé comme page après ses études d'ingénieur militaire en France, en fit l'architecte de sa cour. C'est dans le théâtre de la Résidence que Mozart dirigea, en 1781, la première représentation de son *Idoménée*. Les bombardements devaient anéantir en 1944 la Résidence tout entière, et son théâtre. Il a été reconstruit, pierre par pierre, avec ses anges cariatides, ses motifs dorés, ses boiseries crème et or, ses colonnes de marbre veiné, ses blasons et ses rinceaux, ses astragales de stuc et ses lustres, les soieries grenat de ses loges, ses voussures et ses amours joueurs de trompette. On a patiemment reformé et refermé sur lui-même ce bel œuf pourpre, blanc et or, où tout est calculé pour recueillir le spectateur vers la scène, vers le plaisir du théâtre, où tout conspire à détendre, amuser et dénouer l'auditeur, où la grâce volubile du décor prépare celui qui attend le lever du rideau à la grâce volubile et légère de Mozart. Mais avant d'être sur la scène le spectacle est déjà dans la salle. Né du théâtre, le baroque s'achève au théâtre.

Si l'on consent d'accepter comme conclusion et base de réflexion l'hypothèse que les grands styles dont nous observons le développement, la récurrence et l'antagonisme dans l'histoire des œuvres d'art correspondent à ce que Goethe nomme les *Urphänomen,* les phénomènes primordiaux, ou à ce que Nicolas Bourbaki nomme les *structures-mères,* il y aura peut-être profit à retenir cette intuition première qui nous incline à croire que l'opposition du baroque et du classique pourrait s'étendre à d'autres domaines que celui des arts plastiques.

Examinons, par exemple, les éléments géométriques qui composent à Florence la façade du Palais Strozzi, l'imbrication régulière des pierres rectangulaires dont les proportions rappellent à l'œil la proportion d'ensemble de l'édifice. C'est un long rectangle à deux étages percé d'un nombre infini de fenêtres. La fenêtre centrale s'inscrit dans la droite verticale par rapport à laquelle les deux moitiés de la façade sont symétriques. Regardons ensuite la façade de *barroco exuberante* de l'église mexicaine de Santa Maria, à Ocotlan, ses ajours et ses guipures, ses dentelles et ses torsades, ses ornements et ses échancrures, ses volutes et ses nœuds, ses astragales et ses guirlandes. Comparons de la même façon, la façade du Louvre conçue par Claude Perrault ou les bâtiments de la place Vendôme dessinés par Mansart, leur mouvement horizontal, avec la cour du Palazzo della Sapienza, œuvre du Borromini à Rome, la double courbe (en sens opposé) de la façade concave, en ellipse, dominée par la coupole convexe, qui s'achève par une lanterne aux fenêtres concaves, elles-mêmes surmontées de trois étages concentriques qui vont s'amenuisant (le spectateur étant ainsi comme circonvenu et séduit par une succession de malices de la pierre, où le creux et le renflé, l'ellipse et le cercle, le recul et l'élan, conspirent à le délicieusement duper). Ces comparaisons nous amèneront à conclure que les œuvres *classiques* (et peu importe ici que le Palazzo Strozzi soit du XVe siècle, et la façade du

Louvre ou la place Vendôme du XVIIe) n'appartiennent pas exactement aux mêmes domaines de la nature que les œuvres *baroques*.

Les lignes droites et les volumes parallélépipédiques des architectures classiques suggèrent à notre esprit une analogie avec les systèmes géométriques de l'état cristallin, leur structure étant réductible aux sept formes que peut prendre la molécule primitive, cubique, quadratique, orthorhombique, etc. En revanche les courbes utilisées par l'architecte baroque (circonférences, ellipses, paraboles, spirales, limaçons) nous ramènent aux formes dont la botanique nous propose l'examen : triple crosse vrillée du chardon à foulon (Dipsacus laciniatus), collerette de la centaurée scabieuse, folioles de l'herbe à Saint-Benoît.

Cette forme de pensée analogique à laquelle il convient à la fois de s'abandonner et de résister, qu'il serait dangereux de poursuivre sans précautions, et redoutable de refuser délibérément, nous fait pressentir que les fleurs renonculacées ou crucifères, le cristal de pyrite de fer et la géométrie d'Euclide appartiendraient au style classique, tandis que les fleurs composées, la Chevelure de Bérénice, le coquillage, la géométrie de Riemann et les géométries non euclidiennes en général, le ventre de la mère et les grottes de Fingal appartiendraient (plutôt) au style baroque.

Arnold Hauser a fait remarquer que le style baroque proprement dit a fait son apparition très peu de temps après que la cosmologie de Copernic se fut imposée, qui déplaçait le centre de la Création de la Terre au

Soleil, du domaine de l'homme au royaume du feu, détruisant l'idée d'un monde fini, et lui substituant cet univers infini dont Nicolas de Cuse a dit, dans une formule admirable, que « *le centre y coïncide avec la circonférence* ».

Il y a toujours de l'arbitraire et du hasard à établir des parallèles trop rigoureux entre l'état de l'esthétique et celui de l'astronomie, à vouloir faire marcher du même pas la sculpture et la mathématique, à prétendre trop bien accorder la musique des couleurs ou des mots et celle des sphères ou des atomes. Il reste que nous expérimentons dans le fonctionnement même de notre esprit et les rythmes de notre sensibilité un double mouvement, correspondant à l'opposition des arts classique et baroque.

Que l'être humain soit au centre de tout par un décret de sa volonté ou par l'existence autour de lui d'un univers anthropocentrique, la différence importe à celui qui étudie les sciences de la nature, davantage qu'à celui qui étudie les sciences humaines. Le chrétien du Moyen Âge, qui suppose un monde fait pour l'homme par un Dieu Père, et le stoïcien, d'Épicure à Vigny, qui suppose un univers indifférent à l'homme, s'accordent en ceci, qu'ils exigent une même souveraineté de l'esprit sur lui-même, et d'être maîtres d'eux comme de l'univers. La morale stoïcienne, thomiste ou janséniste, la ligne droite, l'architecture de Mansart, le jardin de Le Nôtre sont des entreprises destinées à rassurer l'homme, que le silence éternel des espaces infinis effraie. La ligne droite est assurance, et l'assurance est *classique*.

Au contraire la ligne courbe, le doux et chaud repli du creux originel, la grotte naturelle (et son ersatz, la rocaille), les tours du sentier et les détours du labyrinthe, les vrilles de la vigne et les coquetteries de la spirale, la protection de la coquille et la psychologie des profondeurs ont pour fonction primordiale de rassurer. La ligne courbe est rassurante, et la re-assurance *baroque*.

L'âme a besoin tour à tour de la clarté de Versailles et du ruissellement d'Angkor, du jardin à la française et des taillis à la Crusoé, de la ligne droite et de la volute, de Descartes et de Pascal, de Valéry et de Claudel, du classique et du baroque. Et l'esprit a besoin de savoir que chaque forme a sa fonction, que celles-ci se complètent. La mathématique moderne ne nie pas que la ligne droite soit le plus court chemin d'un point à un autre. Elle ajoute seulement que le plus court chemin n'est pas forcément celui qu'on parcourt le plus vite, et que la ligne du plus court temps entre deux points situés à des niveaux différents dans un espace soumis à la pesanteur n'est pas une droite, mais une courbe cycloïde.

Nous voilà bien loin, dira-t-on, du « dialogue » de Tintoret avec Poussin, de la profondeur et de la ligne, du baroque et du classique. Très loin, oui. Très près, pourtant.

II

Arts classiques

1

Il peut sembler paradoxal d'employer au pluriel l'expression arts classiques, quand dans les conceptions occidentales du classicisme il y a, en filigrane de toutes les théories et de toutes les pratiques, la notion d'un art classique *unique*, d'un Beau Idéal, d'un « Grand Goût ». L'unité de l'œuvre d'art, dans le projet dit « classique », renvoie à un art de l'unité. Il s'agit de révéler ou de dénuder un certain ordre unitaire de la réalité dont le néoplatonisme suppose l'existence transcendante. Ou bien de réaliser un certain ordre caché de l'intellect, dont le rationalisme pose l'existence immanente. Si l'art classique a l'ambition d'être l'art-en-soi, l'adéquation de l'œuvre à un « modèle » dissimulé par le chaos des apparences, ou à une harmonie de l'intelligence menacée par les désordres du sentiment, tout art digne du nom de classique s'accomplira fatalement comme une *répétition*. Il sera un moyen de retrouver ce qui fut, est, sera. Il sera toujours imitation : imitation de l'Antiquité dans les rencontres qu'elle sut accomplir avec ce modèle idéal, imitation de l'harmonie de l'univers, imitation du mouvement triomphal de la Raison partagée par tous les hommes.

Il peut sembler également paradoxal d'appliquer la grille du classicisme à l'ensemble des créations artistiques de l'humanité, de chercher à tourner la clef classique dans d'autres serrures que celle de ce moment de l'histoire européenne où les penseurs et les créateurs définissent dans le passé un Âge d'or classique, une fraction limitée de l'Antiquité gréco-romaine, et veulent reconquérir, dans le présent, cette utopie de la mesure, de l'harmonie et de l'ordre. La notion de classique ne recoupe pas, en chinois ou en japonais, les définitions explicites ou implicites qu'en ont données ou qu'ont illustrées les architectes et les peintres de la Renaissance et du « Grand Siècle ». En littérature comme en peinture ou en architecture, les grandes civilisations reconnaissent l'existence d'un trésor d'œuvres qui sont en effet classées et enseignées ou proposées en modèles dans les classes. Mais ce trésor de références et d'archétypes ne correspond que de très loin aux critères admis comme ceux du « classique » par les contemporains de Bramante ou de Poussin. Et si nous embrassons dans le même regard les arts de l'Afrique noire, de l'Orient ancien, des civilisations américaines, de quelle utilité nous sera donc le fragile « étalon » classique d'un moment très limité de la culture européenne ? Étalon de mesure au demeurant si contesté et si contestable que l'historien de l'art le voit se réduire et se dissoudre au fur et à mesure qu'on serre de plus près la réalité des œuvres. Qu'est-ce qui est classique en art au Siècle de Louis XIV ? Une enquête un peu sérieuse laissera peut-être le bénéfice de l'adjectif classique à quelques tragédies de Racine et à la Colonnade du Louvre, mais niera que la « folie » de Versailles obéisse aux lois énoncées par Platon, reprises par les néoplatoniciens de l'Italie renaissante, par les rationalistes du XVIIe siècle ! « *En toute chose, la mesure et la proportion constituent la beauté comme vertu.* » A partir du moment où l'histoire de l'art manifeste une méfiance de plus en plus freudienne devant les intentions conscientes des artistes, et ne pose pas pour certaine la coïncidence entre le projet et l'œuvre, entre la théorie et la réalisation, entre le programme et le spectacle, on voit le « moment classique » se réduire jusqu'à n'être plus qu'un fantôme. Le peintre classique, ce sera un peintre qui rêve qu'il est un classique, ce sera David et ce sera Ingres. Mais qui est « classique » à l'apogée du régime de Louis XIV, l'âge qu'on a longtemps cru le siècle d'or du classicisme européen ? Poussin, peut-être. Mais ni Georges de La Tour, ni les Le Nain, ni Puget, ni en littérature la majorité des écrivains, tous « en marche », parce que tous rebelles à l'ordre d'État, des libertins écrasés par la répression aux jansénistes traqués par la police, des protestants dragonnés aux protestataires bâillonnés. Est-ce que l'art des Académiciens, l'art de Le Brun définit et résume vraiment le classicisme français ? Philippe de Champaigne l'est bien davantage, qui est pourtant dans « l'opposition ».

S'il y a un classicisme sous le Roi-Soleil, il est vite réduit au silence. « *On a trouvé au* " *silence de Racine* " *les plus profondes raisons*, écrit Bernard Teyssèdre, *n'est-il pas étrange qu'il soit contemporain d'un* " *silence de Boileau* " *?* » Les porte-voix du Roi-Soleil parlent haut. Mais les silences du siècle pèsent lourd. On en vient à se demander si être « classique » sous la dictature de Le Brun, ce n'était pas être « réaliste-socialiste » sous la dictature de Jdanov. Que penserait-on d'un historien de l'art soviétique dont la préoccupation serait de déchiffrer l'histoire de l'art universel en proposant comme valeur de référence l'art officiel de l'ère stalinienne ? Entre la Renaissance et le Baroque, entre le maniérisme et le préromantisme, l'ère classique se rétrécit dangereusement. Ne serait-ce pas, plutôt qu'une vision de l'observateur des œuvres, une vue de l'esprit des esthéticiens, des critiques et des héritiers nostalgiques d'un héritage illusoire, les Winckelmann et les Mengs ? On voit plus clairement où sont les néoclassiques qu'on ne trouve les vrais classiques. S'il n'y a peut-être pas un seul classique au singulier, comment y aurait-il *des* arts classiques ?

Traquée dans ses retranchements historiques, se dérobant quand on croit la saisir, l'ambition classique est cependant persistante. Elle court comme une nostalgie du passé ou la poursuite d'une utopie à travers toute l'aventure de l'art. Elle hante l'inconscient du langage et la conscience des créateurs. Nous entretenons tous en nous-même, tapie au profond de la chair, cette vision de l'histoire qui est peut-être une projection de notre propre histoire biologique, et à laquelle le génie de Hegel donnera sa formulation la plus périlleuse. Nous nous imaginons, et nous imaginons le mouvement de notre espèce soumis aux rythmes organiques de la germination et de la croissance. Il y aurait une dialectique de l'art comme il y a une dialectique de la cellule vivante. Elle se fraierait un chemin de la confusion des origines à la décomposition des décadences, en passant par l'apogée équilibrée d'une perfection fugitive. L'individu et son espèce passeraient par les stades successifs de la thèse, de l'antithèse et de la synthèse. L'humanité aurait une enfance, une maturité et un déclin. L'art des hommes a ses balbutiements, atteint douloureusement à sa plénitude, puis se défait. L'instant historique du classicisme, pour Hegel, c'est celui de « *l'individualité classique qui... en même temps qu'elle anime et individualise la forme générale, fait du réel et du sensible l'expression parfaite de l'esprit* ». C'est cette conjonction admirable et précaire que l'homme éprouve à un moment si bref de son destin, l'accord fragile entre l'apogée de sa force et la plénitude du monde. A trente ans, ou trente-cinq, tout vivant est un instant le classique de lui-même. Mais dans les systèmes de l'histoire, que ce soit celui de Vico ou d'Auguste Comte, de Hegel ou de Marx, l'esprit humain ne risque-t-il pas de céder à la tentation de projeter l'expérience du temps individuel sur le grand écran du temps collectif? Il est beaucoup plus satisfaisant pour le corps que pour l'esprit de concevoir un développement organique de l'histoire de l'art qui passe de l'enfance archaïque à l'équilibre de la maturité classique, puis se délite et se défait dans le grouillement ou l'explosion déclinante du baroque, et s'éteint enfin dans la nuit des romantismes. Le présupposé naïf de toute histoire linéaire des créations de l'homme, c'est l'acceptation d'un même temps linéaire pour tous les hommes. Mais personne n'est jamais tout à fait le contemporain de personne. Et nul n'est jamais tout à fait le contemporain de soi-même. Il y a une histoire possible des instruments de l'homme, des institutions de ses cités, des conquêtes de son espace. Il y a une histoire de tout ce qui est accumulatif dans l'expérience humaine. Mais l'art, précisément, se fonde sur ce qui n'est pas accumulatif, sur les sentiments. A la limite, la seule histoire possible de l'art, c'est celle des outils, du matériau et des techniques. Nous savons bien qu'elle laisse échapper l'essentiel. Non que cet essentiel soit un « je-ne-sais-quoi », une essence spirituelle insaisissable, et *ineffable*. L'évidence de l'œuvre d'art, la présence souveraine de l'émotion qu'elle transmet et perpétue constituent une réalité plus *immédiate* que l'infrastructure des théories, l'échafaudage des intentions et la technique des métiers qui lui ont permis de s'accomplir. Le bas-relief égyptien de la XIIe dynastie où le dieu Ptah étreint le roi Sésostris Ier nous parle, à nous qui ne parlons pas l'égyptien, ne savons rien du dieu Ptah, et peu de Sésostris. Mais dans ce langage sans mots de l'œuvre d'art, que vient faire le mot de *classique* ?

2

Le critère le plus universel du classique est aussi le plus évasif. L'œuvre classique, c'est d'abord celle qui est proposée comme modèle et proposée comme exemple. Qui est présentée dans les classes (ou dans les ateliers) comme point de départ du travail des futurs artisans, artistes ou créateurs. Le forgeron africain dans sa case et Poussin dans son atelier soumettent à leurs élèves des classiques à imiter, égaler, poursuivre (et dépasser). On voit bien que ce ne sont pas les mêmes. Le premier Dictionnaire de l'Académie, en 1694, définit comme classique le créateur « *ancien fort approuvé et qui fait autorité dans la matière* ». Un siècle et demi plus tard, en 1835, le même Dictionnaire précise que sont classiques « *ceux qui sont devenus modèles* ». Mais selon les époques et les cultures, l'accent est mis sur l'imitation comme point de départ de la liberté, ou au contraire comme une fin en soi, une ligne d'arrivée. La civilisation chinoise, où il semble au premier abord que l'intention d'originalité est le dernier souci dont se préoccupe l'artiste, où une chaîne presque sans fin d'imitations, de copies et de répétitions traditionnelles des mêmes formes et des mêmes techniques se poursuit pendant des siècles, nous montre au contraire la préoccupation constante d'une transmission sans asservissement. Les traités chinois de peinture exhortent sans arrêt l'apprenti peintre ou calligraphe à copier sans relâche pour être lui-même sans contrainte. Wang Kai résume leur enseignement en écrivant : « *Vous devez apprendre d'abord à respecter fidèlement les règles. Ensuite, modifiez-les selon votre intelligence et vos capacités. La fin de toute méthode c'est de parvenir à avoir l'air d'être sans méthode. Si votre but est de vous passer des règles, apprenez les règles. Si votre but est la facilité, travaillez dur. Si votre but est d'être vous-même, imitez les maîtres. Si votre but est d'être ouvert, enfermez-vous dans l'observation des principes.* »

Mais toute théorie de la tradition en art ne fait jamais que schématiser le mouvement fondamental de la création esthétique. On ne devient jamais sculpteur ou peintre parce qu'on est d'abord ému par un corps ou par un paysage, mais parce qu'on est d'abord poussé à créer une statue ou une image. Les plus anciennes œuvres connues renvoient elles-mêmes à des *classiques* invisibles et inconnus. L'évolution en art est le passage d'un style à un style, et non le passage d'une réalité à une autre. Et les révolutions en art se font contre une certaine manière de concevoir l'art, bien plus qu'au nom d'une certaine façon de regarder le monde. En même temps qu'elle refuse le style de ses prédécesseurs, une « école » nouvelle se réfère à celui d'autres ancêtres. Le premier soin des innovateurs en art est de se constituer un musée de références qui conteste le musée reconnu par leurs prédécesseurs immédiats, comme le premier soin des écrivains d'une avant-garde est de dresser la liste d'une bibliothèque *restaurée*. Quand les Modernes attaquent les Anciens, c'est toujours en leur opposant des Anciens-plus-anciens, et plus jeunes. Car la querelle des Anciens et des Modernes n'est pas une anecdote du siècle de Louis XIV, elle est un dialogue constant dans l'histoire. La bataille des Romantiques contre les « Classiques » n'est pas un épisode contingent du XIXe siècle français à son début, c'est un affrontement millénaire. Mais dans la mesure où l'idée du classique correspond à l'existence d'œuvres antérieures qu'il convient d'imiter, ou de poursuivre, une « révolution » de la culture et des arts se définit bien rarement comme un départ de zéro et une construction à partir de la table rase. Dans l'Égypte amarnite, la bataille que mène Akhenaton sur le front de la religion, des institutions, de l'art et de la pensée, apparaît aux yeux des traditionalistes comme un reniement des modèles « classiques » : « *Le pays fut bouleversé et les dieux s'en sont détournés,* gémit, après la défaite du pharaon novateur disparu, une inscription de son successeur qui a restauré l'ordre ancien. *Si l'on appelait un dieu pour lui demander conseil, il ne répondait pas. Si l'on suppliait une déesse, elle ne se manifestait plus.* » Mais le premier souci d'Akhenaton semble être, autant que d'imposer un retour à la vérité (au *maat*) et au naturel, retour qui va s'exprimer dans les œuvres d'art par la rupture des règles admises jusque-là, d'affirmer que la Révolution amarnienne est un retour à la tradition, une restauration des véritables principes de la religion, une reconquête du passé le plus pur. L'intronisation révolutionnaire du dieu Soleil, de Rê l'Unique, est présentée autant comme un retour aux sources qu'une rupture avec le passé.

Dans la terminologie européenne, l'autre signification du mot *classique,* « *qui appartient (ou dérive) de l'antiquité gréco-latine* », est une illustration de ce phénomène constant de « récupération » du passé. Quand l'humanisme du XVIe siècle puis le rationalisme du XVIIe condamnent le goût « gothique » et la barbarie médiévale, ils en appellent de la connaissance incomplète que les artistes médiévaux avaient de l'Antiquité à une connaissance plus sûre. Il n'y a sans doute pas de progrès en art, au sens où il y a des progrès de la science ou de la technique. Mais toutes les mutations de style et de conception de la création se font non pas au nom de l'ignorance volontaire de l'héritage du passé, mais au nom d'une nouvelle lecture, qui se veut plus exacte, de celui-ci. Ou au nom d'une autre lecture d'un autre secteur du passé. La contestation radicale du legs culturel reçu par une génération ou par un siècle n'est jamais si radicale qu'elle ne se réinvente des ancêtres et des maîtres. Tout élan vers l'avenir s'accompagne d'un saut vers le passé. Les créateurs de la Renaissance et du XVIIe siècle sautent rétrospectivement à pieds joints par-dessus la « *grande nuit du Moyen Âge* » pour retrouver l'Antiquité dont ils ont besoin.

Les créateurs du Romantisme sautent à pieds joints par-dessus l'ère classique pour retrouver le Moyen Âge qui leur est nécessaire. Les Impressionnistes sautent à pieds joints au-dessus du réalisme et du naturalisme pour redécouvrir Turner et les préimpressionnistes anglais. La peinture surréaliste se constitue une galerie de répondants, où Piero di Cosimo, Monsu Desiderio, Blake, Goya et Füssli prennent la place de Poussin, de Courbet, de Monet et de Renoir. Il n'y a pas de créateur qui n'ait ses classiques. Simplement ce ne sont jamais les mêmes d'une étape à la suivante.

Quand Picasso et les jeunes peintres cubistes font faire irruption dans leur Louvre idéal aux figures de « l'art nègre », et que la Joconde, barbouillée de moustaches irrévérencieuses, cède la place, terrorisée, aux masques africains et aux divinités de Nouvelle-Guinée, leur mouvement est le même que celui du jeune Nicolas Poussin se détournant de Caravage pour aller dans la campagne romaine en quête « des grands hommes de l'Antiquité » et des statues romaines ou grecques. A chacun ses Grecs. Ce que Stendhal reprochera aux « classiques », ce n'est pas d'être parti en quête de l'Arcadie. C'est d'avoir pris un mauvais chemin pour l'atteindre. « *Où trouver les Anciens Grecs ?* demande-t-il. *Ce n'est pas dans le coin obscur d'une vaste bibliothèque, et courbé sur des pupitres mobiles chargés d'une longue suite de manuscrits poudreux ; mais un fusil à la main, dans les forêts d'Amérique, chassant avec les sauvages de l'Ouabache. Le climat est moins heureux ; mais voilà où sont aujourd'hui les Achilles et les Hercules.* » André Breton prendra l'itinéraire que suggérait Stendhal : ses Tanagras à lui, c'est en Amérique qu'il les cherchera, et ce seront les poupées des Indiens Hopi. Mais même si l'itinéraire reste en apparence identique, nous savons bien que le voyage en Grèce ne se ressemble pas si c'est celui de Winckelmann et celui d'Henri Laurens, si c'est celui de Maurras et celui de René Char. Entre la Grèce hellénistique et la Grèce archaïque, entre Mycènes et Alexandrie, entre Héraclite et Anacréon, il n'y a que l'embarras du choix, et l'opposition des préférences. Le besoin de classiques est la chose du monde la mieux partagée. Mais les classiques sont déménagés du Panthéon tous les vingt-cinq ans. « *J'appelle classique le sain, et romantique le malade* », dit Goethe. Tout le monde est d'accord là-dessus. C'est le diagnostic qui diffère. Pour Poussin, Vélasquez, Rembrandt et les Le Nain se portent très mal, avec leur manie de représenter « *des sujets simples et sans beauté* », des « *actions basses et souvent ridicules* ». Mais pour le Romantique, Claude Lorrain et Poussin souffrent d'anémie pernicieuse, Horace Boileau et Pope manquent de globules rouges, et le « classique » est mortellement atteint d'une maladie de langueur.

Ce qui est constant dans l'esprit humain, ce n'est pas la constance, c'est le désir de la constance, et son mirage. Chaque commando qui bouleverse le musée des classiques, et le déménage de ses anciens occupants pour y instaurer les nouveaux élus, entretient sans doute l'illusion que c'est une fois pour toutes. Le frileux Sainte-Beuve, s'interrogeant pour savoir ce qu'est un classique répond : « *L'idée de classique implique en soi quelque chose qui a suite et consistance, qui fait ensemble et tradition, qui se compose, se transmet et qui dure.* » Et il ajoute : « *Car il faut choisir, et la première condition du goût, après avoir tout compris, est de ne pas voyager sans cesse, mais de s'asseoir une fois et de se fixer.* » Mais l'homme ni l'art ne s'assoient jamais. Ils ne se fixent que dans la mort, et ne se reposent que dans le néant. Les générations sous le soleil se suivent, et ne répètent que dans le besoin de se trouver des pères, ou des grands-pères, c'est-à-dire de refuser ceux qu'ils avaient *reçus*. « *Lorsque tu bois de l'eau,* dit un proverbe chinois, *souviens-toi de la source.* » Mais chaque assoiffé situe la source ailleurs, cherchant une eau toujours plus fraîche et toujours plus pure. Aucune généalogie n'est jamais linéaire et continue. L'histoire de l'art c'est aussi l'histoire du détrônement continu et de l'intronisation toujours recommencée de classiques toujours éternels et toujours menacés.

3

L'écolier rétif à l'apprentissage des humanités envie les Latins qui n'avaient pas à apprendre le latin. L'artisan et l'artiste rebelles aux modèles qu'on leur enjoint d'égaler jalousent les Grecs anciens qui n'avaient pas au moins, eux, à imiter les Grecs. Mais la plus ancienne tablette d'argile sumérienne, vieille de cinq mille ans, en déchiffre-t-on les caractères cunéiformes, qu'elle nous révèle chez les hommes de Sumer la révérence d'un âge classique et la nostalgie d'un bon vieux temps, celui de l'ordre, de l'unité et de l'harmonie. Le temps où

Il n'y avait pas de peur, ni de terreur
Le pays de Martu reposait dans la sécurité
L'univers tout entier, les peuples à l'unisson
Rendaient hommage à Enlil en une seule langue.

Cette harmonie du monde ancien, cet âge d'or dépassé, avaient engendré un art harmonieux et des règles d'or de l'architecture. Et le souverain, le Roi-

Soleil d'avant tous les rois, avait ordonné à ses sujets de lui ériger un temple-palais :

Que les habitants d'Aratta
Ayant descendu de leurs hautes terres les pierres des montagnes
Fassent surgir pour moi le Grand Sanctuaire
[...]
J'apporterai d'Eridu les lois divines
Et que le peuple admire et approuve
Et qu'Utu contemple ce spectacle d'un œil joyeux.

L'idée d'un univers enfin ordonné, et d'une société où tout serait enfin en place, recule-t-elle dans le passé, et si loin que tout à fait insaisissable et improbable, voici qu'elle resurgit dans l'avenir. Le mythe de l'âge d'or aboli, l'utopie de la cité idéale prend sa place. Il arrive qu'ils coexistent dans le même moment de l'histoire. Le Siècle des Lumières propose simultanément deux modèles à l'humanité : l'homme naturel des origines, et l'homme futur enfin accompli. La Cité du Soleil de l'architecte visionnaire Claude Ledoux est contemporaine de Robinson Crusoé. Le Bon Sauvage pas encore gâté par la société, c'est un idéal classique effacé par l'histoire. L'Homme Nouveau de cet âge reconquis où « *le soleil n'éclairera plus sur la terre que des hommes ne reconnaissant d'autre maître que leur raison* » (Condorcet), c'est un idéal classique restitué par l'histoire « perfectionnée » de l'homme perfectible. Mais à l'instant précis où nous sortons des pénombres dorées du mythe, et bien avant d'entrer dans la projection utopique d'un futur rationnel, sur le premier point de l'humanité où nous apparaisse un art historique (se dégageant donc de la préhistoire), en Mésopotamie, l'archéologue sur le site d'Hassuna (V[e] millénaire) s'étonne. « *La première architecture était née,* écrit André Parrot, *avec des caractéristiques "fonctionnelles" qui ne laissent pas d'étonner : plan harmonieux, distribution judicieuse. Tout avait été visiblement pensé avant d'être exécuté.* » Le paysan néolithique d'il y a cinq mille ans pratiquait donc déjà le précepte « classique » de Michel-Ange : « *L'artiste excellent n'a aucun concept qu'un seul marbre ne puisse renfermer en soi, mais seule est capable de l'en dégager la main qui obéit à l'intelligence.* » Et celui de Nicolas Poussin : « *Il faut que le jugement se conduise dans le choix des sujets, et dans l'exécution de toutes les parties d'un ouvrage.* »

Mais il vient à l'esprit ici que c'est l'étonnement de l'archéologue devant le plan harmonieux et la pensée préalable des « premiers architectes » dont l'œuvre nous soit actuellement connue, qui peut paraître *étonnant* au paléontologue et au poète. Le paléontologue constate avec André Leroi-Gourhan que dès qu'apparaît l'*homo sapiens,* apparaît avec lui le comportement esthétique, et se constitue un code des émotions. « *Ce code des émotions esthétiques est fondé sur des propriétés biologiques communes à l'ensemble des êtres vivants, celle des sens qui assurent une perception des valeurs et des rythmes... L'intellectualisation progressive des sensations aboutit chez l'homme à la perception et à la production réfléchie des rythmes et des valeurs, aux codes dont les symboles ont une signification ethnique, comme ceux de la musique, de la poésie, ou des rapports sociaux.* »

Le premier modèle classique de l'artiste, c'est peut-être dans les rythmes fondamentaux de l'être vivant qu'il faut aller le saisir : rythmes alternés de la systole et de la diastole, de l'inspiration et de l'expiration, du sommeil et de la veille. A propos de la poésie classique, c'est-à-dire *régulière,* Paul Valéry observe que ses conventions, la structure « artificielle » du vers rythmé et compté en syllabes ou accents, coupé de césures fixes et de silences concertés « *imitent le régime monotone de la machine du corps vivant, et peut-être procèdent de ce mécanisme des fonctions fondamentales qui répètent l'acte de vivre, et construisent le temps de la vie au milieu des choses* ». Le premier classique, ce serait donc le corps humain. Mais il faut remarquer que l'œuvre en ceci n'est pas forcément une soumission au *donné* de la physiologie et de la biologie. Elle peut naître aussi de leur asservissement à la volonté de l'homme. Le rythme naturel de notre espèce c'est celui de la marche ou de la course, ce n'est pas celui de la danse. Le conducteur des danseurs initiatiques d'un peuple dit « primitif » ou le chorégraphe du ballet moderne ne reçoivent pas immédiatement du corps de leurs adeptes un rythme animal, ils lui imposent un rythme humain, c'est-à-dire non naturel. L'ascèse religieuse ou sacrée brise le rythme normal du sommeil et de la veille, de la faim et de la digestion, pour provoquer par cette rupture des états dont s'inspireront le poète visionnaire ou le peintre hanté. Les techniques de gouvernement, d'astreinte et de « dérèglement » délibéré du souffle pratiquées par le sage taoiste, le yogin brahmaniste, le soufi persan ou l'adepte du *zen* tendent au contraire à libérer l'homme de l'obéissance aux rythmes de la vie spontanée, et à leur substituer un rythme différent.

Mais, dès que l'*homo sapiens* inséparable de l'*homo faber* entre en scène (et artistes, nous le savons bien, le forgeron, le potier, le fabricant d'outils le sont aussi bien que le tailleur de figures ou le traceur d'images), l'œuvre d'art déjà s'inscrit dans un plan, un rythme et un projet préalables à son exécution, puis s'organise en fonction des rythmes que lui proposent la matière à former et les outils dont l'homme dispose, et s'insère dans les rythmes de la société où elle naît.

Si l'œuvre est classique dans la mesure où le vocabulaire de l'Europe l'oppose à l'œuvre « romantique », où la préconception s'oppose à l'inspiration, où ce qui est voulu l'emporte sur ce qui est donné et reçu, toutes les œuvres n'obéissent certes pas aux prescriptions d'une esthétique normative, mais toutes sont assujetties à des normes qui pour n'être pas toujours conscientes n'en sont pas moins astreignantes. Ce que Leroi-Gourhan dit de l'outil est applicable à toutes les œuvres que celui-ci façonne, qu'elles soient fonctionnalistes, ou conçues pour la seule « délectation ». « *Dans la forme d'un outil trois valeurs interfèrent : la fonction mécanique idéale, les solutions matérielles qui relèvent de l'état technique, et le style qui relève de la figuration ethnique.* » Mieux vaudrait peut-être dire : cette part du style qui dépend de la société. La fonction idéale, c'est-à-dire le projet, la solution matérielle, c'est-à-dire l'état de la technique, sont elles aussi des facteurs essentiels du style.

L'aspiration classique, dans la mesure où elle est le refus des forces tumultueuses et des puissances de sédition de la nature humaine et de la nature à demi humanisée, où elle est une défense de la raison contre la dictée impérieuse de l'inspiration (qu'elle soit bourrasque des grands fonds ou caprice ludique), n'est jamais le « second mouvement » d'une histoire en trois temps, le temps de la confusion, le temps de l'ordre victorieux, le temps de la désagrégation décadente. Elle en est au contraire le premier mouvement. Du cromlech de Stonehenge à la ziggourat babylonienne, du village originel sumérien à la cité égyptienne, avant d'être une réunion hasardeuse de pierres érigées ou une agglomération destinée à abriter la vie des hommes, la cité des dieux et la cité des hommes proposent au ciel un miroir symbolique et s'ordonnent dans un espace qui *signifie*. Le premier espace classique, ce n'est pas celui agencé à Versailles par les urbanistes et les jardiniers du Roi-Soleil, c'est la cosmologie pétrifiée inscrite sur la lande de Stonehenge sous le soleil roi par les bâtisseurs de menhirs, c'est le temple solaire des architectes-prêtres de l'Égypte. Quand ils commenceront à théoriser leur savoir, les constructeurs égyptiens ne cesseront de répéter que leurs temples ont été tracés selon les proportions énoncées par le dieu Thot en personne. Le mathématicien moderne, quand ce n'est pas l'occultiste trop aisément illuminé, retrouvent dans les plans des nécropoles et des temples d'Égypte les bases mathématiques trop admirables sur lesquelles ils s'appuyaient, propriétés du triangle isocèle, du triangle rectangle, série de Fibonacci, etc. Sans tomber dans les extravagances de la « pyramydologie », dont les adeptes seraient capables de dégager le sens mystico-symbolique des tracés du réseau métropolitain, et de démontrer les intentions religieuses et hermétiques des architectes du Zénith, il est certain que la ville de l'Orient antique et les cités funéraires de toutes les civilisations sont l'accomplissement de cette fonction que le préhistorien retrouve dans le modeste campement magdalénien « *où l'espace d'habitat est abstrait du chaos extérieur* » et conçu « *pour mettre de l'ordre, à partir d'un point, dans l'univers environnant* ».

Ce qui est premier, aussi loin qu'on puisse déchiffrer les intentions sous-jacentes ou explicites de l'homme en train de créer l'homme, ce n'est pas la spontanéité, l'impulsion sans frein, le chaos, la domination subversive de l'incontrôlé. C'est au contraire l'acceptation primordiale des rythmes *élémentaires* et la volonté d'imposer un ordre par la définition d'un code. La conquête du chaos, la libération des puissances souvent admirables du dés-ordre, du dé-règlement, est en réalité au terme, non pas au départ — dans la mesure où le temps historique peut autoriser à concevoir, autrement que comme une façon de parler, un « terme ». C'est quand il a domestiqué les menaces qui risquaient de l'anéantir, assuré un ordre qui le protège, défini et édifié les structures qui le fortifieront, que l'homme « civilisé » peut s'abandonner, sans péril vital, sinon sans angoisse, aux séductions de l'irrationnel et aux orages tant désirés de l'inconscient et des ténèbres. Le romantisme, l'art informel, le surréalisme, et pour remonter plus loin, le fantastique médiéval ou renaissant, ne sont pas des retours à l'origine. L'origine de toutes les poésies, ce n'est pas le vers libre, c'est la forme prosodique la plus contraignante, et les règles les plus fermes. L'origine de tous les arts, ce n'est pas l'informel, le tachisme ou l'action-painting, ni l'a-peinture ou l'a-sculpture : c'est au contraire l'art le plus *astreint* du monde, l'architecture symbolique et la statuaire obéissant à des conventions sacrées ou à des canons arithmétiques. L'art non classique ou a-classique est le luxe des cultures assurées d'elles-mêmes. L'art de la période occidentale dite « classique » n'est en ceci qu'une répétition affadie de l'exigence originelle. Au commencement était le classicisme.

4

Le rêve classique, ou son cauchemar (selon le point de vue), c'est celui d'un moment de l'aventure humaine où un certain nombre de réponses aux problèmes de la vie auraient été données, *une fois pour toutes*. C'est cette illusion que Pierre Francastel a traquée dans son retranchement apparemment le mieux fortifié : l'idée qu'avec Brunelleschi, Alberti et les grands artistes-mathématiciens du Quattrocento l'humanité avait découvert une clef universelle de la vision, l'horizon indépassable du classicisme. Francastel, dans son admirable étude sur *Peinture et Société,* a démontré avec la rigueur du savant et la sensibilité de l'amateur d'arts que c'est une erreur de croire qu'une époque, « *celle de la Renaissance, a découvert une des clefs qui permettent une fois pour toutes de démonter les secrets de l'univers par l'analyse et la représentation de certaines structures privilégiées* ». Et que c'est une autre erreur de prétendre écrire l'histoire des civilisations en partant de la croyance « *dans la supériorité définitivement acquise par un groupe d'hommes* » ou un moment de l'histoire.

Mais les Renaissants ne savaient pas qu'ils étaient des hommes de la Renaissance, comme les classiques ne savaient pas encore qu'ils allaient être les Classiques. Il n'y a que dans la naïveté de l'auteur de mélodrames que le chevalier du XIIe siècle déclame : « *Nous autres, hommes du Moyen Âge.* » Et la Renaissance ni les âges « classiques » ne s'ouvrent sur l'affirmation qu'on est arrivé, enfin, au port depuis longtemps cherché, mais sur la déploration de s'en être éloigné. Le XVIe siècle entend s'élever en dix ans la même superbe récrimination historique, par la voix de Shakespeare et celle de John Donne. Loin d'être persuadés avoir conquis un ordre définitif de l'univers et de la société, les Argonautes de l'humanisme, de cet humanisme qui va entreprendre un nouveau déchiffrement du monde, sont angoissés d'en avoir perdu les clefs. C'est le fameux discours d'Ulysse dans *Troïlus et Cressida* :

Les astres, en funeste désarroi
Vagabondent de ci de là, fauteurs de trouble
Quelles menaces, quels fléaux, quelles discordes
Bouleversent, balayent, déchirent, déracinent
L'unité, la tranquille harmonie des états.

Et Donne, dans *Anatomy of the world* :

L'élément feu est entièrement éteint.
Le soleil est perdu, et la terre ; et aucun homme
Ne sait vers où se diriger pour le trouver.

L'espace des astres et de la Terre semble vaciller dans le regard des hommes à la charnière du XVIe et du XVIIe siècle. Il y a pourtant près de cent cinquante ans que les conquistadores de l'intellect ont entrepris de remettre de l'ordre dans le théâtre du monde sournoisement découronné du Dieu-sommet-du-triangle qui en assurait la cohésion, l'équilibre et la constance. La pyramide du *Couronnement de la Vierge* de Fra Angelico, avec son échelonnement de plans, jusqu'au sommet où trône le regard du Père Éternel, et l'édifice de la *Somme théologique* de saint Thomas d'Aquin, sont hors d'usage, « *les astres en funeste désarroi* », « *le soleil perdu* ». Mais à la perspective hiérarchique et théocentrique du monisme chrétien, le savant-esthéticien du Quattrocento a substitué l'espace de la perspective linéaire, la *vraie* vision, le regard humain enfin révélé à ses lois scientifiques, et restitué à son objectivité triomphale. Les travaux de Pierre Francastel, et la pratique des siècles suivants ont montré qu'il n'y a pas *une* vraie vision humaine, que l'objectivité est une illusion subjective de l'esprit, que l'œil humain du grand Alberti est un œil de cyclope, que la *veduta* italienne est une vision aussi « conventionnelle » que la vision non linéaire du « primitif » ou de l'enfant, et que rien n'autorise à croire « *qu'il existe une représentation objective, réaliste du monde, découverte un beau matin du Quattrocento par quelques Newton de la peinture, représentation en fonction de laquelle on juge à la fois de l'art et des conditions psycho-physiologiques de la vision* ». Le renversement de la conception moniste et hiérarchique de l'univers telle que l'avait formée le Moyen Âge chrétien n'est pas en réalité une révolution, mais une passation de pouvoirs, un déplacement de centre : la clef de voûte du monde (et de l'espace de l'architecte ou du peintre) n'est plus Dieu, elle est la Nature, une Nature extérieure à l'homme qu'il lui incombe de décrypter avec une précision de plus en plus serrée jusqu'au déchiffrement final et définitif qui substituera à l'ancienne l'unité divine de la cosmologie théocentrique l'accord parfait d'un monde-en-Soi, à jamais élucidé par le regard transperçant de l'Homme-en-Soi.

Mais les conquérants de la vision humaniste et classique, à la différence de ceux qui voudront, en les imitant, les arrêter, ne pensaient pas être arrivés : ils savaient qu'ils étaient partis. En marche, mais sans terme. La « beauté » pour Alberti n'est pas un diamant déjà taillé, tout enfoui dans le sol, qu'il suffirait de dégager pour le faire briller de tout son éclat. Elle n'est pas un modèle préétabli, qu'il suffirait d'imiter parfaitement. Elle est un travail qui doit répondre à des besoins. Non pas une restitution, mais une construction. Elle est le travail de celui qui « *avec une raison et une règle merveilleuse et précise, sait premièrement diviser les choses avec son esprit et son intelligence, et secondement assembler avec justesse tous ces matériaux qui par les mouvements des poids, la réunion et l'entassement des corps, peuvent servir efficacement et dignement les besoins de l'homme* ».

L'histoire des conceptions et des pratiques de la suggestion de l'espace sur une surface plane, en peinture, ou par une construction, dans l'architecture, montre que l'étiquette de *classique* est le plus souvent attribuée par ceux qui se placent à l'opposé même des créateurs qu'ils érigent en modèles, ceux qu'ils nomment classiques. Pendant trois siècles, de l'Académie de Le Brun à l'académiste du XIXe siècle, un écolier ou un étudiant en beaux-arts européens reçoivent un enseignement dogmatique : il y a une perspective *correcte*, un point de vue *conforme* sur l'espace, des règles de la perspective linéaire hors desquelles il n'est point de salut. Les créateurs de la Renaissance, quand ils établissent, avec Alberti et Brunelleschi, des règles de la vision picturale, veulent enrichir les possibilités du regard humain et de ses expressions plastiques. André Chastel a montré, par exemple, que le pur paysage perspectif apparaît dans la marqueterie du Quattrocento, qui est en elle-même une technique déjà géométrique, où le découpage du réseau des orthogonales et des parallèles permet à l'artiste de s'abandonner à l'ivresse mentale d'une représentation de l'espace en tant que pur jeu mathématique. On a aussi démontré l'influence des recherches de décoration théâtrale sur l'évolution de l'espace architectural et pictural. Mais l'examen des œuvres des fondateurs de la perspective « classique » prouve que pour eux la perspective dans le cube d'Alberti n'est pas la seule solution possible : Francastel trouve utilisés dans *la Bataille de San Egidio* de Paolo Uccello trois systèmes de figuration de l'espace. L'artiste du Quattrocento fait coexister sur la toile ou le mur un premier plan construit dans une perspective linéraire, et un arrière-plan sans recherche de profondeur ou en perspective cavalière, qui est encore médiéval, chinois sans le savoir, ou impressionniste avant la lettre. Il y a recherche d'une méthode, il n'y a pas élection d'un procédé. Vinci ne considère pas que la même lumière éclaire également le premier plan et les lointains. Il accomplit la synthèse du *ton local* uniforme des Italiens et du bleuissement ou de l'embrumement des horizons éloignés que pratiquaient les Flamands.

C'est seulement au XVIIe siècle, que la quête sans relâche des artistes-mathématiciens de la Renaissance sera présentée comme un modèle figé, comme des préceptes impératifs, et que les règles d'analyse de la perspective deviendront un dogme intangible : hors des *règles*, point de salut. Abraham Bosse en viendra, avec son ami le mathématicien Desargues, à condamner les « yeux du corps » au nom du regard de la raison. Le peintre a pour mission de montrer les choses « *non telles que l'œil les voit ou croit les voir, mais telles que les lois de la perspective les imposent à notre raison* ». Il ne peut être qu'*impertinent* de vouloir désobéir au code pictural de la perspective : « *On serait bien impertinent de s'imaginer que les yeux du corps fussent d'eux-mêmes capables d'une si sublime opération, que de pouvoir être juges de la beauté et de l'excellence d'un tableau.* » Il s'agit d'une vision essentialiste : d'apprendre « *à voir les choses, non seulement ainsi qu'elles sont en elles-mêmes, mais encore selon qu'elles doivent être figurées* ». On voit ici l'aspiration classique glisser vers la dégénérescence académique, la recherche se figer en décalogue esthétique. Il y a plus de relativisme et de sens des ressources inépuisées du regard vivant dans la modestie du vrai classique. Poussin ne professe pas tant le respect de la Nature, que l'adhésion au caractère individuel de l'artiste : « *Mon naturel me contraint de chercher et aimer les choses bien ordonnées.* » La « lumière de la doctrine » n'est pas pour lui apparue une fois pour toutes : « *Elle est par son naturel éparse ici et là (et) se trouve rarement en un seul homme.* »

Il est intéressant de constater que c'est précisément quand les artistes seront de moins en moins des *savants,* que l'esthétique et la théorie deviendront davantage normatives, et que se substitueront aux recettes et aux préceptes techniques des impératifs catégoriques. Alberti, Vinci, Brunelleschi, Uccello sont vraiment mathématiciens, géomètres, physiciens, anatomistes. Leurs héritiers du « grand » siècle, et des Académismes du XVIIIe et du XIXe ont beaucoup moins d'inquiétude scientifique et de curiosité en quête. Les vrais « scientifiques » seront sinon éclectiques, du moins ouverts aux ressources du possible. Leurs successeurs médusés et médusants seront puristes et dictatoriaux. Les créateurs de la Renaissance cherchent les conditions du beau, l'Académie en formule les règles. Les premiers cherchent les vérités de la nature, la seconde veut imposer la notion de Vrai Idéal, « *choix de diverses perfections qui... se tirent ordinairement de l'Antique* ». Mais c'est précisément ces dicteurs de règles qui vont démentir dans leurs œuvres les préceptes qu'ils croient tirer de ceux qu'ils ont posés comme leurs maîtres : c'est hors de l'Académie, et à l'abri de la férule de Le Brun que les vrais classiques français vont produire, des Le Nain et de Georges de La Tour à Chardin.

5

Si le projet classique, c'est notamment le gouvernement absolu de l'esprit humain sur la nature, ce n'est ni un peintre ni un sculpteur, ni un architecte mais un jardinier qui définit ce projet à sa racine même. En présentant à Louis XIV son *Illustration pour les jardins fruitiers et potagers,* La Quintinie promet au souverain l'obéissance d'une autre race de sujets que les hommes : les arbres, les buissons, les plantes et les herbes : « *Cette terre, qui paraît si opiniâtre à l'égard de tout le monde, cédera enfin et même, pour ainsi dire, avec quelque joie, aux moindres commandements d'un grand prince à qui tous les autres éléments se font gloire d'obéir.* » La servilité ici consiste à reporter sur le seul monarque l'ambition qui est celle de tous les hommes, du laboureur à l'urbaniste, de contraindre la nature à céder à leurs « moindres commandements ».

Mais que la nature ne soit pas si naturelle que les hommes en ont parfois nourri l'illusion, c'est devenu un lieu commun utile de l'histoire des sociétés en général, avec les travaux de Lucien Febvre, de Marc

Bloch et de Ruggiero Romaro sur les paysages agraires, avec les recherches conjuguées de sociologie agraire et d'histoire de l'art d'Emilio Sereni en Italie. Le paysage raconte une histoire, cette histoire que Serge Moscovici nomme « *l'histoire humaine de la nature* ». C'est l'histoire de la terre humanisée, depuis le néolithique, par la destruction de la forêt (ou sa « réinvention » pour remédier à l'érosion), par l'évolution des façons aratoires, les modifications successives des ensemencements et des rotations de cultures, l'exploitation du sol et du sous-sol, les révolutions des systèmes de tenure. L'homme dévora le vert. Puis, selon la célèbre formule de Thomas More, « *les moutons dévorèrent les hommes* ». L'humanité a été formée par le milieu. Elle le lui a bien rendu.

Mais cette forme imposée à la nature par le travail humain est fonctionnelle. Le peuple chinois ne déboise pas la « bonne terre » pour obtenir un paysage qui flatte davantage l'œil, mais pour avoir moins faim. L'introduction de cultures nouvelles dans un climat donné, du maïs, de la pomme de terre ou de la betterave, est toujours le résultat d'intentions économiques et sociales. Du paysage reçu au paysage transmis, le passage est celui des besoins matériels à leur satisfaction concrète. Mais il arrive aussi qu'avant d'être modèle de l'œuvre d'art, la nature soit pour l'homme une œuvre d'art modèle, qu'elle ne soit pas encore le *sujet* du peintre paysagiste, mais déjà l'*objet* du jardinier paysagiste, le matériau même d'une œuvre dont l'intention est délibérément *esthétique*.

En 1550, le peintre portugais Francesco de Hollanda publie l'entretien auquel il assista deux ans auparavant entre Michel-Ange et Vittoria Colonna. La Flandre a donné la première grande école de peintres occidentaux pour qui le paysage ne soit pas secondaire; et s'il ne constitue encore que le « fond » des tableaux de Van Eyck et de Bosch, l'œuvre de Patinir est déjà accomplie, celle de Breughel commence. Mais pour le peintre poète néoplatonicien, ces paysages-là ne peuvent plaire qu'aux femmes, « *surtout les très vieilles* », aux moines, aux religieuses et à « *certains nobles dépourvus du sens musical de la vraie harmonie* ». Car « *on peint en Flandre proprement pour tromper l'œil corporel* », c'est-à-dire, dans l'esprit de Michel-Ange, pour donner l'illusion de la réalité. « *Ils peignent des campagnes vertes, l'ombre des arbres, et rivières, et ponts, ce qu'ils appellent paysages. Et, bien que ceci plaise à certains yeux, c'est fait en vérité sans loi et sans art, sans proportions ni rapports justes, sans judicieuse sélection et disposition, et en un mot sans la force et la substance de l'art.* »

Trois siècles plus tard, Constable comme Courbet opposeront au contraire, au paysage régi par des lois que veut dépeindre Michel-Ange, le paysage *tel quel.* « *Je n'ai jamais rien vu de laid de ma vie* », dit l'Anglais. Et le Français : « *Le beau est dans la nature, il s'y rencontre dans la réalité sous les formes les plus diverses. Le beau donné par la nature est supérieur à toutes les inventions de l'artiste.* » Mais pour l'humaniste platonicien ou le créateur classique, ces deux affirmations sont scandaleuses, et irrecevable leur mise en œuvre précédente par les peintres flamands ou hollandais. La « substance de l'art » est dans les lois, les proportions, les rapports justes, la sélection et la disposition. Le désordre des champs, même ordonné par le paysan en fonction de la production, est un défi à la raison et une insulte à la notion du Beau. Le bûcheron ou le laboureur mettent en valeur la nature pour en tirer leur pain. L'artiste commencera à la mettre en valeur pour en tirer un plaisir de l'esprit et du regard. La Renaissance et le XVIIe siècle verront naître ou renaître à la fois les jardins de l'art et l'art des jardins. Le rapport dialectique entre la nature qui forme l'homme et l'homme qui reforme la nature prend en esthétique la forme du peintre de paysage qui organise son jardin comme un tableau. Claude Gelée part des jardins de Tivoli pour créer les jardins de Claude Lorrain, comme, dans la même Italie, Nicolas Poussin demandait avant lui à la nature humanisée de la campagne romaine de lui faciliter les chemins ardus d'un art de la *composition*, qui « *a ceci de particulier de rendre agréable ce qui ferait horreur dans la nature* ». Claude Lorrain construit des portraits de la nature qui sont « *portraits à plaisir, où l'on ne cherche pas la ressemblance* », comme Poussin se fixe pour but un art dont la fin est la délectation et dont « *pour ce qui est de la matière, elle doit être noble* ». Mais le plus sûr moyen de trouver une « matière noble », c'est de l'avoir anoblie auparavant. La nature laissée à elle-même ou bien abandonnée au souci utilitaire des paysans est ignoble. La nature « jardinée » s'offrira anoblie au regard du peintre et à la complicité de l'architecte. Le paysage à la française, celui de Poussin ou du Lorrain, se compose de connivence avec le jardin à la française, celui de Le Nôtre ou de son maître et associé Mansart.

Ce paysage classique, comme son frère le jardin donnent cette impression que Hazzlit définit très bien en disant que « *c'est une conclusion décidée à l'avance. Poussin soumet la nature à ses intentions personnelles, aux modèles idéaux qu'il a définis* », à un concept. Quand ce concept sera de nouveau contesté, battu en brèche et renié, le « retour à la nature » s'accomplira comme un retour à l'exubérance du parc et du « jardin anglais » opposé à la géométrie du jardin classique, par l'appel à la rocaille, opposée à la rigueur des pierres taillées. Puis là où le préromantisme a substitué aux rythmes apparents des jardins de Versailles la pastorale du Petit Trianon ou la futaie d'Ermenonville, le romantisme fera surgir la forêt vierge indienne de Chateaubriand ou la forêt barbare de Victor Hugo. Au décret de l'esprit, l'insurrection de la nature substitue le jaillissement indomptable de la sylve. Le fusain taillé en charmille, cet « honnête homme » des arbres, recule devant le chêne de Vellada, ce Bon Sauvage de la forêt. Aux « commandements » impérieux de ce prince, l'artiste-jardinier ou le jardinier-artiste, la sédition de la spontanéité oppose un refus d'obéissance.

Le balancier du goût oscillera de nouveau au rythme des pulsations de la nécessité intérieure des sociétés et de leurs créateurs. « *Nous préférons le bois sacré des faunes à la forêt du bûcheron* », affirmera Paul de Saint-Victor en 1855, « *et les nuances glauques où se baignent les nymphes, à la mare flamande où pataugent les canards* ». Avec Corot, avec Cézanne, avec Seurat, avec Gauguin, le paysage est repris en main par l'intellect, et renouée l'ambition définie par Poussin : « *Faire paraître plus de jugement dans le beau choix et l'agréable disposition de ce qu'il (l'artiste) tâche de représenter.* »

Mais ce n'est plus le thème, le *texte* ou la nature *première* qui semblent essentiels aux nouveaux classiques. Le confident de Poussin, le bon Félibien, déplorait que son maître eût parfois consenti à ne pas traiter « les grands sujets », et se soit écarté de « la belle nature », celle qu'ont su voir — et elle seule — les Anciens. Gauguin, comme Corot avec ses coins de campagne, Cézanne avec sa Provence et Seurat avec sa banlieue prennent le motif comme un prétexte, et s'emparent du premier sujet venu : « *J'obtiens,* dit Gauguin, *par des arrangements de lignes et de couleurs, prenant comme prétexte quelque sujet emprunté à la vie ou à la nature humaine, des harmonies qui ne représentent rien de réel dans le sens vulgaire du terme.* » Les canotiers, les citadins en goguette des guinguettes de la Marne ou de la Seine, que les Impressionnistes ont pris comme des prétextes passant par là pour célébrer le seul chant de la lumière, Seurat leur imposera la majesté des pharaons et des courtisans égyptiens de Memphis, et la souveraineté d'une rigueur ordonnée. Il réalisera, sans souci du *sujet,* l'essentiel de l'ambition classique, qui est de donner à l'œuvre, la plus modeste dans ses apparences et la plus réduite dans ses dimensions, l'allure monumentale : qu'il s'agisse à Athènes du Roi des Dieux, ou d'un bouvier portant sur ses épaules un veau, en Flandre d'Icare précipité du ciel ou du laboureur sur son lopin, ou bien à Aix de la Montagne Sainte-Victoire ou des fameuses trois pommes qui ne se savaient pas si fameuses dans leur compotier, à l'instant où le peintre s'asseyait devant elles.

L'illusion classique, aux siècles qui se voulurent classiques, les Chinois, qui ne savaient pas l'être, en furent préservés, en accomplissant peut-être, sans le définir, de la même façon, le projet des paysagistes du XVIIe. L'erreur du « Grand Siècle », c'est sans doute d'avoir cru souvent, d'une part que l'ordre était un *commandement* que l'homme pouvait imposer à la nature ; d'autre part que les lois de la nature étaient d'une autre espèce que les lois de la raison. Et en définitive d'avoir supposé que la nature humaine s'oppose à la nature tout court. « *Mais comme l'homme appartient lui-même à la nature,* fait observer Roger Caillois dans son *Esthétique généralisée, le cercle se referme aisément et le sentiment que l'homme éprouve de la beauté ne fait que réfléchir sa condition d'être vivant et de partie intégrante de l'univers.* »

Que la peinture soit chose de l'esprit, *cosa mentale,* Léonard de Vinci l'a professé en Occident. Mais que l'esprit soit nature, les peintres de paysages chinois, des Tang aux Song et aux Ming, n'en avaient jamais douté. « *L'esprit n'a pas de forme* », écrivait au début du Ve siècle le premier Wang Wei (dont il ne nous reste aucune peinture, moins heureux en cela que le Wang Wei du VIIIe siècle). Et il ajoutait : « *Cependant ce qui meut et transforme la forme, c'est l'esprit* » (la traduction trahit aussitôt le non-dualisme foncier de la pensée chinoise : le *tao* de la nature ne s'oppose pas à la nature comme dans le vocabulaire occidental la chair s'oppose à l'esprit, ou le corps à l'âme. Il ne s'y oppose pas, parce qu'il *est* la nature).

Les aspirants européens au classicisme ont vécu celui-ci comme une double *répétition,* dans le temps et dans l'espace. Être classique en 1600, c'était tenter de répéter un miracle accompli en Attique ou à Rome deux millénaires auparavant. Et pour mettre toutes les chances de son côté, il valait mieux que l'horizon fût déjà gréco-romain dans l'élection du site, par le costume des bergers et grâce au chapiteau des colonnes ruinées. Être classique, c'était aussi répéter la nature en la sélectionnant, en l'ordonnant, en l'astreignant à une composition géométrique qui substituait aux symétries organiques de la vie la symétrie abstraite du nombre d'or. C'était répéter le réel en l'améliorant.

Dans le paysage classique occidental, l'homme est le roi de la nature. Mais chacun sait que les rois n'entretiennent avec leurs sujets que des relations de maître à inférieur. Les rois ne résident pas dans un lieu, mais règnent sur un théâtre, le théâtre de leurs exploits. Ils ne se bornent pas à une apparence, mais s'astreignent à un apparat. Le paysage réel de la volonté classique en Europe, avec les jardins de Versailles, et le paysage imaginaire, avec les campagnes italiques de Poussin ou de Lorrain, constituent avant tout un spectacle. Tout, lignes, arbres, rochers, est mis en scène. Les bergers d'Arcadie sont des acteurs, et l'amateur est convié à occuper un fauteuil d'orchestre, devant le cadre d'or qui est ce qu'au théâtre on nomme un cadre de scène « à l'italienne ».

Mais si la nostalgie classique, c'est celle d'un univers baigné par la clarté, la sérénité, mesuré et accordé, soumis à une harmonie souveraine, « de peu de matière » mais de cohérence parfaite ; si c'est le rêve d'une nature à la mesure de l'homme parce que contemplée et restituée par un homme à la mesure de la nature ; si l'idéal classique c'est un rapport parfait de toutes les parties entre elles, et des parties à l'ensemble, si c'est « *la vraisemblance et le jugement partout* », comme le veut Poussin, alors André Gide s'abuse quand, agacé par les professions de foi des néo-classiques de 1920, il proteste : « *Le mot* " *classique* " *n'a* (...) *de raison d'être qu'en France. Le classicisme me paraît à ce point une invention française, que pour un peu je ferais synonymes ces deux mots : classique et français.* »

A peine a-t-il terminé sa sortie excédée, que Gide entreprend de définir ce classicisme qu'il récuse, et qu'en même temps il exalte : « *Le classicisme tend tout entier vers la litote. C'est l'art d'exprimer le plus en disant le moins. C'est un art de pudeur et de modestie.* »

Toutes les vertus que le classique occidental se propose comme but et cette *réserve* dont Gide voit son effort couronné, qui les a plus sûrement atteints, notamment dans l'art du paysage, sinon les peintres chinois, puis les japonais ? Qu'il s'agisse des rouleaux verticaux, ou des admirables paysages-à-traverser-dans-toute-leur-longueur que constituent les rouleaux horizontaux, ou des feuilles d'album, les peintres des Song ou les maîtres de l'estampe japonaise entretiennent avec la nature des relations si courtoises qu'elles vont jusqu'à l'identification par sympathie. Ils établissent avec le spectateur de leurs œuvres des rapports si délicats, que l'évocation est toujours préférée par eux à l'imitation, et la suggestion à l'explicitation. Le paysage chinois va précéder de quatre siècles au moins le paysage dans la peinture européenne. Les rochers des peintres florentins sont encore au Quattrocento ces bizarres cailloux saugrenus, emblèmes minéraux et maladroits de la montagne telle que le brave Cennino Cennini conseille de la symboliser : « *Si tu veux faire des montagnes d'un bon style et qui paraissent naturelles, prends de grandes pierres pleines de brisures et non polies, copie-les d'après nature en faisant venir la lumière et l'ombre dans la direction qui convient.* » Mais il y a déjà deux siècles que les paysagistes Song comme le grand Sia Kouei (1180-1230) ont peint des montagnes qui ne sont pas des cailloux agrandis, mais vraiment l'ossature de la terre émergeant des brumes du fleuve. Et toute la peinture de paysage chinoise ne sera pas seulement antérieure à la peinture de paysage occidentale : elle lui sera d'emblée supérieure, au moins pendant plusieurs siècles, dans l'acuité du sentiment et l'économie des moyens, dans la justesse de l'équilibre entre l'homme et son milieu.

Dans le légendaire de la peinture occidentale, le

bonheur d'expression du peintre est symbolisé par le personnage qui s'en détache, et sort du mur peint à fresque ou de la toile peinte à l'huile pour aller vers le spectateur. Dans la fable chinoise, si le peintre a été digne de son œuvre, il y pénètre et s'y confond, tel le maître qui, ayant présenté à l'Empereur un paysage qu'il venait d'achever, tapa dans ses mains, fit s'ouvrir une grotte au flanc de la montagne, y entra et ne revint jamais. C'est que le peintre occidental regarde la nature, au mieux avec amour et révérence, au pire avec horreur, tandis que l'artiste oriental se regarde dans la nature et regarde la nature en lui. Wang Wei aurait pu faire sienne l'opinion de Francis Bacon qui n'a guère été partagée en Europe depuis qu'il la soutint : « *Je classerais volontiers l'histoire des arts comme une partie de l'histoire naturelle. On a affirmé l'opinion invétérée que l'art est une chose différente de la nature et que les choses artificielles diffèrent des choses naturelles.* » Mais cette « opinion invétérée » n'a jamais été celle de la Chine. Quand on écoute les peintres chinois parler de leur métier, dans une civilisation où le théoricien est toujours en même temps un artiste, et l'artiste toujours un philosophe, un poète et un savant, on peut avoir l'impression fausse au premier abord d'une conception « spiritualiste » de l'art, d'une technique où les pratiques « spirituelles » ont autant et plus d'importance que les recettes matérielles, que le choix des encres, des pinceaux, du papier ou de la soie, du tracé. Déjà Tsoung Ping, dès le ve siècle, demande d'abord au peintre, avant d'acquérir un métier, d'atteindre à un état d'esprit : « *En vivant à loisir, en nourrissant son esprit, en buvant du vin, en jouant du luth, et en contemplant en silence, il pourra à la fin prendre son pinceau et peindre.* » C'est que le paysagiste chinois, avant de faire entrer la nature dans sa peinture, se propose d'entrer dans la nature. Plutôt que spectateur ou acteur, il tend à être un participant du rythme des eaux, du vent, de la terre et de l'être. La *mesure* chère au classique, ou à l'aspirant-classique, l'artiste chinois ne l'obtient pas en effaçant volontairement son identité individuelle, mais en oubliant d'être celui-qui-regarde-puis-crée, pour s'identifier silencieusement à ce qui l'entoure mais ne le borne pas. L'artiste Song ne cherche pas une nature déjà « noble », ne poursuit pas « le grand sujet », ne se fixe pas pour objectif « le Grand Goût ». Le premier manuel d'une esthétique *classique* élaboré en dehors de *La Poétique* d'Aristote, c'est un peintre chinois de Nankin qui le rédige au début du VIe siècle, Sieu Ho. Il y formule six principes : saisir le *tao* et créer une peinture qui ait le mouvement de la vie, exprimer la structure essentielle de la ligne, être ressemblant, copier les Anciens pour enrichir son métier. Naturel, vie, économie, mesure, ordonnancement, connaissance de la tradition, n'est-ce pas le projet qui sera celui des classiques européens ? Mais la différence n'est pas tant dans les préceptes, que dans la pratique. Les peintres chinois seront classiques sans le savoir, les classiques européens rêveront de l'être sans le pouvoir, et en Occident même l'art classique le plus classique ne sera jamais celui qui se proclamera tel.

6

Parmi les livres qui vont resurgir de l'Antiquité classique pour nourrir la réflexion des aspirants à un nouveau classicisme, *La Poétique* d'Aristote et les *Dix Livres d'Architecture* de Vitruve vont pendant un siècle « faire passer » dans le vocabulaire esthétique quelques mots clefs : harmonie, règles, ordre, mesure. Aristote apportera aux artistes et aux théoriciens de la Renaissance comme aux écrivains du XVIIe siècle la triple base de leur recherche : un art qui soit imitation de la nature, harmonie et rythme, « *car la beauté réside dans l'étendue et dans l'ordre* ». L'unité de l'œuvre est obtenue par l'obéissance à des règles. Platon voyait la naissance de l'œuvre d'art dans une divine folie, un délire sacré, la dictée d'un *démon*. A cette dictée intérieure, Aristote oppose les impératifs de la forme, les lois de la « poiêsis » : « *Le bel animal et toutes belles choses composées de parties supposent de l'ordre dans ces parties.* » Au seuil de son troisième livre (imprimé en Italie pour la première fois en 1486), Vitruve a inscrit l'homme dont le corps est mesuré par un réseau de figures géométriques. Il propose à l'architecte un idéal d'*ordonnance,* de *rapports* et de *proportions,* « *comme le sont celles du corps d'un homme bien formé* ». C'est la reprise du grand thème hippocratique et socratique, répété dans toute la tradition grecque. « *L'homme est la mesure de toute chose* », dit Protagoras d'Abdère. Le traité de médecine *Du régime* attribué à Hippocrate : « *Les hommes ne savent pas que dans la nature humaine se trouve le modèle des arts qu'ils exercent.* » Et dans Platon, le *Philèbe :* « *En toutes choses, la mesure et la proportion constituent la beauté comme vertu.* » Ce que *machinent* le sculpteur et l'architecte ne peut l'être qu'en se soumettant à la machinerie naturelle de la vie. Pendant une longue période de l'Antiquité classique grecque, tout au long du VIe siècle, les Hellènes n'utilisent qu'un seul et même mot, *organon* pour les deux notions de corps animé et de machine. Vitruve rappelle que toutes les unités de mesure « *pour les différents ouvrages* » ont été calquées sur celles de cet ouvrage premier, le corps humain : le doigt, la palme, le pied, la coudée, etc. La philosophie et l'esthétique des Grecs reposent sur un concept fondamental, celui de l'*analogon,* de l'analogie entre le monde de la nature et l'être humain.

Il serait faux de croire que la Renaissance préclassique redécouvre une conception entièrement oubliée entre la fin du monde antique et le début du Quattrocento. L'analogie entre le corps humain et le corps cosmique, entre le microcosme et le macrocosme est la clef de voûte de toute la pensée médiévale, et de l'esthétique des bâtisseurs romans. Pour Jean Scot

Érigène et Adam Scot, pour Guillaume de Saint-Thierry et Hughes de Saint-Victor, pour le théologien du XIIe siècle comme pour le maître d'œuvre roman puis gothique, la nature est une immense théophorie, un système de correspondances, une grande analogie cosmique, celle qu'exprime Alain de Lille au milieu du XIIe siècle dans les hymnes de *De plantu naturae* : « *Lien du monde et son nœud ferme, beauté de la terre, miroir de ce qui passe, toi qui soumets à tes rênes l'allure du monde, noues d'un nœud d'harmonie tout ce que tu affermis de l'être.* » La consécration des églises romanes par les grands fondateurs d'ordres affirme hautement cette analogie fondamentale du plan de la basilique et de la structure du corps. « *Comment ces pierres possèdent-elles une sainteté?* demande saint Bernard. *Elles sont saintes à cause de nos corps.* » Pour les auteurs du Moyen Âge une perpétuelle métaphore renvoie des termes anatomiques aux termes théologiques, et de ceux-ci aux formes de l'art. L'homme étendant les bras, « l'homme carré », c'est à la fois les quatre points cardinaux de l'espace et la Croix du rachat. L'église, rappelle, après Mâle et Focillon, M. M. Davy dans son étude sur la symbolique romane, s'étend sur le sol comme un homme allongé. L'arche des sacrements est à la place de la poitrine. Le portail est cette porte dont parle le Christ : « *Je suis la porte, et celui qui entre par moi sera sauvé.* »

Mais quand la Renaissance reprend à l'Antiquité cette perspective dont le Moyen Âge était parti lui aussi, elle ne cherche pas seulement à revenir à la pureté de la source. Elle a aussi l'ambition de substituer aux comparaisons des raisons, de passer de l'analogie spirituelle à la corrélation scientifique, de fonder en mathématique ce que le théologien médiéval affirme en effusion, et de vérifier par le calcul ce dont le croyant du XIIe siècle faisait un acte de foi. La numérologie médiévale, dérivée de la doctrine pythagorienne, était un a priori révélé. La mathématique sera une conquête rationnelle. A la science des nombres, ou plutôt à leur magie, il s'agit de substituer les nombres de la science. A l'hypothèse d'une mesure édictée par le Créateur, de faire succéder la certitude des mesures calculées par le géomètre ou le savant.

Les avatars du mot *mesure,* et sa dégradation progressive, entre l'aurore de la Renaissance et le crépuscule des néoclassicismes révèlent à eux seuls l'évolution des œuvres et des théories esthétiques. En un siècle et demi, on passera de la conception d'une mesure de l'œuvre d'art fondée sur les conquêtes de la pensée scientifique et sur une démarche rationnelle, à la notion d'une mesure qui n'est plus celle du calcul et de l'ordre de la Raison, mais une prudence de l'âme, une précaution de l'esprit. En 1550, quand Nicolo Tartaglia emploie le mot *mesure,* il l'utilise, lui, ingénieur, dans le même sens que Vitruve et Vinci, qu'Aristote et Alberti : il propose des « *inventions élaborées pour soulever avec mesure et raison tous les navires coulés* ». Ce sera encore le sens que donne Descartes au mot mesure, quand il définit la mathématique universelle : « *Tout ce que l'on peut demander concernant l'ordre et la mesure.* » Mais, comme le mot convenances, le mot mesure va s'édulcorer, devenir synonyme de modération, de timidité ou d'avarice de l'esprit, d'observation des « bienséances ». « *Il y a tant de mesures à garder que l'on ne sait que dire* », finira pas soupirer Madame de Maintenon auprès du Roi-Soleil. C'est une plainte que pourraient reprendre beaucoup d'artistes, pour qui la mesure n'est plus l'audace des mesureurs d'univers mais les lisières d'une prison. Vitruve, qui va être la Bible des architectes de la Renaissance, et que Claude Perrault traduit en français en 1673, conçoit la mesure comme une convenance, au sens que le XVIIe siècle donnera au terme, et non comme les convenances, au sens que le mot prendra, en s'éteignant, au XIXe siècle. Il entend mesurer les proportions du corps humain, mesure de tout, pour en retrouver les rapports dans le monument : « *De même que les parties du corps ont chacune leurs mesures et leurs proportions, de même il faut que les parties qui composent un temple aient chacune un rapport convenable avec le tout.* »

Les mesures du temple égyptien, des temples grec et romain, de la basilique romane, de la cathédrale, du palais classique ne sont pas tant des mesures de sécurité contre la démesure latente de la nature et de l'esprit humain, qu'une recherche de l'ordre immanent dans la confusion première des apparences. Avant de s'assurer contre le risque d'être, comme tendront à le faire, par le recours à la mesure garde-fou et frein, les épigones et les imitateurs des périodes néoclassiques, les créateurs de formes des grandes époques cherchent à révéler dans les formes de l'art une forme implicite dans l'informe des choses. La différence qui existe entre la mesure que les véritables classiques dégagent de la matière, et la mesure pseudo-classique, c'est aussi celle qui oppose la structure dégagée du matériau lui-même, comme la pirogue épouse le mouvement naturel du tronc équarri et poli, de la structure imposée de l'extérieur par un précepte normatif.

L'axiome de Protagoras, « *l'homme est la mesure de toute chose* », ravivé par les humanistes savants de la Renaissance, et qui était devenu en fait au Moyen Âge « *Dieu donne sa mesure à toute chose* », pose, nous allons le voir, des problèmes dont les artistes et les penseurs des siècles classiques seront les premiers conscients.

Mais le projet même de l'œuvre d'art donne en esthétique un fondement psychologique à l'affirmation du philosophe grec. La statue, le dessin, le tableau, et même l'œuvre dont les dimensions semblent échapper au premier abord à la *mesure* de l'homme, même la fresque géante, la pyramide, le palais de Versailles ou le temple d'Angkor, ce sont d'abord des objets que l'homme a conçus et produits à sa mesure. Dans *La Pensée sauvage*, Claude Lévi-Strauss a le premier, peut-être, souligné l'importance de la « réduction » dans la démarche de l'artiste. « *La question se pose*, écrit-il, *de savoir si le modèle réduit en langage de bricolage, n'offre pas, toujours et partout, le type même de l'œuvre d'art.* » Ce n'est pas seulement la miniature ou le crayon de Clouet, ce sont presque tous les tableaux de l'histoire de la peinture qui sont des réductions. Le portrait ou la statue grandeur nature sont eux-mêmes des réductions à l'immobilité et à la stabilité de l'insaisissable vie. Lévi-Strauss fait remarquer que le plafond de la Sixtine, malgré ses dimensions imposantes, est une réduction du thème gigantesque du Jugement dernier. Un immense parc est une réduction de la forêt, le château fort est une réduction du piton où il s'ancre, et l'œuvre d'art est une réduction de certaines dimensions de l'objet. L'homme se mesure à la démesure du tout en en réduisant à son échelle les proportions, et s'assure par elle un pouvoir qui lui échappait : « *A l'inverse, de ce qui se passe quand nous cherchons à connaître une chose ou un être en taille réelle, dans le modèle réduit la connaissance du tout précède celle des parties.* »

Cette souveraineté que l'esprit affirme dès la genèse de l'œuvre d'art, modèle réduit des objets naturels (et que l'amateur moderne retrouve dans la prédilection qu'il porte aux objets d'art brut, minéraux, pierres, coquillages, ces modèles réduits que propose la nature), un texte admirable de Kepler l'illustre. C'est dans la dédicace du *Mysterium cosmographicum* que le grand astronome célèbre le « règne » de la raison opposé à la gloire du pouvoir politique, et oppose à la force des sceptres la puissance de l'intelligence ordonnatrice : « *Je proclame sans hésiter qu'il y aura encore des hommes pour imiter Charles Quint, qui, maître de l'Europe, ne parvint pas à trouver ce que, las de régner, il découvrit dans l'étroite cellule du monastère Yuste, et qui, au milieu de toutes les fêtes, les triomphes, les richesses, les cités et les royaumes, tira tant de plaisir du planisphère fabriqué d'après Pythagore et Copernic qu'il échangea le monde entier contre lui et préféra régner sur les orbites célestes à l'aide d'un instrument de mesure plutôt que de gouverner les peuples à l'aide d'un sceptre.* »

Qu'il s'agisse du planisphère fabriqué par l'astronome ou de la statue taillée par le sculpteur, de la courbe tracée par le mathématicien ou du trait du dessinateur, le modèle réduit n'est pas seulement une projection mémorable de l'objet, une réduction du modèle grandeur nature, il est aussi une expérimentation, une action de l'homme sur l'objet qui fut d'abord objet d'étonnement ou de cruauté, et qui devient sujet d'une pratique. Comme le dit encore Claude Lévi-Strauss, « *la vertu intrinsèque du modèle réduit est qu'il compense la renonciation à des dimensions sensibles par l'acquisition de dimensions intelligibles* ».

C'est ici que le procès nécessaire, et la condamnation inévitable de la mesure considérée dans son aspect purement négatif, non comme une recherche de l'équilibre mais comme une défiance des excès, non comme une volonté de souveraineté intellectuelle mais comme la panique devant un asservissement possible au chaos des forces naturelles (de la nature « extérieure » ou de la nature « humaine »), non comme une affirmation de force mais comme un aveu de défaite, c'est ici que ce procès doit être nuancé dans ses attendus. Toute œuvre *mesurée* ne présuppose pas une valeur en soi, mais toute démesure des proportions jette sur une œuvre la suspicion d'un manque de valeur. Les temples de Memphis, les nécropoles de Thèbes ou les temples de Konorak et de Khajuraho sont beaux, ordonnés dans l'exubérance indienne ou la « colossalité » égyptienne, et ils sont cependant gigantesques. Mais c'est une banalité nécessaire de rappeler que le gigantesque est souvent une déraison de la faiblesse, et que l'hypertrophie des formes peut être une maladie organique de l'œuvre. Bien souvent le de-plus-en-plus-grand et le de-plus-en-plus-fort est aussi le de-plus-en-plus-déréglé. Les princes de l'Europe des lumières qui rêvaient de se bâtir un palais plus grand, plus beau et plus éclatant que Versailles ont montré que la démesure peut être une déraison, et l'agrandissement apparent un rapetissement réel.

Le projet classique n'est pas l'éphémère floraison d'un bref instant de l'histoire des arts occidentaux, dans la mesure où le processus essentiel de la production de l'artisan, du forgeron ou de l'artiste, tel qu'il apparaît dans son statut social à l'aube des Temps modernes, dans les sociétés complexes, est toujours défini par la réduction de la matière ouvrée au pouvoir de l'homme. L'homme se mesure dans l'œuvre d'art, et mesure la nature en elle. Mais l'axiome grec, roman ou renaissant, que l'œuvre d'art est à la mesure de l'homme parce que l'homme serait la mesure de toute chose, pose aussitôt une question : de quel homme s'agit-il ? Il y a une mesure plus évidente, et une rigueur classique plus éclatante dans la tête en bronze d'un souverain africain d'Ifé que dans la tapisserie de Le Brun, *La Famille de Darius aux pieds d'Alexandre*. Les masques en pierre dure de Teotihuacán sont soumis à une mesure plus souveraine que les Dianes ou les Hercules de Martin Desjardins ou de Jacques Houzeau dans le parc de Versailles. Le relativisme ethnographique et le relativisme historique nous ont contraints à renoncer à la notion de l'homme universel, d'une invariable nature humaine qui serait l'étalon de mesure des « reflets » plastiques.

L'Antiquité classique elle-même avait de l'univers habité une préconnaissance suffisante, et sur sa propre structure sociale des préjugés assez enracinés, pour s'être trouvée souvent en contradiction avec ses préceptes humanistes. « L'homme mesure de toute chose », était-ce également le Barbare, le Nigrille d'Hérodote, ou l'esclave d'Athènes ?

Si on prend le terme *mesure* dans son acception la plus immédiate, dans la statuaire, par exemple, nous retrouvons l'idée et la pratique chez les sculpteurs des hautes époques avec la notion d'un *canon*. Mais déjà les incertitudes que Vitruve constate, sur le *nombre parfait* qui serait la clef de l'anatomie humaine (les uns tenant, avec Platon, que c'est le chiffre dix « *à cause du nombre des doigts* », les autres que c'est le chiffre six « *parce que toutes ses parties aliquotes sont égales au nombre de six* ») jettent un doute sur la valeur absolue de ces calculs absolus. Du « canon court » des Sumériens (quatre têtes pour un corps) au canon égyptien dont Diodore de Sicile nous donne les proportions (dix-neuf parties égales), du canon de Polyclète de Sicyone (la tête était comprise six fois dans la hauteur totale) au canon incroyablement allongé de Mathias Braun ou de l'École de Fontainebleau, la *mesure* considérée comme fondée sur les proportions du corps humain apparaît comme une convention et non comme une donnée anatomique ou mathématique. Ce qui semble fondamental c'est la volonté de mesure, non la validité absolue de celle-ci. Ce ne sont pas les proportions du corps humain qui sont la mesure de toutes choses dans les arts classiques, mais la mesure de l'esprit qui s'impose à la démesure du réel, et à la diversité même des corps.

« *Rien n'est beau que le vrai.* » Mais la vérité du paysan de Le Nain est-elle la même vérité que celle du souverain installé dans l'apparat de « l'étiquette » comme le soleil est inséré dans le mouvement des astres ? D'ailleurs, le doctrinaire du classicisme se contredit aussitôt : « *Le public veut reconnaître la nature et admirer des portraits qui ressemblent.* » Qui ressemblent, mais pas trop, ni toujours : car « *le vrai peut quelquefois n'être pas vraisemblable* ».

Une conception du monde anthropocentrique, celle de la fin de la Renaissance, succède à la conception du macrocosme. Quand l'Antiquité et le Moyen Âge posaient un terme de mesure, ce n'était pas la « nature humaine », c'était la nature totale. Un art mesuré, comme une vision mesurée du destin de l'espace humain ne peuvent se fonder sur une psychologie, mais seulement sur une cosmologie. A partir du moment où l'homme est la seule mesure de tout, non plus l'homme inséré dans l'architecture de l'univers, mais l'homme individuel, dès lors le péril des séditions intérieures et la fragilité du « roseau pensant » contraignent à l'observation méticuleuse de règles conven-

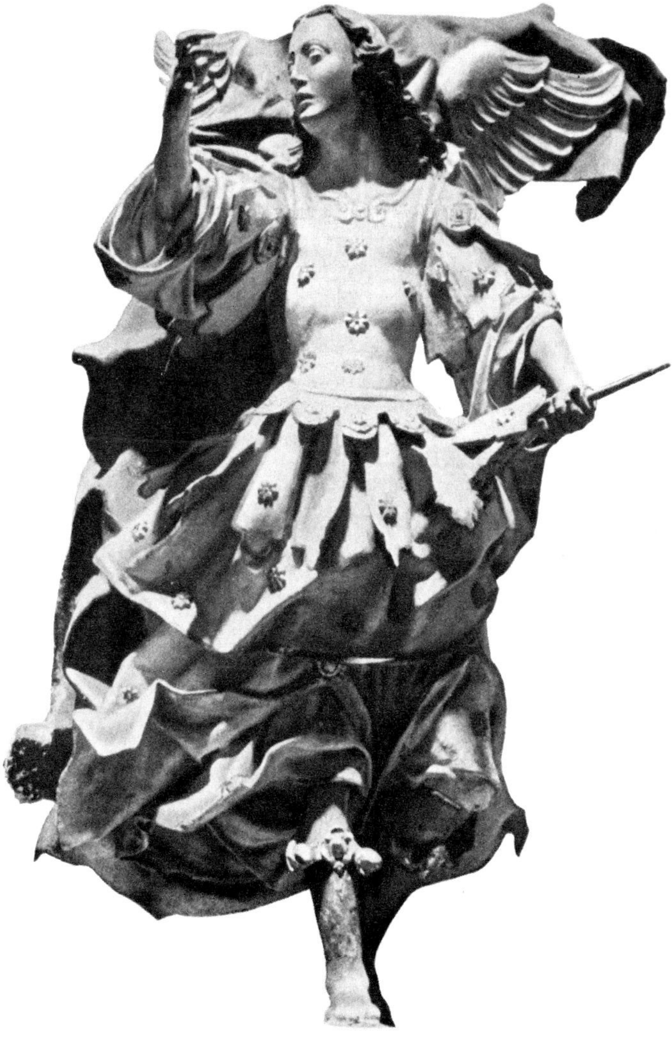

1. Ange de l'église San Blas, Cuzco, Pérou. Ph. D.R.

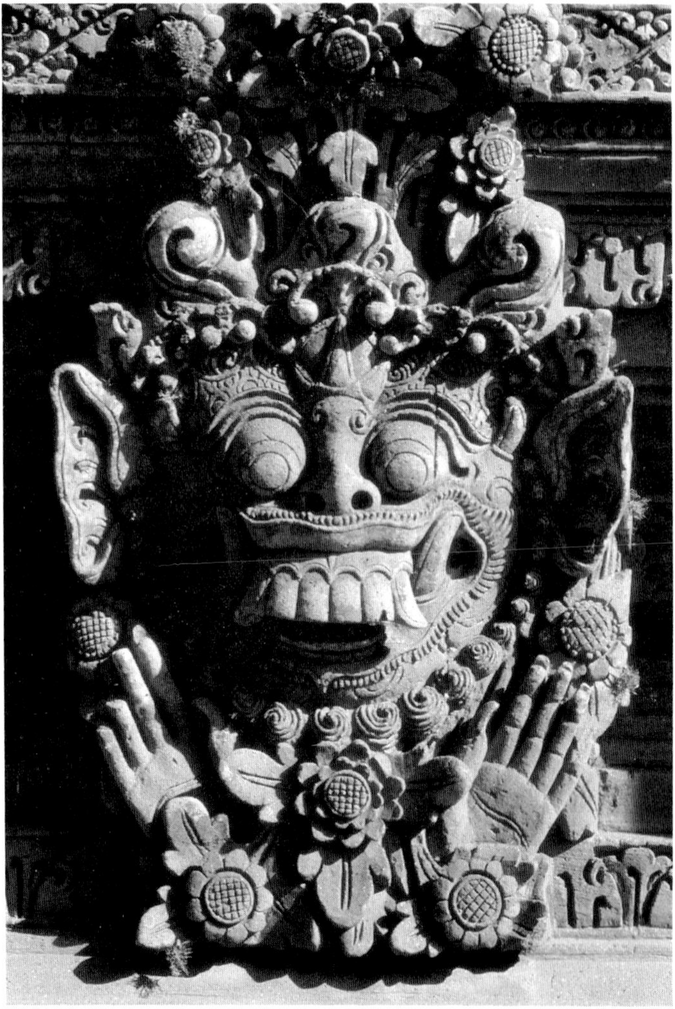

2. Sculpture du temple Taman Ayun, Bali. Ph. © P. de Wilde-Hoaqui.

3. Jean de Bologne : statue de l'Apennin, Villa Demidoff, Pratolino. Ph. © André Martin.

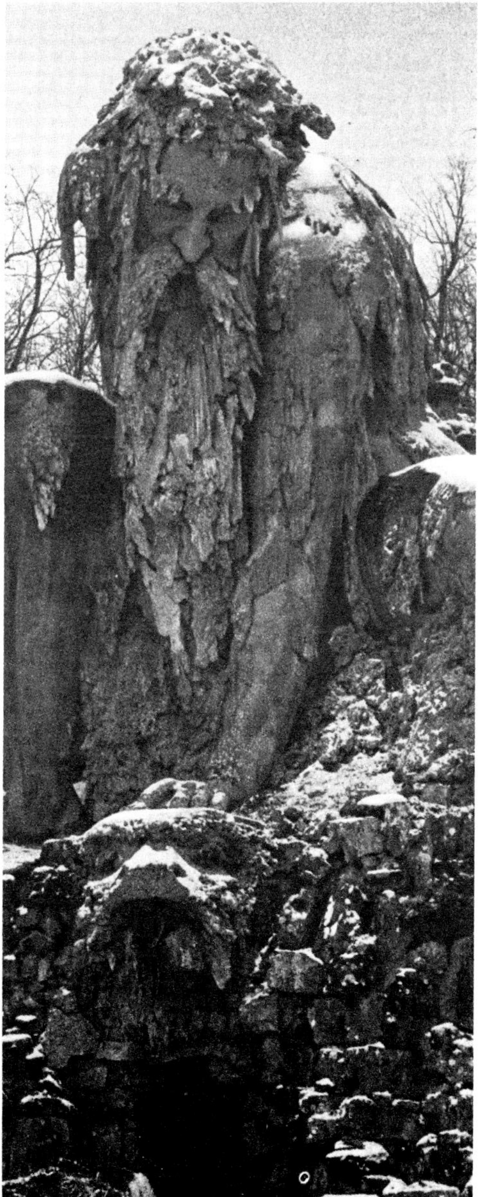

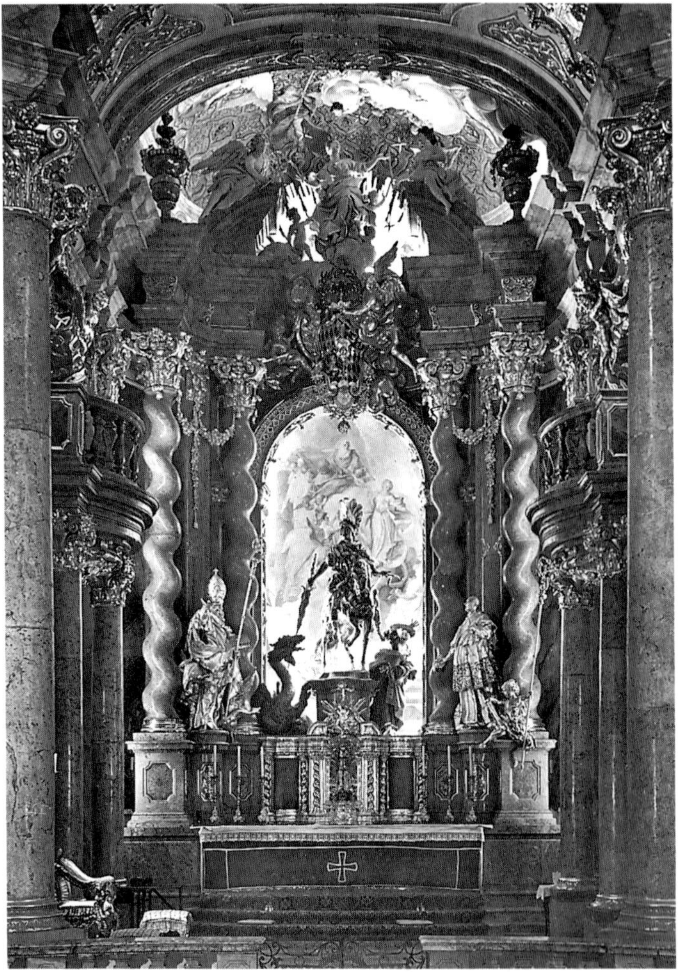

4. Autel de saint Georges, église bénédictine de Weltenburg, Allemagne. Ph. D. R.

5. Matyas Braun : *La Prudence*, château de Kuks, Tchécoslovaquie. Ph. © Jan Lukas.

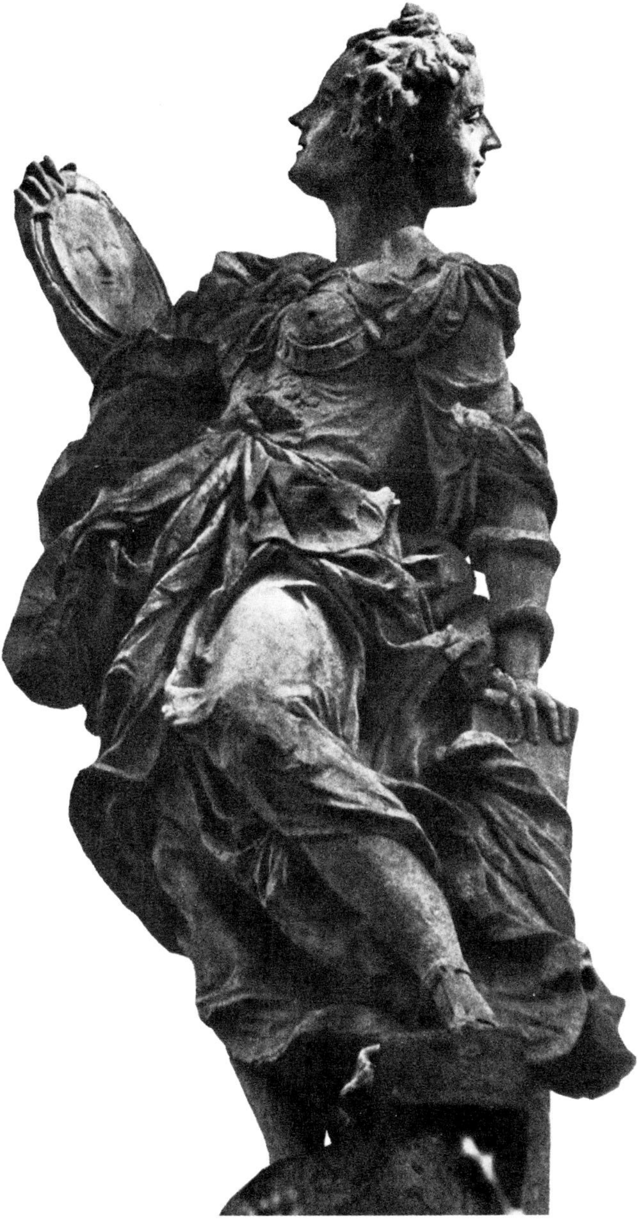

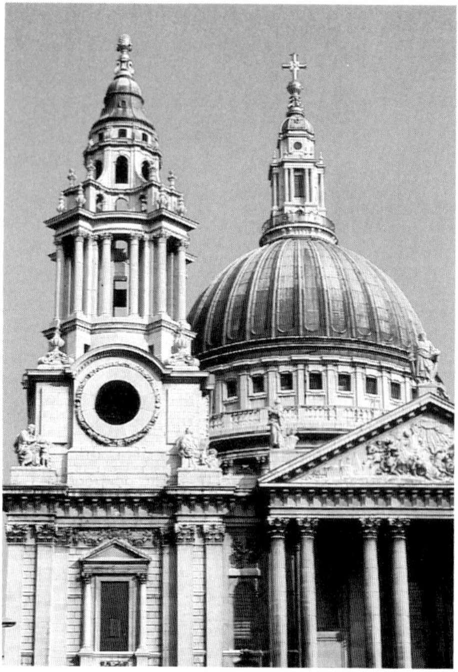

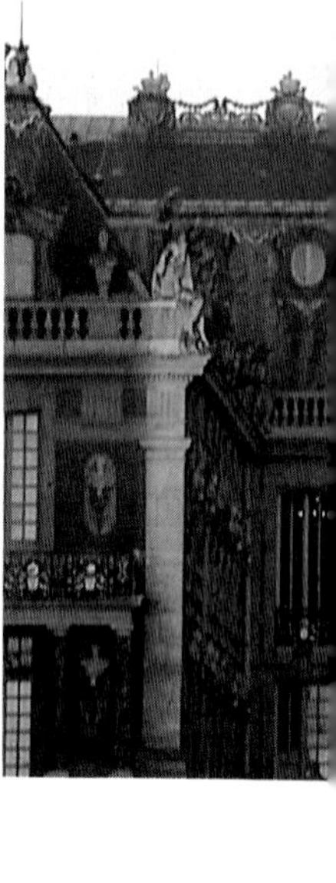

6. Cathédrale Saint Paul, Londres. Ph. © S. Grandadam-Hoaqui.

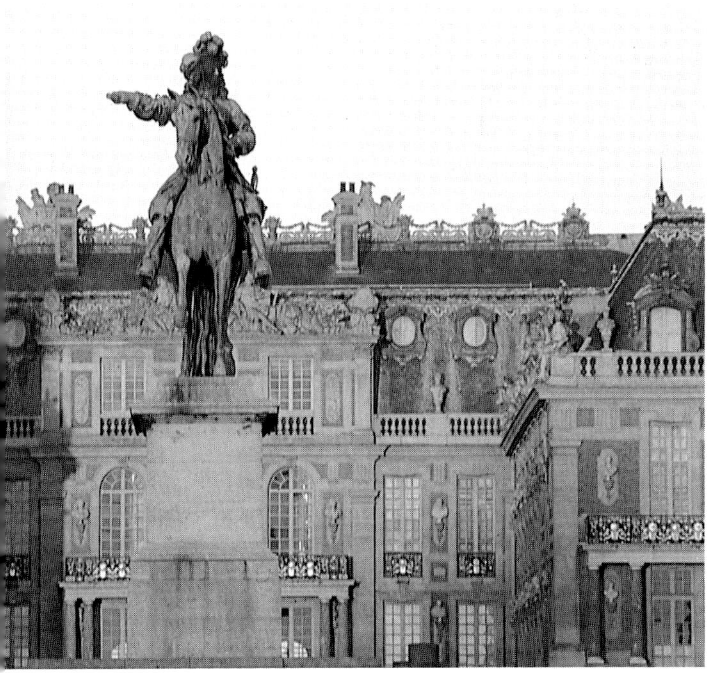

7. Façade du château de Versailles. Ph. © M. Beaugeois-Pix.

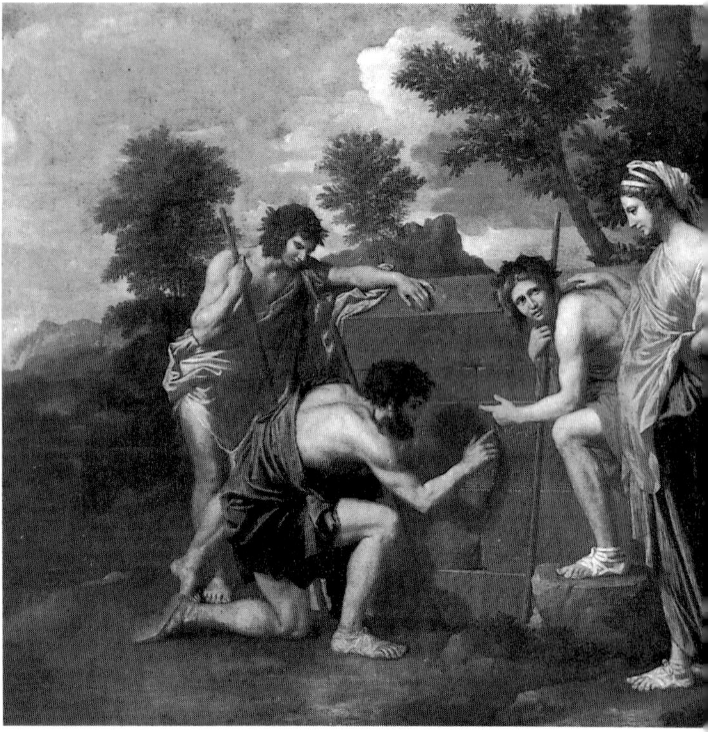

8. Nicolas Poussin : *Les Bergers d'Arcadie.* Musée du Louvre, Paris. Ph. © R.M.N.

9. François Chauveau : gravure extraite d'*Andromaque* de Racine, édition de 1676. Ph. © Coll. Viollet.

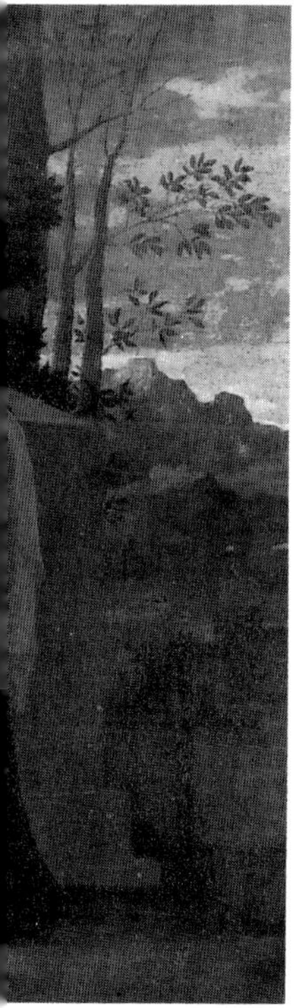

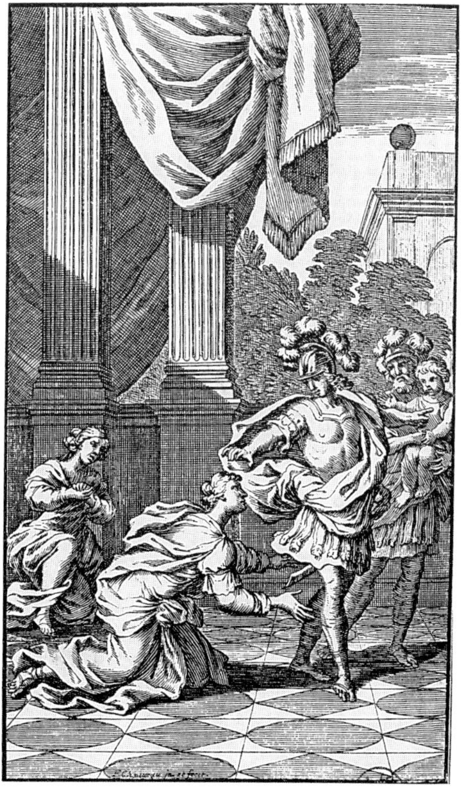

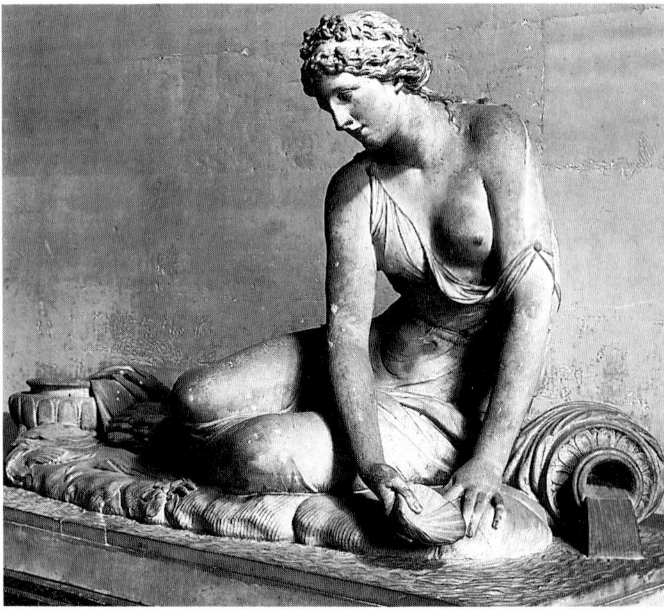

10. C.A. Coyzevox : *Nymphe à la coquille*. Musée du Louvre, Paris. Ph. © Giraudon.

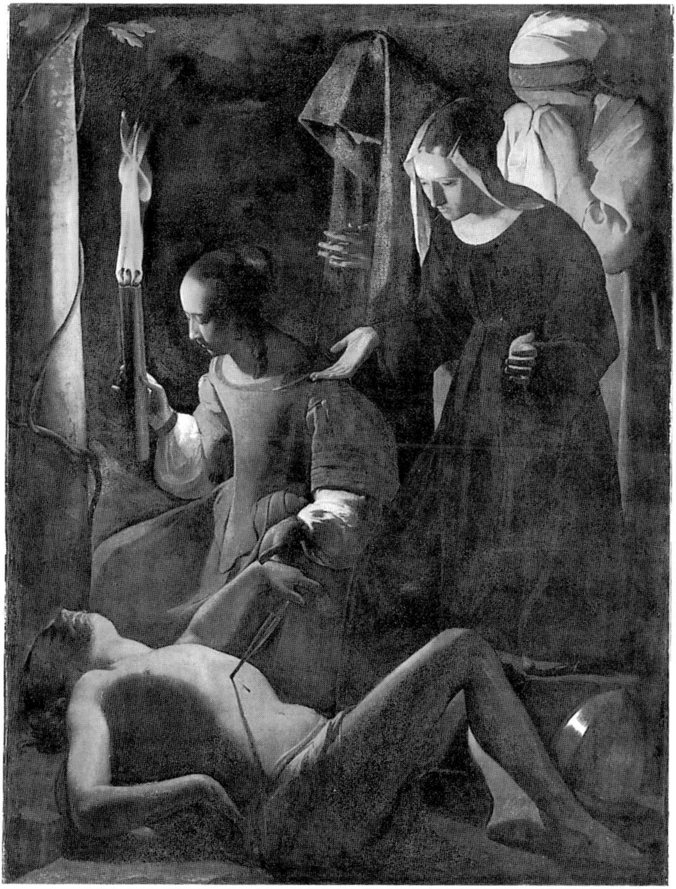

11. Georges de La Tour : *Saint Sébastien soigné par Irène.* Musée du Louvre, Paris. Ph. © R.M.N.

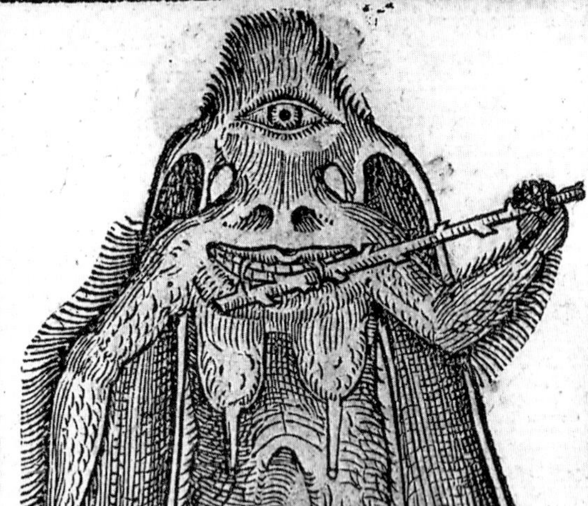

Le Ciclope.

De Polipheme & des Siclopiens,
Font mention poetes anciens:
On dit encor que ce lignage dure,
Auec vn oeil selon ceste figure.

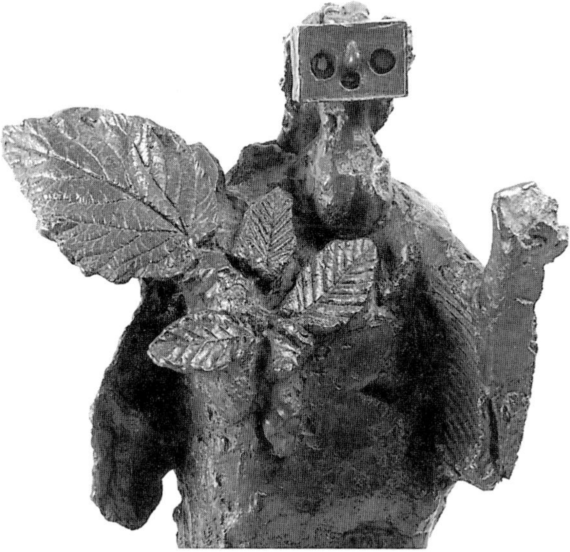

12. François Desprez : *Le cyclope*. Gravure extraite de *Recueil de la Diversité des Habits*, XVIe siècle. Bibliothèque nationale, Paris. Ph. © Bibl. nat.

13. Picasso : *Femme au feuillage* (détail). Musée Picasso, Paris. Ph. © R.M.N. © SPADEM, 1992.

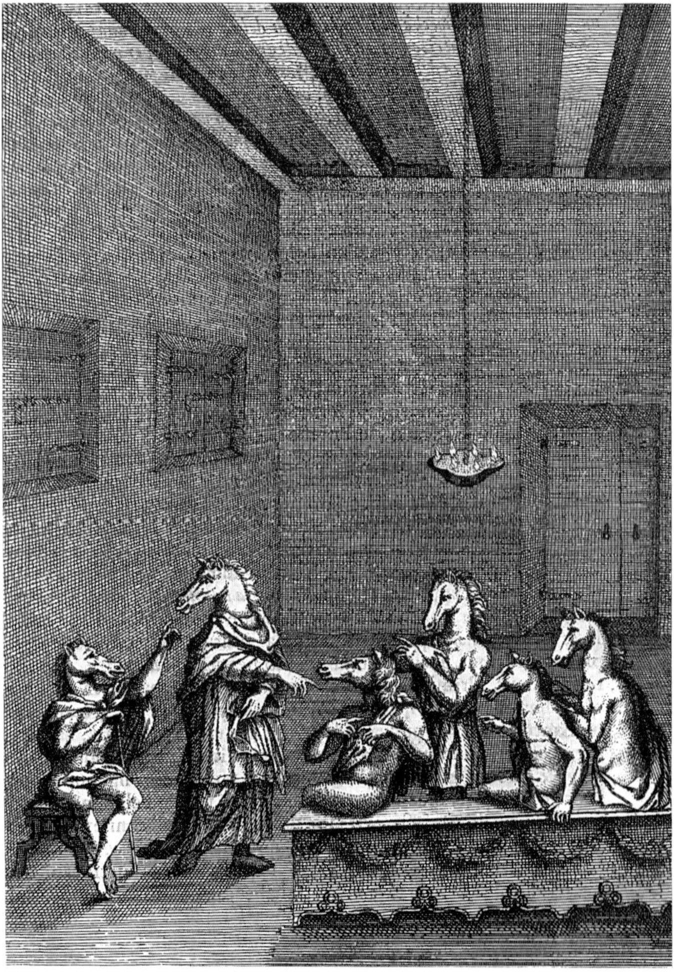

14. *Hommes à tête de cheval*, gravure extraite de *Prodomo apologetico alli studi chircheriani* de Gioseffo Petrucci, XVIIe siècle. Bibliothèque nationale, Paris. Ph. © Bibl. nat.

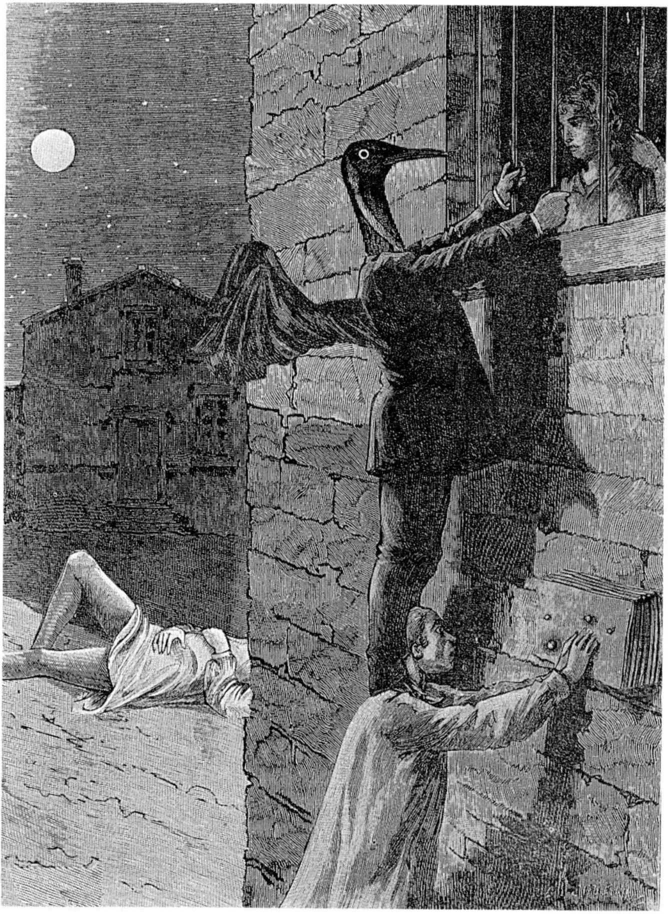

15. Max Ernst : collage extrait du quatrième cahier d'*Une semaine de bonté*. © ADAGP et SPADEM, 1992.

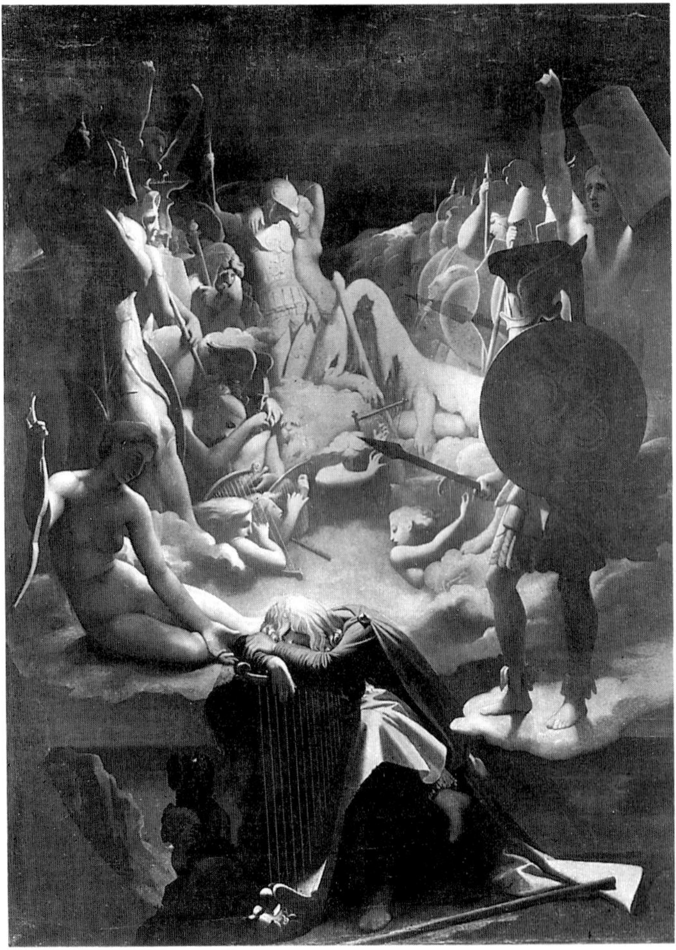

16. Ingres : *Le songe d'Ossian*. Musée Ingres, Montauban. Ph. © Bulloz.

tionnelles et arbitraires qui limiteront les risques du chaos. La centralisation étatique, l'étiquette, l'art de cour, le portrait officiel du monarque répondent au même besoin et à la même angoisse. Rigaud et Le Brun tiennent en respect Saint-Simon : ils dépeignent un demi-dieu pour juguler la réalité d'un homme, ils imposent l'image d'un héros, quand l'observateur proche du soleil royal ne découvrait qu'un pécheur empêtré de maîtresses, de maladies et de petitesses. La mesure classique va devenir non plus l'assurance qu'il existe un ordre souverain du monde, mais une assurance contre le désordre évident de l'individu.

La véritable mesure classique, c'est celle des origines de la cité historique. Elle n'est pas le code édicté par un roi régulateur ou un esthéticien des « bienséances ». Elle est la reconnaissance de la Création ordonnée par un Grand Architecte, par le Grand Mathématicien. Au sommet de la hiérarchie des dieux sumériens, et les dominant tous, il y a Anou, le Dieu des Cieux Supérieurs et de l'écliptique :

Il fixa l'année et définit ses divisions
Il chargea Nibiron (le Zodiaque) *de les mesurer tous*
Afin que nul ne puisse être trop long et trop court.

Lorsque vient l'instant où un Dieu subordonné à Anou, Éa-le-Sage, crée l'espèce humaine, il la soumet au dessein conçu par Anou « *afin qu'ils obéissent à ses ordres* ».

Que le souverain qui va dominer, ou tenter de

dominer l'Europe « classique » du XVIIe siècle, ait pris pour emblème le Soleil, ce n'est pas un hasard : c'est la répétition, caricaturable dans son ambition et dérisoire dans sa présomption, de ce qui existait aux origines de la société humaine, non par un décret de sa volonté mais une adhésion de tout l'être, quand en quittant l'état du chasseur nomade et en adoptant le statut de l'agriculteur sédentaire l'homme découvre enfin le rythme des saisons, celui des constellations, et à la confusion des errances substitue la sécurité d'une ordonnance. C'est en ceci que le rêve parfois régressif de la volonté classique, qui situe dans le passé un, ou *des* âges classiques, qu'il cherche à revivre, n'est pas simplement une nostalgie sans fondement, ni pure illusion. « *La première appréhension sédentaire de l'ordre universel,* écrit André Leroi-Gourhan, *est extraordinairement logique et rationnelle, tout y est ordre et correspondance et la même séduction se dégage de ce qu'on a considéré comme la science mystérieuse des Égyptiens, des Chinois, des Atlantes ou des Mayas. Il n'est pas sans intérêt de rechercher pourquoi cette " science " apparaît en même temps que le code pénal, les esplanades construites et le prêt sur signature.* » En même temps aussi, faut-il ajouter, qu'une architecture qui est la plus *intellectuelle* que l'humanité ait jamais conçue, qu'une statuaire et qu'un art soumis non pas tant à la ressemblance de l'image au modèle, mais à la semblance de l'être humain au cosmos. Il y a dans les mouvements du ciel une sécurité qu'on ne peut trouver dans les mouvements du cœur. L'astronomie est classique, la psychologie le sera peut-être un jour, mais ne l'est pas encore, malgré le génie rationnel de Freud. Dans les civilisations chinoise, égyptienne et grecque, les prévisions de l'astronome et les prédictions de l'astrologue ou du devin, la détection des éclipses et le déchiffrement des volontés des dieux, la géomancie ou le choix de l'orientation des temples et des résidences, le système des rites et les canons de la figuration plastique, tout marche de concert : le grand concert du Soleil qui se lève à l'Est et se couche à l'Ouest. De l'hiver qui fait son entrée par la Porte du Nord et de l'automne qui pénètre par la Porte du Sud. L'homme est en sécurité : il n'est pas le centre du monde, il est au centre du monde. Il ne se reconnaît pas comme la mesure de tout, il se connaît comme celui qui a su reconnaître une mesure universelle.

7

Qu'il existe des œuvres classiques, la démarche des philosophes de l'art en ferait parfois douter, dans la mesure où leur analyse ressemble à celle des théologiens concernant les attributs de Dieu. De Hegel à Wölfflin, les définitions de l'art classique rappellent les définitions de l'Esprit Créateur. Comme celui-ci est la positivité imaginaire de cette négativité qu'est l'homme, possédant tout ce dont le vivant est privé, l'art dit « classique » sera défini comme le contraire du symbolisme, du romantisme pour Hegel, comme le contraire du baroque pour Wölfflin. Dieu est éternel, quand l'homme est mortel, tout-puissant, quand celui-ci est impuissant, omniscient quand sa créature est ignorante, immesuré et illimité quand sa création est mesurée et bornée, infiniment bon quand ses enfants sont un mixte fini de bien et de mal. Il est la sérénité, quand l'humanité est le trouble. Wölfflin, dans ses *Principes fondamentaux de l'histoire de l'art*, oppose aussi les critères du baroque aux catégories du classique : le premier est pictural et en profondeur, par antithèse du dessin linéaire et en surface de l'art classique. Le classique est clos et nécessaire, le baroque est ouvert et contingent. L'un est analytique, l'autre est synthétique ; l'un est toute clarté, l'autre est tout clair-obscur. André Chastel les compare à son tour en employant tout naturellement le vocabulaire du théologien et les catégories du sacré. Le classique c'est « *la plénitude de l'être* », le baroque sera « *la fluidité de l'apparaître* ». Aussi loin qu'on remonte, la confusion du point de vue esthétique et du point de vue religieux apparaît comme une constante de la réflexion sur les œuvres de l'art. Hegel considère dans le classicisme grec le refus d'exprimer les sentiments qui agitent l'homme, et le choix d'atteindre des représentations « éternelles », le divin, enfin, « *dépouillé de l'arbitraire et de la personnalité accidentelle, représenté dans sa parfaite et inaltérable clarté* ».

Mais le point de vue de Hegel n'est pas tellement éloigné somme toute de celui de Quintilien, qui oppose Phidias à Polyclète, louant le premier d'avoir « *en quelque sorte enrichi la religion traditionnelle* », critiquant le second parce que, s'il a « *su donner à la forme humaine une beauté surnaturelle, il ne paraît pas pour autant avoir complètement rendu la majesté divine* ».

Il n'y a qu'un artiste classique qui se soit parfaitement conformé aux règles de la parfaite perfection : c'est Dieu. Il a eu cependant quelques très bons élèves. Quand on se trouve à Pékin au centre de la circonférence du Temple du Ciel ou dans le Honan devant la pagode de pierre de Song-yuesseu, à Épidaure devant les gradins du théâtre ou à Athènes devant l'Érechtéion, devant une basilique géorgienne ou devant l'église des Saints-Théodores à Mistra, au Thoronet en Provence ou à Rome devant le Tempietto que Bramante a construit à San Pietro in Montorio, cette joie que donne au corps, non pas le fait que le spectateur a « le souffle coupé », mais qu'il l'a au contraire apaisé et réglé, incline à devenir pour un moment néo-platonicien. Le spectateur est tenté alors de faire sienne la pensée de Goethe que « *le beau résulte d'une loi qui se manifeste* » (en oubliant alors que la décomposition de la charogne est aussi la manifestation d'une loi organique) et à révérer avec Alberti la Concinnitas, la beauté suprême « *gouvernée par la loi de l'harmonie* ». Il y a des chefs-d'œuvre classiques en architecture, et ce sont neuf fois sur dix des demeures apprêtées par les hommes pour y accueillir leurs dieux. Il y a des modèles de la statuaire qui apparaissent comme la réalisation de cet accord entre les parties, de cette harmonie, de cette nécessité rigoureuse et de cette sérénité que Nietzsche nommera « apollinienne », qui obéissent dans leur économie à la mesure au sens hellénique du mot, et dans leur morale au double impératif du « *Connais-toi toi-même* » et du « *Rien de trop* ». Mais l'Aphrodite naissante du Musée des Thermes de Rome et la Kouan-yin de miséricorde du Musée oriental d'Oxford, le Bouddha Udayana de K'iu yang-hien du Victoria and Albert Museum et le Christ du portail de Conques, les masques du Bénin au British Museum ou les divinités des sanctuaires Fang', ce ne sont pas des œuvres d'art divinement classiques, ce sont des divinités devenues œuvres classiques de l'art.

Lorsque le doux Winckelmann énumère les signes distinctifs à ses yeux du créateur classique, ce n'est plus tant la terminologie des théologiens, comme Hegel et Wölfflin, ni celle des historiens des religions, comme Nietzsche, recourant à la dialectique de l'apollonisme et du dionysisme, mais le vocabulaire des mystiques qu'il emploie : « *Mesure et forme, simplicité et noblesse de ligne, calme de l'âme et douce émotion, voilà les grands mots de son évangile artistique,* écrit Wölfflin après Justi : *l'eau claire comme du cristal est son symbole préféré.* »

L'eau pure est aussi le symbole préféré de ceux qui tentent d'exprimer dans la fable des mots l'ineffable de leur expérience. C'est la métaphore obstinée des livres sacrés et des revenants de l'absolu. « *L'eau pure que l'on verse dans l'eau pure et qui ne fait plus qu'un avec elle* », dont parlent les Upaniṣads, la sagesse unitive ou *gadhir* du mystique de l'islam suggérée comme « *l'union du ciel pur au miroir d'eau qui ne sait plus s'il est une eau que reflète le ciel ou le ciel qui reflète de l'eau* », le sage taoïste dont l'esprit est devenu semblable à l'eau qui glisse et qui est toujours eau, cette « immersion » de l'âme en sa source à quoi aspire Ruysbroek : c'est toujours à l'eau, après la consommation par le feu, que le mystique revient, à l'eau, élément premier. Et l'aspiration du classique, c'est d'offrir à l'image de son dieu ou à l'espace de la demeure sacrée la transparence heureuse d'un miroir parfait, d'une eau si calme et pure que parfait miroir.

Les philosophes des arts qui cherchent à dégager

l'élément essentiel du plaisir que communique une œuvre qu'ils jugent classique sont amenés à privilégier d'abord son *objectivité*. Celle-ci ne se mesure pas évidemment à la fidélité de l'imitation, à ce que l'esthétique occidentale définira un temps comme la « ressemblance ». Le peintre des Song ne cherche pas tant à donner à respirer au spectateur une branche de pin, qu'à retrouver le mouvement créateur qui a fait croître et s'élancer celle-ci. Pour lui, comme le dit le *Siuan-ho chou p'ou* à propos de Chen Yo, l'œuvre d'art « *se nourrit au centre du cerveau* ». Le masque Dogon ne tente pas de donner l'illusion d'un visage humain, mais, note Marcel Grinda, veut « *révéler le sujet à lui-même sous la forme de sa participation à la continuité de la vie* ». Le Couros archaïque grec ne se présentait sans doute pas comme un portrait, mais comme « l'incarnation de pierre » d'une entité. L'intuition de génie de Hegel, si on est autorisé à définir comme intuitive la démarche de sa pensée, c'est de dégager dans son *Esthétique* le dénominateur commun, non seulement des grandes œuvres de l'Hellade, mais de tous les arts réellement classiques : le créateur classique étant d'abord celui qui oublie son moi, ou le surmonte, qui dépasse l'individualité subjective pour atteindre la généralité objective, l'accidentel pour saisir le permanent. Cet art, dit Hegel, « *doit représenter le divin en soi, dans son calme infini et sa sublimité, intemporel, immobile, sans personnalité tout à fait subjective* ». Que les dieux de l'homme, habitant du temps, ne soient pas intemporels comme semble l'espérer Hegel, l'histoire des cultures et de leurs religions nous le démontre. Mais ce que les arts classiques ont l'ambition de refléter, et que le classicisme occidental confondra trop souvent avec la majesté, avec le « sublime » ou le « grand goût », avec la pompe ou l'apparat, c'est cet instant, en effet, de majesté sublime que l'homme vit comme intemporel, ce « *certain regard* » dont parle Valéry, qui le suspend au-dessus de sa propre histoire, l'en délivre le temps d'un clin d'œil dans la « *parfaite et inaltérable* » clarté dont parle Hegel, celle du miroir d'eau couleur de ciel et du ciel couleur d'eau pure. L'instant où l'esprit se croit délivré du cauchemar de l'histoire parce qu'il est délivré de l'obsession de soi, de la gesticulation perpétuelle de la conscience divisée, cherchant à s'assurer d'elle-même, et à se rassurer, par la simulation, l'ironie, l'exagération, le jeu, en s'accordant contre le néant les sauvegardes précaires de l'intensité des sensations et de l'exaspération des sentiments. Non plus acteur de son propre drame, mais spectateur de la grande tragédie cosmique. Selon l'admirable expression de Nietzsche, « *miroir universel du vouloir des mondes* ».

Le « bon goût » néoclassique sera en ceci l'imitation fallacieuse de cette absence du goût, de saveur individuelle, d'odeur *sui generis* qui caractérise en effet la grande œuvre classique. Il est vrai que Raphaël ou Poussin peuvent apparaître *insipides* à côté de la saveur violente de Grünewald ou de Goya, qu'un vers de Racine, de Pouchkine ou de Leopardi apparaît à la première écoute « incolore » à côté d'un vers de

Milton, de Gongora ou de Hugo, et que *La Princesse de Clèves* apparaît comme un roman *plat* à qui sort de la lecture d'*Ulysse*. Mais nous sentons aussi qu'un Bodhisattva chinois ou japonais, qu'un masque ashanti, qu'une vierge romane ou qu'un Christ byzantin ne sont pas l'œuvre d'un artiste qui dit *je*, même s'il a signé son œuvre ou nous a laissé son nom, mais le mouvement d'un témoin qui se veut le miroir de l'essentiel, ce que l'auteur de la *Phénoménologie* nommera l'Esprit, celui de *L'Origine de la tragédie*, « *ces énergies d'art qui jaillissent directement de la nature sans l'intermédiaire de l'artiste* », ce que Malraux nommera le sacré, et dont un des caractères fondamentaux est en effet l'*impersonnalité*.

Qu'il repose sur l'acceptation d'un ordre du sacré, ou qu'il sacralise un ordre intelligible, l'art classique en ceci peut être défini comme un art pour qui il y a toujours des valeurs plus sacrées que cet accident, l'artiste, et plus importantes que ce passant, l'être humain. Qu'il s'agisse du sacré « panthéiste » de la conception taoïste, de l'athéisme radical du bouddhisme, de la transcendance chrétienne ou des grandes structures voilées que le néoplatonicien de la Renaissance se fixe pour but de dévoiler, que la clef de l'œuvre soit les chiffres magiques d'une Révélation ou le calcul de la section d'or, la *mesure* classique est d'abord mensuration du seul rapport qui importe, le rapport avec l'absolu. Tout art religieux n'est pas un art classique, mais tout art classique suppose, immanente ou transcendante, cette dimension que Roublov nomme Dieu et qu'Alberti nomme la nature : « *Tout ce qu'invente la nature est gouverné par la loi de l'harmonie et son plus grand souci est que tout ce qu'elle crée soit d'une absolue perfection. Par nature en effet nous convoitons la perfection et éprouvons du plaisir à nous joindre à elle.* »

8

Les impatients croient que tout est clair, les avertis qu'il faut essayer de mettre de la clarté dans l'obscur. L'artiste académique veut croire que les règles et l'ordre préexistent à son travail. L'artiste classique pense que son travail est d'inventer une règle et de trouver un ordre. La différence qui existe entre Poussin et Le Brun, c'est celle qui apparaît entre Descartes et Monsieur Homais. Descartes, cavalier du grand jour, est aussi le Descartes des nuits, attentif à ses rêves, et tentant de gouverner la couleur de ses songes, non de les ignorer. Le philosophe du bon sens saluait aussi « *la divinité de l'Enthousiasme et la force de l'Imagination* ». Le physicien « *ne croyait pas qu'on dût s'étonner si fort de voir que les poètes fussent pleins de sentences plus graves, plus sensées et mieux exprimées que celles qui se trouvent dans les écrits des philosophes* ». Poussin ne professe pas que l'art doit seulement représenter des sujets « nobles » : tout au contraire, que l'art « *a cela de particulier de rendre agréable ce qui ferait horreur dans la nature, comme lorsqu'on représente des sujets de cruauté ou des objets hideux, qui ne déplaisent point en peinture ».* Le Brun et l'Académie au contraire dictent et verdictent : il y a pour eux, non seulement un style, et un seul, mais des sujets licites, et d'autres interdits.

« *Beauté est une certaine connaissance raisonnable* », affirme Alberti. « *Que personne ne mette la main à l'œuvre si ce n'est de propos délibéré, et l'esprit bien éclairé.* » Mais la clarté des classiques n'est pas la négation de l'ignorance de la part d'ombre de l'esprit et de cette nature dont il fait partie. Il y a une distance entre Goya et Wou Tao-tseu, d'une part, et Poussin ou Wang Wei, d'autre part. Mais il y a un abîme entre Poussin ou Wang Wei, d'une part, et Mengs ou les peintres de cour pasticheurs-répétiteurs de la dynastie Ts'ing, d'autre part. Le créateur de clarté ou l'évocateur d'ombres sont les habitants alternés de la même atmosphère, les serviteurs se relevant l'un l'autre du jour et de la nuit. Mais la lumière égale et froide de l'épigone néoclassique croit faire revivre une aurore, quand elle fige un crépuscule. Ce n'est pas la clarté qui fonde le classique, c'est la volonté de clarté. Ce n'est pas le refus de voir qu'il y a de l'ombre, c'est l'ambition d'apporter plus de lumière dans l'obscurité. L'esprit classique, ce ne sont pas les premiers adversaires de Freud, qui en sont les tenants, refusant d'accorder droit de conscience à l'inconscient : c'est Freud lui-même, qui entend trouver les raisons de l'apparente déraison. Ce n'est pas Louis XIV ordonnant devant les objets de la Chine : « Qu'on ôte de moi ces magots », c'est Rembrandt collectionnant les œuvres de l'Orient.

Ses amis nous disent que Mi Fou était quasi

maniaque d'ordre, de propreté, qu'il se préparait à peindre par le silence ou la lecture des poètes, que ses peintures étaient le fruit d'un long recueillement et d'une exécution précise et enlevée. On raconte au contraire que T'ang Heou peignait en état d'ivresse, trempant son bonnet dans l'encre et esquissant avec ce chiffon le dessin qu'il terminait au pinceau. Mais Mi Fou peignait des paysages de clarté, et T'ang Heou les dragons de l'obscurité. Le faux classique, c'est celui qui peint méticuleusement des dragons, et froidement des monstres brûlants.

A première lecture, comme c'est souvent le cas avec Goethe, sa remarque des *Maximes et réflexions* sur la clarté a l'air d'un truisme, d'une presque burlesque lapalissade : « *La clarté, c'est une juste répétition d'ombres et de lumières.* » Mais qu'on y prenne garde : il y a en effet une fausse clarté, c'est celle qui feint de ne pas voir les ombres.

Les fausses corrélations d'une sociologie naïve ont prétendu que les arts classiques fleurirent dans les sociétés stables, ordonnées, où la prospérité de l'économie et une hiérarchie fixée des institutions assuraient aux artistes et à leur « clientèle » une sécurité qui se « refléterait » dans leurs travaux. Le siècle de Périclès, le siècle d'Auguste, le siècle des T'ang, le siècle des Gupta, le siècle de Louis XIV préserveraient ainsi, dans l'oasis de paix et d'ordre de cités harmonieuses, l'ordre et la paix des arts. Mais il apparaît peu à peu que ces îles de calme et d'équilibre sont elles-mêmes des illusions rétrospectives, que l'homme n'a jamais vécu son histoire comme un repos de l'histoire, que le contemporain de Périclès ne savait pas du tout qu'il vivait le siècle de Périclès, mais celui des guerres sanglantes, des procès d'impiété, et des coups du fléau. Que le Chinois des T'ang entend parler surtout de levées en masse pour contenir ou conquérir les Barbares, de taxes sur les paysans, et de rébellions. Et que l'ordre éclatant et la pompe de Versailles, c'est l'écran somptueux qui cache les dragonnades, la persécution des non-conformistes, la saignée des guerres et bientôt le désastre de l'économie. Les sociétés humaines ont rarement été heureuses, et les hommes ont toujours été mortels, donc malheureux. La paix a toujours été un état précaire dont on s'employait en haut lieu à sortir le plus vite possible. Les États puissants ont donné parfois quelques satisfactions à la vanité, à la gloriole et au chauvinisme. Mais l'idée que les grands créateurs ont simplement réfléchi dans leurs œuvres l'heureuse clarté d'un midi de la société est une idée battue en brèche par l'entêtement des faits. L'ordre classique est bien rarement, ou jamais, la conjonction miraculeuse d'une accalmie de l'histoire avec le calme d'un esprit. L'ordre n'est jamais dans les choses, mais parfois son ambition dans les hommes. Ce n'est pas parce que les Indiens ou les Chinois étaient contents que les Bouddhas guptas ou le Kouan-yui de Mou K'i sourient : c'est parce qu'ils se sont retirés en eux-mêmes du désordre des choses où vivaient les Indiens et la Chine. Ce n'est pas parce qu'ils vivaient une époque « bénie » que Giorgione a peint le *Concert champêtre* et Tintoret la *Suzanne au bain,* mais c'est parce qu'ils avaient décidé de bénir le temps de leur vie, qui était, comme tous les temps de l'histoire, une malédiction à petit feu ou à grandes flammes. Le bonheur d'expression des arts n'est pas une expression du bonheur des sociétés, il est au contraire une protestation, tranquille ou furieuse, contre le malheur habituel des sociétés humaines. Et lorsque le tyran ou le monarque maintient en effet l'ordre, c'est-à-dire fait rentrer les impôts, marcher les affaires et taire les citoyens, l'ordre des œuvres d'art n'a que peu à voir avec l'ordre sur les marchés, dans la police, ou sur les visages soumis des bonnes gens. L'histoire est une horreur permanente, dont les œuvres d'art écrivent dans la pierre, sur la toile ou le papier, la contre-histoire. Une contre-histoire trompeuse, si on prétend la lier à la chronique sans fin de misères et de massacres qui tisse son fil de règnes et de pouvoirs. Il y a eu des artistes classiques, mais des époques ? On peut en douter.

La clarté à quoi tendent les classiques est toujours conquise sur les ombres de leur propre destin et sur la pénombre de leur histoire. Une autre chimère historique, c'est de croire à des lois mécaniques d'alternance et de succession, qui feraient régner tour à tour les grotesques et les libertins, puis les classiques, puis les baroques, puis les néoclassiques, puis les romantiques, des lois cycliques qui sacreraient puis renverseraient une tendance de l'esprit humain au détriment de toutes les autres. Parce que le philosophe veut mettre de l'ordre dans l'histoire, il finit par raconter une fallacieuse histoire de l'ordre ; un ordre précaire des dominations et un ordre apparent des successions. Parce que l'Académie de Louis XIV a décrété que sous son règne, ce seraient les temps classiques, on est tenté de s'incliner, de la croire sur paroles et sur décrets. Mais la folie gicle à Versailles dans les interstices du grand dessein, et les travaux de V. Tapié, de Jacques Vanuxem, de J. Baltrusaïtis démontrent que le pouvoir « classique » n'a jamais été si assuré qu'il le prétendait contre les aberrations, les bizarreries et les baroqueries. Et l'*Histoire de la folie à l'âge classique* de Michel Foucault démontre, dans un autre domaine, que les clartés de la Raison étaient appuyées sur la ténèbre des bastilles et la nuit des hospices, et qu'on enfermait une fille mariée de force à un vieux mari, parce que c'était déraisonner que de s'insurger contre l'ordre des choses. Il en est des cultures comme des individus, et de l'ensemble des arts d'une époque comme du caractère d'une personne : la clarté, l'équilibre et l'excès de *santé* y sont souvent l'affiche trompeuse qui dissimule sans triompher, et réprime sans supprimer.

La montée des « lumières » et de l'humanisme rationaliste s'accompagne, et ce n'est pas par faiblesse ou distraction, d'un retour au thème médiéval de la folie. Le plus grand esprit critique de l'Europe humaniste est aussi l'auteur célèbre de l'*Éloge de la folie*. C'est que « *l'image du fou,* écrit très justement Robert Klein, *équivoque comme tant de grands symboles et de projections collectives, exprime un instrument d'autocompréphension* ». Le Moyen Âge finissant envoie en éclaireurs sur les terres nouvelles de la Renaissance deux fous au service de la sagesse que les hommes veulent conquérir : le semble-fou Érasme et le vrai fou Don Quichotte. Ils opèrent aussitôt leur jonction avec les autres déments superbes de la littérature, le *Roland furieux* de l'Arioste et la folie du Tasse.

Nous avons vu plus haut quel instrument de la clarté classique fut la perspective linéaire, et en même temps quelles furent ses limites et ses contradictions. Le propos de tous les grands créateurs classiques semble imposer un « point de vue privilégié ». Mais la véritable vision classique subordonne en réalité la règle arbitraire du « point de vue » à ce qu'un critique chinois de la dynastie Song nomme « *l'angle de la totalité pour percevoir la partie* ». Chen Koua reprochait en effet au peintre Li Tch'eng de limiter sans nécessité sa faculté de « *voir la partie du point de vue du tout* ». Il le blâme d'avoir, en peignant des montagnes et un pavillon, dessiné les angles du toit comme on les aperçoit d'en dessous. Michael Sullivan, qui cite le texte de Chen Koua, en résume le sens en disant : « *Pourquoi, alors que nous avons les moyens de dépeindre ce que nous savons être là, ne décrire que ce que nous pouvons voir d'un seul point de vue ?* »

Pourquoi en tout cas, si on assume le parti pris d'un point de vue oublier la valeur possible de tous les autres ? Ce ne sera jamais le péché des classiques authentiques. Ce qui a été préservé de la peinture des

T'ang nous montre que le classicisme de cette époque verra surgir celui qu'on a nommé un Michel-Ange chinois, l'expressionnisme baroque de Wou Tao-tseu. Mais l'apparition de Wou n'est pas davantage l'explosion d'un orage dans un ciel sans nuages que le baroque européen ne sera un démenti abrupt donné à une soi-disant rigidité ou unilatéralité du classicisme occidental. Dans les prédécesseurs de Wou Tao-tseu comme dans ceux du Caravage, il y a déjà contenu tout ce que les baroquismes exprimeront avec impétuosité. Contenu : dans les deux sens du mot : embrassé et tenu en main. Ni dans la thématique, ni dans la technique, l'art classique n'obtient la clarté par la répression ou la suppression des marges d'incertitude, des zones d'ombres, de la part ambiguë. C'est un abus que d'opposer, par exemple, la soi-disant lumière égale des paysagistes Song ou de Claude Lorrain aux contrastes violents de la peinture des Yuan ou au clair-obscur des caravagistes. La lumière classique n'est pas celle, glacée et si égale, en effet, que morte, de l'atelier académique. C'est une lumière vivante. C'est un autre abus que de définir la perspective classique par les seules formules de géométrie dans l'espace d'Alberti et de Brunelleschi. Il y a classicisme lorsque l'espace est assujetti à l'intelligence. Mais la seule démarche de celle-ci n'est pas la mathématique. Platon, qui traitait déjà la perspective d' « *art de charlatan, qui rend petit ce qui est grand et grand ce qui est petit* », et Chen Koua, qui demandait que l'artiste se plaçât sous « *l'angle de la totalité pour percevoir la partie* », étaient classiques en ceci que la peinture était pour eux, comme pour Vinci, *cosa mentale*. Et sont classiques aussi les sculpteurs africains, pour qui le seul canon qui régisse la représentation de la figure humaine, c'est souvent , comme le remarque Jean Laude, « *non pas la recherche d'une vérité anatomique, mais un système de pensée hiérarchisant les éléments corporels selon l'importance qu'on leur confère* ». Ainsi, qu'une tête soit plus grosse que le reste du corps dans une statue Kata-Mbula ne signifie pas que l'artiste a un trouble de la vision ou une faiblesse de la main, mais que la tête de l'homme est pour lui le siège de son activité principale. Et Jean Laude a raison d'affirmer que « *l'art africain est un art essentiellement classique* ». Car la seule clarté que l'homme puisse apporter dans l'obscurité du monde, c'est celle de l'esprit.

9

Aux composantes de l'œuvre classique, régie par des mesures et une économie, soumise à des règles, se proposant comme idéal la clarté et une lisibilité parfaite, l'observation amène à ajouter la constance de la démarche imitative, et les théoriciens dégagent une valeur qui leur semble hautement respectable, celle de la tradition.

L'imitation est parfois présentée comme la plus simple et la plus évidente, comme allant de soi : comme l'imitation de la nature. A tel point que la forme d'expression qui semble avoir dominé pendant des millénaires les créations artistiques de l'humanité, l'art géométrique et « abstrait » qui n'a cessé, après le néolithique, de subsister et de se développer parallèlement aux arts figuratifs, et qu'on a vu resurgir, avec l'essor de la civilisation machiniste et industrielle, jusqu'à sembler éclipser un temps toute autre activité esthétique, n'est jamais invoqué comme un modèle par les praticiens et les codificateurs du classique. Un art classique suppose des mesures, des calculs, le recours aux artifices intellectuels de la symétrie, de l'ordonnancement géométrique ou mathématique, un équilibre des proportions et une harmonie des rapports. Mais l'art qui se réduit le plus strictement à ceux-ci, l'art des premiers agriculteurs sédentaires, l'art par excellence de l'Islam, un art qui, des poteries néolithiques jusqu'à Mondrian, représente une des traditions les plus cohérentes et les plus continues de l'expérience humaine, n'est jamais apparu comme un art classique. Il y a classicisme lorsque la rigueur géométrique et la décoration non figurative ou l'abstraction mathématisée ne sont pas réduites à elles-mêmes. Lorsque ce sont les formes de la nature, le corps humain, le visage, le paysage, les animaux, qui sont assujettis à une conception immanente et voilée de proportions calculées, à ce réseau de lignes géométriques dans lequel, avant de les effacer, le peintre romain, le fresquiste roman, Poussin et David groupent et organisent les figures de leur œuvre, et dont les esquisses au crayon du *Serment des Horaces* gardent le tracé, devenu invisible dans le tableau achevé. Le classicisme peut être, dirait-on, un art de mettre les figures « au carreau ». Jamais celui de considérer les carreaux comme des figures.

Du gentil Cennino Cennini à l'impérieux Monsieur Ingres, et d'Apelle à Maurice Denis, le thème de « *l'imitation de la nature* » revient avec un entêtement aussi inébranlable que semblent irréductibles les contradictions qu'il implique aussitôt. Cennini définit la peinture « *la manière de faire croire que ce qui n'est pas est* », l'art de donner l'être comme le fit ce Dieu tout-puissant et créateur qu'il vient d'invoquer au seuil de son *Traité de la peinture*. Mais tout en donnant les « recettes » permettant de procurer l'illusion d'une chair, d'une barbe, des arbres, des herbes et des verdures, Cennini loue la « fantaisie » de l'artiste qui « *se sent libre et en puissance d'établir une figure moitié homme, moitié chose* ».

Quatre siècles plus tard, Ingres enseigne à ses élèves : « *L'art n'est jamais à un si haut degré de perfection que lorsqu'il ressemble si fort à la Nature qu'on peut le prendre pour la Nature elle-même.* » Mais il contredit aussitôt son précepte, ou le corrige tant qu'il n'en restera quasiment plus rien : « *L'art ne doit rendre que la beauté.* » C'est-à-dire qu'il doit ressembler très fort à la Nature, sauf quand la Nature n'est pas « belle » ; être fidèle, mais infidèle ; copier, mais ne pas copier ; ouvrir les yeux, mais aussi les fermer : « *Si vous voulez voir cette jambe laide*, dit Ingres dans son atelier, *je sais bien qu'il y aura matière. Mais je vous dirai : prenez mes yeux et vous la trouverez belle.* »

Aussi quand le créateur classique exalte l'imitation, se rabat-il bien vite sur une autre imitation : celle des maîtres. La Nature est la grande maîtresse, soit. Mais elle est comme le Maître Suprême, comme Dieu, qui a besoin pour communiquer sa volonté de prophètes, de prêtres et de médiateurs. Mi Fou, nous dit son fils, copiait sans relâche : « *Sa main ne quittait pas le pinceau, sans cesse occupée à étudier les œuvres en les copiant.* » Dans les ateliers médiévaux et les *botteghe* de la Renaissance, copier est la première tâche assignée à l'apprentiartiste. Et Ingres : « *Les Anciens ont tout vu, tout compris, tout senti, tout rendu. C'est à genoux qu'il faudrait copier ces hommes-là.* » La situation du forgeron et du sculpteur africains n'est pas essentiellement différente : l'artiste Ba-luba ou Osyeba reçoit une formation familiale ou artisanale, accepte une commande, est renvoyé à des modèles, et soumis au style reconnu par le groupe social dans lequel il vit.

Si la prescription classique de l'imitation — que ce soit celle de la « Nature » ou des maîtres — était réalisable, il n'y aurait pas d'histoire des arts, ni d'histoire tout court. Le regard non averti, l'innocence de la distance donnent cette bienheureuse ou angoissante illusion d'une *répétition* sans terme. De même qu'aux yeux du voyageur débarquant en Asie tous les Jaunes se ressemblent, aux yeux du profane et du néophyte toutes les statues égyptiennes, grecques, ou tous les tableaux du Quatroccento ont l'air d'être l'œuvre répétée par le même artiste. Ce n'est qu'avec la familiarité croissante du regard que les œuvres perdent cet air de famille constant qui étonne au début.

Mais les classiques savent sans doute qu'on ne peut impunément soumettre les élèves à la discipline de la copie ou de l'imitation que dans la mesure précisément où l'homme est en réalité incapable de copier et d'imiter. Et qu'il est en même temps celui-là qui ne trouve sa sécurité et ne prend son essor que dans l'adhésion à des modèles, que dans la copie de ce qui l'entoure et l'imitation de ses prédécesseurs. Nous constatons partout et toujours que l'artiste adolescent est rarement, pour ne pas dire jamais, autre chose qu'un écho ou qu'un reflet. Dans l'art moderne lui-même, où l'institution des écoles et des ateliers est si considérablement affaiblie, où la transmission des recettes et des techniques est livrée aux hasards de la solitude, où les valeurs d'originalité, d'individualité, d'invention, de choc novateur sont privilégiées par rapport aux valeurs d'adhésion, de soumission et d'héritage, chaque chambre isolée où un jeune homme s'affronte à la toile vierge ou au bloc non dégrossi est cependant peuplée à l'origine de maîtres et de modèles. Elle recompose un atelier et fait resurgir un enseignement : personne à l'origine n'est tout à fait original.

L'imitation et la copie à laquelle s'astreignent le tailleur de figures memphite ou athénien, le disciple de l'atelier romain ou florentin, l'élève du peintre des Song ou l'apprenti du sculpteur Ba-Kongo, leurs « patrons » et eux-mêmes savent que, non seulement elles ne seront jamais parfaites, que l'imitation ne sera pas une reproduction, mais que par l'imitation des modèles ils aboutiront à la découverte de *leur* modèle personnel, que la copie sera le chemin de l'individualité. Et qu'en définitive l'imitation d'autrui tend à l'imitation de soi.

Jean Laude a vu au musée d'Abidjan travailler des sculpteurs Taoulé ou senoufs dont les pères ont été formés à ce qu'ils croyaient peut-être la « copie » et « l'imitation » des modèles ancestraux. On demande à ces sculpteurs de fournir aux touristes des « copies » d'œuvres qui sont nées elles-mêmes (en apparence) comme des copies. Mais l'intention de la copie-de-copie ancienne, et celle de la « copie conforme » diffèrent totalement, et la psychologie du copieur : l'ancêtre était libre et créateur à l'intérieur même du cadre qui lui était fixé ; son fils ou son petit-fils s'ennuient mortellement à faire renaître des œuvres jadis vivantes. La « copie » d'autrefois, parce qu'elle n'était jamais *conforme*, était une œuvre d'art. La copie d'aujourd'hui est une reproduction, une répétition figée, le fruit mort du temps mort d'un homme à demi mort.

J'ai vu en revanche, à Pékin, le vieillard Tsi Pai-tché approchant de la centaine, à qui un ami avait demandé de lui faire une copie d'un des rouleaux qui était exposé dans un musée, s'escrimer en vain, reprendre le même sujet (une grenouille au bord de l'eau) sans jamais parvenir à faire autre chose qu'une *autre* peinture, tant le plaisir du pinceau le surprenait, et l'entraînait loin de son dessein avoué : l'imitation servile d'une de ses œuvres anciennes.

L'apprentissage par l'imitation des temps classiques, s'il se dilue dans la docilité tâcheronne des peintres académiques, devient l'acharnement terrorisé d'un esclave du passé, appliqué à se tenir en lisière pour ne jamais laisser apparaître un visage individuel, et qui se couche docilement, mais malheureux, sur le lit de Procuste des chefs-d'œuvre dont il voudrait être seulement le mime parfait et le singe apeuré. Mais les survivances chaque jour plus menacées de l'artisanat d'art, îlots bientôt submergés dans et par la société industrielle, nous permettent de retrouver le mouvement intérieur des artistes auxquels le grand prêtre thinite, Ion de Delphes, le chapitre de la cathédrale ou l'intendant d'un prince-mécène « passaient commande », d'une statue. Sa destination était soit de remplacer une divinité ou une figuration politique abîmée par l'érosion du temps, soit de prendre place à côté des anciens dieux et des effigies de monarques défunts sans rompre leur cortège séculaire par son apparition. Ils ne se sentaient sans doute pas davantage asservis que le tisserand au métier à la main ou le fabricant de papier à la cuve auquel on apporte un échantillon en lui demandant d'en retrouver la trame, le coloris et la matière. Ils savent d'ailleurs parfaitement que ce ne sera jamais exactement la même chose si le temps a passé, si l'artisan a vieilli, si les matières premières ont changé. Mais que ce qui sera restitué, ce ne sera pas l'apparence d'une identité, mais l'esprit d'une continuité. Sachant aussi que ce ne sera pas comme dans la production industrielle, où il arrive certes qu'un modèle soit « suivi », ainsi que nous le promet le vendeur, mais suivi comme le mouvement d'une machine-outil est suivi par un mouvement parfaitement homologue et symétrique, dont le rythme a été « programmé » une fois pour toutes. Ce suivi peut donner le plaisir d'une beauté ou d'une efficacité retrouvée, mais jamais l'émotion d'une surprise. Car ce que l'historien des arts perçoit comme un changement de forme, comme le passage du style de la IVe dynastie au style du Moyen Empire, ou l'évolution de l'archaïsme vers la naissance du classicisme, ou la mutation qui transforme l'héritage de Byzance avec Cimabue, il a dû se trouver des maîtres d'œuvre ou des « commandeurs » sourcilleux pour le ressentir comme un accident fâcheux et le blâmer comme une entorse à la tradition. Ce qui surgissait dans la continuité de la « production », c'était l'arbitraire d'une émotion, la sensibilité d'un nouveau venu, l'inimitable saveur d'un homme, pareil à tous et semblable à aucun, s'exprimant, selon l'expression de Nietzsche, « *en dansant dans les chaînes qu'il s'est lui-même forgées.* » Un artisan ou un artiste qui avait accepté sans révolte que la tradition de son peuple et les préceptes de ses maîtres l'enserrent sans pourtant le restreindre.

Parfois, au contraire, c'est le pouvoir religieux ou profane qui enjoint à l'artiste de renouveler son style parce que le dogme ou les principes de la politique ont été modifiés. L'histoire propose des dizaines d'exemples de cette action de l'idéologie dominante sur l'art, où les porte-parole changent de ton parce qu'on leur apporte d'en haut une parole qui a changé de « fond ». Les plus typiques peut-être, c'est la révolution opérée par Akhenaton en Égypte entre 1370 et 1352 avant notre ère, la dictature artistique de l'empereur Houei-tsang en Chine (1101-1125), l'aggiornamento de l'Église par le Concile de Trente entre 1545 et 1547, et le remplacement de l'avant-garde révolutionnaire par l'académisme réaliste-socialiste en U.R.S.S., depuis la mort de Lénine jusqu'à l'écroulement final. Dans les quatre cas, mais avec des intentions, des conséquences et des bonheurs peu comparables, le style des arts est modifié par décret, édit ou oukase. Le précepte classique, que l'art ne vit que de contraintes, est illustré ici, à quatre reprises, par la forme la plus visible de pression et répression : la contrainte ou la persuasion armée du pouvoir et des législateurs. Avec Akhenaton, le Roi-Dieu ordonne qu'on ne le traite plus en Dieu, le souverain impose à ses sujets d'oser porter sur lui un regard, le regard de la familiarité. Le très-puissant exerce sa puissance afin que ses subordonnés le décrivent sans flatterie et sans crainte. Ici la majesté suprême requiert qu'on la dépouille de toute fausse majesté. Dans le tracé de la capitale nouvelle et le dessin des temples du culte rénové, le « pharaon hérétique » va exiger que la lumière solaire triomphe du mystère des pénombres. Dans la statuaire, le prince au-dessus de tous va imposer à ses portraitistes de ne plus le dresser imposant à l'excès, ni seul, mais dans la vérité de son écorce humaine et la complicité tendre de ses proches, homme parmi les hommes. Le despote éclairé de la XVIIIe dynastie enjoint à ses artisans de l'éclairer d'une lumière sans despotisme. Il n'y a pourtant pas cassure ni rupture, mais assouplissement. La révolution d'Akhenaton, aussi bien dans la religion que dans les beaux-arts, ne sera pas si radicale que d'être irréversible, et le réalisme de ses créateurs s'insère dans le classicisme d'une époque. La liberté imposée cédera d'ailleurs vite, une fois renversé l'hérésiarque, à la « libre soumission » aux canons séculaires et au rituel ancien.

Le règne de Houei-tsang commence par le bannissement des œuvres « anarchistes » du grand peintre taoiste Mi Fou, et se poursuit par le rétablissement de l'Académie impériale. L'empereur choisit les sujets qu'il impose à ses artistes qui s'imposent d'imiter la manière du souverain-peintre. « *L'empereur,* écrit Michael Sullivan, *ne tolérait aucune indiscipline et imposa à ses artistes une dictature en matière de goûts et de formes aussi rigide que celle que fit peser Le Brun sur les artistes travaillant pour Louis XIV. Le renvoi punissait les indépendants, si bien que Houei-tsang exerça une influence néfaste : en composant une orthodoxie rigide, il ouvrit la voie à un " style de palais " laborieux et décoratif.* »

Avec le Concile de Trente, nous disposons sans doute du plus complet des codes esthétiques jamais élaboré par une instance politico-religieuse. Émile Mâle en a analysé la doctrine, et les répercussions sur les arts. A Trente, la Contre-Réforme impose une contre-esthétique, stipule les interdits et les prescriptions auxquels doivent se soumettre les artistes qui veulent représenter des scènes sacrées. Chaque personnage de l'Ancien et du Nouveau Testament doit être conforme à une attitude et à un costume, les portraits doivent imposer les modèles dans la majesté de leur *office,* donc être « officiels », et quand Titien ose présenter le pape Paul III non pas dans l'apparat de son règne mais dans le nœud de vipères de ses relations familiales (le *Paul III et ses deux neveux* de 1545), ce sera le refus, la disgrâce et la rage. La polémique autour de ce portrait insuffisamment noble ressemble, sur un registre plus haut, aux polémiques qu'entretinrent les Soviétiques autour des portraits de Staline ou des hiérarques du régime, dont les auteurs étaient vite soupçonnés de déviation si leurs tableaux étaient soupçonnables d'irrespect. Les classifications et les répertoires imposés aux artistes par les décisions du Concile de Trente inspireront une littérature officieuse qui préfigure la caricature que seront, entre 1925 et 1990, les livres et les articles des dirigeants et des académiciens russes soutenant les canons du « réalisme socialiste » : du *Dialogo degli errori dei Pittori* publié par Andrea Fabriano en 1564 aux admonestations de Jdanov il n'y a que la différence du ton, pas celle du propos. Mais dans la façon dont sont reçus ces codes, il y a probablement une différence fondamentale : la contrainte ne stérilise totalement la création de l'intérieur que si elle est absolument extérieure, et totale. Rome au XVIe siècle adresse ses exhortations et propose ses codes à des créatures qui adhèrent encore à l'essentiel de la foi dont l'Église leur demande la défense et illustration. Il existe encore un minimum de *consensus*. Mais quand un des plus brillants mouvements artistiques de l'Europe moderne, la Russie de Gontcharova, de Kandinsky, de Malevitch et de Chagall, sera écrasé par la volonté stalinienne, et que la commande sociale ne rencontrera plus aucune adhésion personnelle dans les esprits, ce n'est pas un néoclassicisme qui apparaîtra, mais un académisme sans âme. Le pinceau ne passera pas alors des mains de créateurs libres à celles de créateurs *classés*, mais à celles des zélotes et des médiocres.

Transmission des consignes esthétiques par le pouvoir spirituel ou temporel, transmission par les maîtres et l'atelier d'un savoir technique, les arts classiques apparaissent donc comme des arts de tradition. Les rouages de la hiérarchie religieuse ou de l'appareil d'État « font passer » de la tête au pouvoir vers la main au travail un certain nombre de règles. La succession des générations d'élèves dans l'atelier « fait passer » des recettes et des préceptes. Dans le sanctuaire d'Olympie, deux sculpteurs Argos ajoutent à leur signature au pied de leurs statues les noms de ceux qui les enseignèrent. Le peintre chinois imprime souvent comme signature de son œuvre non seulement son propre sceau mais celui de ses maîtres, et dans les jeux irrévérencieux du vieux Picasso avec les œuvres de ses prédécesseurs, ses variations sur les *Demoiselles des bords de Seine* ou *Les Ménines*, il y a aussi un hommage implicite, et la reconnaissance enjouée d'une filiation, acceptée en même temps que narguée. La tradition n'est pas une valeur en soi, elle est un fait universel. Mais la ressource de l'histoire est assez abondante, et la variété des formes conçues par l'homme afin d'exprimer la variété de ses possibles est suffisamment inépuisable (quoique non illimitée) pour que les artistes les moins « traditionnels » puissent se réclamer *aussi* d'une tradition. Chaque mouvement novateur redécouvre des ancêtres un moment oubliés, se recompose un musée de maîtres et d'intercesseurs, rétablit une généalogie apparemment rompue, et bat en brèche une tradition établie par la restauration d'une tradition que ses prédécesseurs immédiats avaient contestée. La Renaissance réinvente l'Antiquité classique *contre* le « gothique » comme Max Ernst et les surréalistes reconquerront Bosch et les peintres fantastiques *contre* le XIXe siècle.

Un des traits les plus insidieux de l'académisme, cette plus grande pente de l'esprit créateur, c'est le culte d'une Tradition dont le singulier et le majuscule annoncent presque immanquablement le caractère restrictif et les effets desséchants. Le « traditionaliste » frileux demande, comme le petit enfant, une règle du jeu qui apaise son angoisse devant la diversité des choses et l'abondance de soi. « *Il nous faudrait,* soupire en 1909 le sage Maurice Denis, *convenir de quelque chose sur quoi les bons esprits soient tombés d'accord.* » Ce « quelque chose », ce mètre-étalon de toute mesure, le pâle fondateur du néotraditionalisme avoue, avec un peu de honte, l'avoir trouvé : « *C'est toujours à la tradition gréco-latine que sont mes secrètes préférences. Là j'entrevois mes limites naturelles, la patrie de ma pensée.* » Mais il n'y a rien sur quoi les « bons esprits » se soient à jamais accordés, peut-être parce qu'il n'y a pas de « bons » esprits. Il y a plus de choses dans l'esprit humain, et entre le ciel et la terre, que dans toute la philosophie des chercheurs de *garde-fous*. Les arts vraiment classiques ne rêvent pas de renouer une *tradition :* ils la vivent comme on respire.

10

L'histoire des arts oscille toujours entre la paraphrase et l'antiphrase, entre le commentaire qui dilue les œuvres sans faire sentir leur présence et l'interprétation qui prétend dégager leur « signification » sans jamais atteindre leur noyau. Elle est tour à tour l'histoire, nécessaire mais limitée, des techniques et des outils, qui rendent compte du *comment* et celle des croyances, des mythes et des idées, qui rendent compte du *pourquoi*. Mais l'espace entre le comment et le pourquoi est précisément le lieu de l'œuvre d'art, qui n'est pas réductible à une matière et à une manière, ni à un « message », qui ne se définit ni par le tour de main de l'artisan, ni par ce discours implicite qu'elle serait supposée traduire en signes explicites et en *formes* (si on appréhende les formes comme la chair dont sont « revêtues » les idées). L'œuvre d'art est un *comment-pourquoi* rebelle à la pure analyse technique comme au simple commentaire idéologique. Elle hésite toujours, plus ou moins consciemment, entre la phénoménologie ironique de la fameuse définition « *Avant d'être un cheval de bataille, une femme nue et une quelconque anecdote, un tableau est essentiellement une surface plane recouverte de couleurs dans un certain ordre assemblées* », et le « dépliement » des sens de l'œuvre dans le bavardage du « cela veut dire ». Cette transformation de l'œuvre d'art en morale, en roman, en politique, en histoire, en poésie et en philosophie non seulement la trahit, mais en prétendant la justifier, la condamne. Elle explique le rugissement de dédain d'André Breton devant l'exégèse d'un critique qui essayait naïvement d'établir une sorte de lexique des métaphores de Saint-Pol Roux, et assurait que telle image « *voulait dire...* » « *Ne veut pas dire, monsieur !* », l'interrompait le poète. Et il est vrai que si Shakespeare avait « voulu dire » que l'affection, la bonté et la tendresse entre les êtres humains sont à la fois une nourriture primordiale comme le lait de la mère, ont la douceur et la pâleur de ce lait, etc., il aurait dit cela, et pas parlé en trois mots du « *lait de la tendresse humaine, the milk of human kindness* ». Il est indispensable sans doute de connaître la religion et la mythologie grecques pour débroussailler les approches de l'œuvre archaïque ou classique. Mais si l'architecte du cap Sounion ou le sculpteur des Korês avaient été prêtres, ils auraient célébré des sacrifices, s'ils avaient été philosophes, ils auraient rédigé des traités ou des dialogues, s'ils avaient été devins, ils auraient rendu des oracles. Notre approche de l'œuvre de Palladio est grandement facilitée par la connaissance des théories qu'il avait assimilées, de Vitruve à Alberti, mais ni la villa Francesco Pisani ni la Rotonda ne sont des traités, ce sont des bâtiments. Nous sommes redevables aux chercheurs qui ont établi les liens que Jérôme Bosch semble avoir eus avec les doctrinaires hérétiques, ou qui ont prouvé la connaissance qu'il a eue de la pensée alchimiste. Mais Bosch a peint des tableaux, et non pas prononcé des sermons à la Confrérie des Frères de Notre-Dame ni cherché la pierre philosophale dans les cornues d'un laboratoire ou dans les déductions d'un traité de théologie hérésiarque.

Dire que l'œuvre d'art n'est *contenue* ni dans l'analyse de son matériau et des techniques qui l'ont traitée, ni dans les connaissances, les idées et les valeurs de la culture où elle est apparue, ce n'est pas cependant faire d'elle un don ineffable, le mystère d'une inspiration, l'indéchiffrable langage d'un dieu descendu visiter l'artiste, un *je-ne-sais-quoi* impénétrable. Si devant une statue, un tableau, une église ou un palais, nous cherchons des mots pour « traduire » notre sentiment, affirmer que ces mots ne *rendront pas compte* de l'objet qui nous touche (qu'il s'agisse des mots de l'historien, de ceux du philosophe, de ceux du poète ou de ceux du *Guide Bleu*), c'est prendre une précaution utile. Mais que nous ne trouvions que malaisément, ou pas du tout, ces mots, ne diminue pas l'importance du fait premier : c'est qu'on cherche justement des mots. Avant d'être un objet à interpréter, et après avoir été un objet manufacturé, fait de main d'homme, une œuvre d'art est la transmission de cette force qui en nous suscite en effet le besoin du langage, inarticulé ou articulé : une émotion. L'histoire et la critique d'art ne sont jamais que le développement plus ou moins heureux de l'interjection que fait jaillir une émotion, du « Oh ! » et du « Ah ! » que nous émettons devant ce qui nous émeut, comme la poésie sacrée ou profane ne sont que la suite donnée par l'intelligence à l'impulsion du cri d'effroi ou de plaisir, à l'émotion ressentie devant le silence éternel des espaces infinis, devant le mort qui gît devant nous, ou devant l'être sur lequel se concentre soudain en amour la pulsion du désir.

Aucune chronologie des styles de l'art ne permet d'établir avec certitude leur généalogie et d'ordonner leur *succession* : l'archaïque n'engendre pas le classique qui engendrerait l'alexandrisme. Le roman n'engendre pas le gothique qui engendrerait la Renaissance. L'histoire des productions artistiques de l'humanité, malgré la satisfaction sécurisante que donnent à l'archéologue de longues durées de création apparemment fixes, ou dont les variations sont peu sensibles, ressortit davantage à une perspective synchronique qu'à une perspective chronologique. L'immobile Égypte n'est immobile qu'en surface, et du seul point de vue de l'ignorance et de la distance. Les brumes de lumière de Turner ne sont pas une *réaction* contre le dessin coloré d'Ingres, elles sont ses contemporaines. Le baroque n'est pas la désorganisation du classicisme, il le précède, l'accompagne, lui survit, est réduit par lui, le dépasse encore, et s'entremêle à lui comme la vague à la vague. On raconte que sur son lit de mort Moréas bougonnait : « *Classicisme... Romantisme... Des bêtises, tout ça !* » Ce qui, dans les classifications, dépasse la classification, la bouscule et la frappe d'inanité, est évident. Le romantisme n'est pas une invention des Romantiques, ni le naturalisme une trouvaille des Naturalistes. Quand on cherche à dérouler le fil des grandes catégories stylistiques, chacune d'entre elles nous fait remonter presque jusqu'aux origines, et chaque fil s'entremêle aux autres jusqu'à former une torsade. Nous hésitons à juste titre à appliquer nos étiquettes occidentales aux arts des peuples sans écriture, à parler du réalisme d'une Maternité africaine du Pende oriental, du fantastique Bambara, de l'expressionnisme Tshomke, du classicisme des Fang, et du baroquisme de certains groupes sculptés Ashanti. Mais en même temps, le recours spontané à ces classifications si fragiles témoigne d'une certaine *reconnaissance* : à travers les âges et à travers les continents et les cultures, nous retrouvons obstinément certaines attitudes fondamentales de l'affectivité humaine.

S'il existait une clef universelle de l'histoire des arts et une mesure constamment valable de ses rythmes, ce ne serait ni l'histoire des comportements religieux, ni celle des modes de production et des techniques, ni celle des structures sociales qui pourraient la fournir. Les attitudes des hommes devant le sacré recoupent leurs conduites esthétiques sans les englober : l'iconographie chrétienne renvoie à un système de croyances, mais un dogme ne détermine pas rigoureusement une forme, ni un credo un style. L'évolution de l'économie et des techniques montre une accumulation des progrès, alors qu'il n'y a pas de *progrès* en art. Le marxisme propose une méthode d'analyse efficace des réponses apportées par les sociétés humaines au problème de leurs besoins, mais ce ne peut être qu'un abus sémantique de qualifier l'art de *besoin,* car il est toujours plus et toujours moins : une nécessité qui est aussi un jeu, la nécessité d'un caprice, l'inutile indispensable. Les rapports de production, les divisions en castes ou en classes, les renversements, les modifications ou les révolutions de ces rapports se répercutent dans la production des œuvres d'art sans s'y refléter. La seule histoire des arts possible est une histoire impossible : ce serait cette phylogenèse des comportements affectifs dont les psychologues rêvent, et à laquelle ils suppléent par des hypothèses métapsychologiques. Pour ne pas remonter aux grands débats médiévaux, à la querelle du nominalisme et du réalisme, ni aux discussions sur les « universaux » du XVIIe siècle, nous voyons aujourd'hui s'épuiser en s'opposant, sans jamais s'affirmer décisivement, les nouveaux essentialistes et les existentialistes. La dynamique freudienne des émotions et la statique des archétypes de Jung apparaissent irréductibles. Même si Freud constate que « *la ligne de partage entre les déterminations de par les " nécessités " de notre constitution, ou bien de par les hasards de notre enfance, a beau être encore incertaine dans son tracé* », sa démarche est scrupuleusement expérimentale. Il refuse de recourir au mode d'explication par ces « nécessités » de constitution qu'il met entre guillemets. Certes, les circonstances d'une enfance sont une suite de hasards, mais « *juger le hasard indigne de décider de notre sort, c'est retourner à la conception religieuse du monde* ». Jung au contraire pose au départ de la pensée l'hypothèse des archétypes, « *des formes et des idées héritées, éternelles et identiques, d'abord sans contenu spécifique* ». La même opposition fait s'affronter la théorie phénoménologique des émotions « esquissée » par Sartre, et l'innéisme des nouvelles psychologies structuralistes, qui voient l'homme déterminé par des comportements innés, par des formes a priori analogues aux catégories kantiennes, par des *patterns* de comportements hérités, des « modèles modelant », et ce que Roger Mucchielli définit comme « *un certain arsenal de moyens spécifiques, organiques et structurés dont l'être dispose dans son engagement vers le réel* ».

La phylogenèse et l'ontogenèse sont des sciences biologiques. Les théories des idées acquises ou reçues, des sentiments définis comme une réponse ou comme un code préexistant à tout stimulus sont des hypothèses psychologiques. S'il y a une biologie de l'art, elle ne peut être que métaphorique. Une psychologie de l'art est, dans l'état actuel de nos connaissances, forcément hypothétique.

Son hypothèse de départ est celle d'une corrélation entre les émotions primaires de l'esprit humain, dont on se bornera à constater la constance intrahistorique sans prétendre résoudre le problème métaphysique de leur « origine ». On ne peut se dissimuler les incertitudes de cette approche, les imprécisions que le peu d'assurance du vocabulaire, les variations de la terminologie et l'état encore rudimentaire de la mesure et de l'expérimentation en psychologie entraînent. Mais devant l'insatisfaction que laissent à l'esprit les métaphysiques de l'art, ses sociologies, et les systèmes qui ont eu l'ambition d'embrasser dans leur architecture toutes les manifestations esthétiques de l'humanité, le risque ne serait pas plus considérable de tenter d'éclairer l'histoire des productions d'arts de l'humanité en s'appuyant sur les hypothèses d'une psychologie fatalement conjecturale, et modestement empirique.

On peut déjà établir des correspondances entre le ton fondamental des émotions clefs et le ton fondamental des œuvres d'art, en prenant garde évidemment de ne jamais considérer les émotions comme des entités séparées, de pures essences, avançant par couples antagonistes et irréductibles, étonnement et résignation, joie et tristesse, amour et haine, désir et peur, générosité et jalousie marchant par paires symétriques et enfermées dans leur essence, comme les animaux qui s'embarquent sur l'Arche, ou comme les allégories des jeux médiévaux qui dansent face à face les figures de Bonté-de-Cœur contre Malice-d'Âme. L'étonnement et la peur colorent l'œuvre magique des primitifs comme le désir et l'amour éclairent en majeur ou en mineur la statuaire érotique sacrée des Indes ou les arts galants mondains d'Occident. La peur et l'angoisse constituent la basse continue des œuvres fantastiques, comme la générosité et la prodigalité celle des œuvres baroques. Mais il y a un péril certain de tomber dans la naïveté scolastique en suivant le fil fragile de ces corrélations. On risque de substituer un verbalisme pseudo-psychologique au verbalisme pseudo-sociologique. Le lien apparaît déjà moins flou et capricieux si on cherche à l'établir entre les combinaisons affectives que les anciens classaient en *tempéraments*, ce que les contemporains nomment *caractères*, et les grandes catégories de styles qui apparaissent peu à peu, passé la première et apparente diversité des cultures, et débrouillé le premier enchevêtrement et chevauchement des « écoles ».

Le plus important courant de la pensée moderne est avant tout génétique et historique, et son ombre gigantesque s'étend sur l'esthétique et sur l'histoire de l'art. Comme la *Philosophie de l'art* de Taine était contenue en germe dans la pensée de Lamarck, et que la théorie tainienne du milieu, de la race et du moment recoupe en partie les perspectives de la *Philosophie zoologique*, de même la théorie de l'évolution de Darwin, les philosophies dialectiques de l'histoire de Hegel et de Marx, la recherche des causalités, d'une dialectique de la libido dans la psychanalyse, de Freud à Mélanie Klein, ont privilégié avec une fécondité prodigieuse le point de vue historique, dans l'étude des espaces, des sociétés et des individus, et mis l'accent, délibérément, sur un point de vue temporel et dynamique. Les grandes découvertes archéologiques dès le début du XIXe siècle, de Schliemann à Mycènes et de Evans en Crète à Seton Lloyd en Mésopotamie et Gunnar Andersson en Chine, ont accentué encore la tendance à inscrire l'art dans une évolution dont les couches géologiques successives ouvertes par les fouilles matérialisaient la durée. La célèbre « pyramide des âges » de l'imagerie populaire est devenue la courbe allégorique qui résumerait le mieux les recherches poursuivies dans le domaine des arts. Les métaphores temporelles sur la jeunesse de l'humanité, l'aurore grecque, sur le déclin des civilisations, sur le crépuscule des dieux, sur la décadence et la décrépitude des styles reviennent sous la plume des écrivains comme un leitmotiv révélateur, de Spengler à Élie Faure, et de Worringer à Venturi. Les arts classiques sont constamment comparés à la maturité de l'être humain, avant laquelle il y a les expériences préhistoriques de la petite enfance, les apprentissages de l'archaïsme, la montée lente des préclassicismes, etc.

L'européocentrisme longtemps dominant en Occident écarte avec dédain les arts des peuples extra-européens. Au terme d'une longue vie consacrée tout entière à l'étude et à la délectation des œuvres primitives et clasiques de l'Italie, un amateur comme Bernard Berenson peut balayer, en quelques lignes de son *Esthétique et histoire des arts visuels* la prétention qu'avancent certains d'oser comparer, par exemple, la peinture de Byzance ou des paysagistes chinois aux maîtres de Sienne, de Florence et de Rome. En 1911, tandis que « l'art nègre » pénètre en France, Worringer, dans son célèbre *Abstraktion und Einfülhung*, oppose la beauté « objective » de l'*Einfühlung* occidental à ce qu'il appelle « *l'agoraphobie spirituelle* » des peuples non européens, les peuples de l'*Abstraktion*. De ce point de vue, les arts occidentaux ont une histoire, mais la grâce historique n'aurait pas touché encore les arts des peuples non civilisés — ou autrement civilisés.

L'impérialisme d'une démarche essentiellement temporelle et dialectique, la domination de l'histoire comme science des sciences ont détourné l'attention d'autres voies de la recherche. Le développement dans le temps a été l'objet premier de toute enquête. Les coexistences dans l'espace ont été négligées. La géniale psychologie de Freud qui est une dynamique déterministe, et raconte *ce qui s'est passé,* reconstituant le commencement, le nœud, la péripétie, les renversements et les dénouements d'un conflit tragique *temporel,* a frappé, par exemple, de discrédit la vieille tradition hippocratique des classifications en tempéraments. L'antique système qui distinguait parmi les êtres humains, selon un découpage quaternaire, le *bilieux,* le *lymphatique,* le *sanguin* et le *nerveux* est vite apparu comme une billevesée comparable aux horoscopes des magazines populaires. On l'a abandonné souvent aux rêveurs de coquecigrues, empressés à retrouver le chiffre trois dans les trois vertus théologales, les trois âges de la vie, et les trois pommes de Cézanne, ou le chiffre quatre dans les quatre bras de la croix, les quatre cavaliers de l'Apocalypse et les quatre pieds des tables. Les classifications, des tempéraments sont vite devenues bien fantaisistes, fondées arbitrairement sur les quatre éléments, les quatre fonctions (musculaire, respiratoire, digestive et cérébrale) ou les quatre membres. Les physiologues du dimanche, les inventeurs naïfs de catégories universelles, les pythagoriciens illuminés se sont abandonnés en toute tranquillité au jeu des fausses symétries et des « universaux » de la nature humaine. Les grandes personnes les ont laissés jouer dans le jardin d'enfants des parasciences et des fausses sciences. Freud a à peine froncé les sourcils quand son disciple fameux et brouillon, C. G. Jung, a cru ouvrir une porte majeure en opposant le « type extraverti » au « type introverti ».

Cependant les travaux de Heymans et Wierson, continués par Le Senne, reprenaient sur des bases plus sérieuses que les néo-hippocratiques les recherches de typologie psychologique entreprises par Ribot, Frédéric Paulhan et Malapert. En combinant trois propriétés de base, l'émotivité, l'activité et le retentissement des perceptions dans la psyché, la caractérologie aboutit, empiriquement et modestement, à établir le profil de huit grandes « espèces » de caractères. La terminologie retenue par les caractérologues pour désigner ces huit familles types trahit évidemment la complexité d'un système combinatoire qui organise des éléments très nombreux. Le caractère « sentimental » n'est pas réductible à cette étiquette, non plus que le « nerveux », le « passionné » ou le « sanguin » ne sont définis clairement par la seule notion de nervosité, de passion, ou d'emportement colérique. Mais si on traduit en termes d'esthétique les traits psychologiques qui sont les composantes de chaque type caractérologique, on y retrouve presque trop aisément les grandes classifications empiriques des esthéticiens. Le groupement Émotif Non-Actif Secondaire dont la formule EnAS correspond au type dit « sentimental » conjugue un certain nombre de caractéristiques cohérentes : une sensibilité aux événements extérieurs, impulsivité, violence, variabilité de l'humeur, goût de la solitude, démarche méditative, mélancolie, indécision, goût de la nature, introversion. On voit aussitôt en quoi ce « caractère » psychologique s'ouvre sur une forme d'art qu'on nomme aussitôt romantique. On pourrait ainsi, avec toutes les précautions nécessaires contre les fausses symétries et les démons de l'analogie, retrouver une correspondance interne entre les attitudes de base des hommes, ces enfants de l'histoire vécue, et les œuvres d'art qu'ils ont créées.

En ce qui concerne les arts classiques, ceux que nous avons vu apparaître dans tous les temps et sur tous les continents avec des structures analogues et des incarnations différentes, l'étude caractérologique conduit à les rattacher à ce type que Heymans et Le Senne ont nommé le « flegmatique ».

Une émotivité relativement faible, une activité forte, une « secondarité » accentuée dans l'accueil fait aux perceptions et aux événements composent la « molécule » de base, le noyau du caractère dit « flegmatique » (nEAS). Le flegmatique est froid, ou s'applique du moins à contenir les mouvements de sa sensibilité. La mobilité, l'impulsivité, la dilapidation des énergies ne sont pas ses faibles. Mais l'objectivité, la patience, la persévérance, l'égalité d'humeur, l'attachement aux habitudes et au passé dominent en lui, avec l'esprit d'économie, la régularité, la ponctualité, le goût de l'ordre et de la propreté. Les « flegmatiques » viennent en tête des pourcentages pour la vigueur de l'intelligence, la largeur d'esprit, l'aptitude à ne pas se laisser influencer et à se déterminer de façon autonome, le don d'observation, la précision de mémoire et d'expression. Contre la précipitation et l'emportement, leur secondarité maintient des freins. Contre la passion et le feu, leur non-émotivité les protège. Contre l'indolence et l'abandon, leur activité les défend. L'ordre est leur passion première : « *Une telle passion pour l'ordre,* remarque Emmanuel Mounier dans son *Traité du caractère, risque de tarir en eux la source même de la vie.* »

On a reconnu sans doute, dans ce profil psychologique, le profil, aussi, d'une forme d'art : le classique, et l'ombre menaçante de sa caricature, l'académisme où se « *tarit la source même de la vie* ». Les règles que s'imposent les arts classiques, de la statuaire égyptienne à l'architecture romane, de la peinture byzantine au paysage dans l'art chinois, du tailleur d'images Fang à Poussin (la recherche d'une mesure dans le double sens de calcul des proportions et de restriction des impulsions et des caprices, l'économie de matière et de moyens, l'ambition de clarté et de lisibilité, le recours à des modèles et l'insertion dans une tradition), ce sont les règles mêmes, ou le « naturel » d'un certain type humain dont l'apparition peut être facilitée par certaines conditions historiques, mais qui n'est pas réductible à elles. Il y a en effet une dimension historique des techniques de production, et de ces techniques d'organisation des sociétés que sont les institutions. Il y a une dimension historique de l'individu, et c'est sa biographie, dont les psychologies des profondeurs ont fait remonter les premières étapes jusqu'au « traumatisme de la naissance » ou à la frustration du sein maternel. Mais dans la mesure où l'art précisément est la compensation que l'*homo faber* cherche à opposer aux déterminations du travail producteur, de la société comme système sécurisant et de la biographie contingente, dans la mesure où l'art est une activité sans être tout à fait un *travail,* le seul événement temporel qui soit fondamental au niveau de la « création » artistique, c'est peut-être la lassitude de l'ancien, et le besoin de nouveauté. La dimension historique propre à l'art, c'est moins celle des révolutions techniques (l'art ne capitalise que très imparfaitement ses « progrès ») ou des révolutions politiques et sociales (dont les « révolutions » en art sont rarement les parallèles ou les homologues) que celle des révolutions du *goût.* Ce sont d'abord des révolutions de l'affectivité : avant d'être le produit de nécessités économiques (invention de nouveaux modèles pour obtenir de nouveaux profits) la *mode* est le résultat de processus nerveux : franchissement des seuils de satiété, émoussement des émotions, quête d'une régénérescence des sensations. Les changements en art sont plus souvent au niveau de la mode qu'au niveau de la technique ou de l'organisation sociale. L'art est faustien : ce n'est pas tant un nouveau savoir ou un nouveau pouvoir que poursuit Faust, qu'une nouvelle jeunesse.

L'aspiration classique, qui est probablement dans toutes les sociétés et dans tous les temps celle d'une catégorie d'êtres à peu près constante en nombre, sinon en influence, tend à modérer et amortir cette sédition permanente de l'appétit de nouveauté. Elle ambitionne de dominer, par le recours à des règles et des contraintes délibérément choisies, l'exubérance des humeurs et le gaspillage des affects nerveux, le dégoût de ce qui fut et l'appétit de *différences*.

La grandeur des classicismes, c'est que la défiance des « passions » peut être aussi une passion, et que redouter l'asservissement aux sentiments est un des sentiments nécessaires à la vie et à la survie de l'homme. Ce qui est premier dans l'homme, c'est en général l'étonnement, souvent la peur, parfois l'angoisse, toujours l'incertitude. L'homme est un fou forgeur de garde-fous : les magies et les religions, les rituels et les habitudes, les institutions et les lois. Il arrive que le besoin de sécurité crée précisément les conditions de l'insécurité, et que les protections que se sont créées les hommes deviennent leur prison. Il arrive que la difficulté du choix aboutisse à ériger en système l'interdiction même du choix, et que les risques de la liberté conduisent au suicide de la liberté, comme les risques de la pluie qui pourrait le mouiller conduisent Gribouille à se noyer. Il arrive que la passion de l'ordre conduise à préférer l'ordre de la mort aux désordres de la vie. Il arrive en art que la règle devienne un garrot, la contrainte un supplice, le goût de l'ordre une névrose, le respect de la tradition une manie, et l'aspiration au classicisme cette folie mortelle qui apparaît dans l'histoire de toutes les cultures, comme la mort survient dans l'histoire de tous les individus : un dogme pour lequel est fait l'homme, et non une règle faite par l'homme pour l'homme. Mais la dégradation des pseudo-classicismes, des académismes, des dictatures normatives en art, ne doit pas amener à méconnaître la fertilité et la grandeur de cette perpétuelle utopie de la rigueur, de l'ordre, de la transparence et de la lisibilité du monde, qui court à travers le temps et tente de le vaincre, l'utopie classique.

III

Arts fantastiques

Je n'ai vu monstre
et miracle au monde,
plus esprès que moi-même.

Montaigne

ESQUISSE D'UNE PHILOSOPHIE DU FANTASTIQUE

Le jugement que nous portons sur un événement en disant : « C'est fantastique », sur un conte en le qualifiant de fantastique, sur une œuvre d'art en la classant dans le domaine du fantastique, implique qu'il y ait des événements, des récits et des images qui ne soient *pas* fantastiques. Le fantastique est une rupture avec l'ordre naturel, avec le déroulement logique des faits, ou bien avec nos habitudes, nos prévisions irraisonnées.

Il est évident que cette distinction même n'est pas innée dans l'esprit humain. Il est infiniment probable que l'attitude originelle de l'humanité devant le fait pur d'exister, devant la diversité des phénomènes, fut un état d'émerveillement, nuancé tour à tour d'une joie sourde et d'une indicible angoisse. La nature était fantastique aux yeux de ces premiers hommes qui ne savaient pas qu'ils étaient premiers, mais le fantastique (ou ce que nous nommons tel) leur apparaissait *naturel*. Le frottement des silex ou des morceaux de bois qui provoquait l'apparition du feu était à leurs yeux un phénomène étonnant, qui correspondait à la volonté d'un *mana*, d'un génie du feu. Tout était fantastique, mais dans la mesure où rien ne l'était.

Cela ne veut pas dire que la théorie de la *mentalité prélogique* puisse survivre aux coups mêmes que, dans un admirable effort de réappréciation de son propre système, lui porta son fondateur, Lucien Lévy-Bruhl. A la fin de sa vie, dont ses courageux *Carnets* portent témoignage, Lévy-Bruhl reconnaissait qu'il n'y a pas deux hommes, celui d'avant la raison, et celui d'après la raison. Il y a simplement une acuité de plus en plus grande de la raison, une correspondance de plus en plus serrée de ses démarches à la marche des phénomènes naturels. L'homme primitif n'est pas défini par sa déférence envers les systèmes d'explications magiques, surnaturels, irrationnels, mais au contraire, comme nous le sommes, par son besoin d'un système d'explication. Ce qui est important, ce n'est pas que les indigènes de Conakry expliquent la mort des nageurs que dévora un requin par l'apparition d'un requin-sorcier, c'est qu'ils cherchent à trouver une cause à la présence d'un requin dans des eaux où d'ordinaire il n'y en a pas. L'explication par la sorcellerie nous semble à présent moins valable que l'explication que pourrait fournir l'ichtyologue ou l'océanographe, mais l'essentiel, ce qui réunit dans l'appartenance à une même espèce humaine le Noir de Guinée et l'ichtyologue occidental, c'est la volonté de trouver une cause. « *L'idée qu'il y a une cause à ce qui est arrivé,* écrit Lévy-Bruhl, *que l'on sait quelle espèce de cause a agi, le besoin de chercher à déceler quel représentant particulier de cette espèce de cause s'est manifesté en la circonstance, sont, aussi bien que l'émotion et la crainte, au premier plan de la conscience.* » Et Lévy-Bruhl, dans cette autocritique de l'œuvre de sa vie entière, qui est un des plus beaux exemples d'humilité scientifique que nous connaissions, est amené à reconnaître que le primitif, comme le civilisé, fait d'abord confiance aux lois de la nature, que la différence entre l'un et l'autre est dans le degré de connaissance de ces lois : « *L'Indien ou le Papou prend la régularité des séquences des phénomènes pour acquise, comme font les esprits sans culture dans toutes les civilisations. Mais à les regarder de plus près, dès qu'une dérogation à la régularité se produit, une différence apparaît. Dans nos civilisations, hormis le cas très rare du miracle, personne ne pense que la régularité ait cessé d'exister, mais simplement que le phénomène qui se produit est plus compliqué qu'on ne s'y attendait. La conviction sous-jacente, quoique inconsciente, est que la régularité ne se dément qu'en apparence. Tandis que pour le primitif, l'interruption de la régularité est acceptée pour réelle comme la régularité elle-même.* »

Ainsi, pour le petit enfant, tout est merveilleux, mais rien n'est fantastique. Mon fils, à quatre ans, vivait, comme tous les petits d'homme, dans l'émerveillement perpétuel devant ce qui l'entourait, devant l'apparition du soleil et celle des plantes, devant ce miracle incessant qu'est l'irruption d'un chien sur la route, le tintement d'un carillon, le tic-tac de la pendule, le grondement d'un camion. Mais son oncle, dont le passe-temps est la prestidigitation, perdait son temps à vouloir l'éblouir. Que des œufs surgissent de la bouche de l'illusionniste, que les cigarettes allumées se volatilisent entre ses doigts, que les foulards rouges roulés en boule deviennent soudain, déployés, du plus beau bleu, le petit apprenti-homme considérait tout cela du même regard que l'Indien ou le Papou : *for granted.* Pour lui, tout cela allait de soi. Le mystère n'était pas à ses yeux que les lapins sortissent des chapeaux hauts de forme, parce que tout était mystère, et d'abord l'existence elle-même, la profusion de ce qui sort indéfiniment du gigantesque chapeau haut de forme que tient dans ses mains un Dieu invisible, le Grand Illusionniste.

Causalité et Fantastique

La notion même de fantastique implique un jugement rationnel. En réalité, lorsque Lévy-Bruhl renonce à sa fameuse distinction entre la mentalité logique et la mentalité prélogique, ce n'est pas qu'il conclue que tous les hommes sont fondamentalement rationnalistes, c'est qu'il constate que tous les hommes sont plus ou moins mystiques. Il n'y a pas de fantastique aux yeux de qui ignore qu'il puisse y avoir un phénomène *inexplicable.* J'ai lu le récit de voyage au Brésil d'un moine cordelier de la fin du XVIe siècle qui, pour décrire le rhinocéros, expliquait que peuvent s'en faire une idée tous ceux qui ont vu une licorne. On juge fantastique un fait, une image, un récit qui ne correspondent pas à ce qu'on *attendait.*

Mais le primitif australien ou le croyant du Vaudou s'attendent à ce que meure celui sur lequel a été jeté un sort, la victime d'une conjuration ou d'un envoûtement. Et le *possédé* meurt, en effet. W.B. Cannon a étudié les mécanismes psycho-physiologiques de la mort-de-peur. « *L'efficacité de la magie,* observe Claude Lévi-Strauss qui part des observations de Cannon, *implique la croyance en la magie.* » Cette mort apparaît *fantastique* seulement à l'homme qui ne croit pas à la sorcellerie ni au Vaudou, et qui ignore l'explication psycho-physiologique à laquelle son enquête conduit Cannon. Le primitif explique la mort de la victime par l'efficacité de la magie, l'ethnographe par la désintégration de la personnalité physique provoquée par la dissolution de la personnalité sociale, et par l'émotion que cette dissolution a déterminée chez l'individu. Ni pour l'un ni pour l'autre ce décès n'est du domaine du fantastique. Le fantastique, c'est ce qui ne s'explique pas. Ce qui ne *correspond pas.* Mais à quoi ?

L'homme est cet animal qui a besoin d'ordre autant que d'air, de pain et d'affection. Penser, c'est décrire un univers que celui qui réfléchit a besoin de concevoir à la fois organique et cohérent. De la magie à la science, l'humanité a sécrété des descriptions de plus en plus *efficaces* de la nature, sélectionnant peu à peu les descriptions les plus approchées de son objet, et donc les plus *efficaces.* La grande loi de physique et l'œuvre d'art parfaite nous donnent toutes les deux le sentiment de *reconnaissance* et de *correspondance* auquel aspire tout être : se reconnaître soi-même dans le miroir de l'existence, se sentir correspondre, c'est-à-dire *répondre,* à un ordre extérieur à nous, et qui cependant s'accomplit en nous-même.

Nous ne pouvons pas vivre sans concevoir de cause à ce que nous percevons. Un arc-en-ciel n'est seulement une bande de sept couleurs dans le ciel que pour le regard d'une mouche — qui d'ailleurs ne voit pas l'arc-en-ciel. Au regard humain, l'arc-en-ciel est aussi une inscription des esprits dans le ciel, la signature du pacte d'alliance entre Élohim et Noé après le Déluge, l'écharpe d'Iris, la décomposition de la lumière solaire par les gouttes d'eau fonctionnant comme autant de prismes. Il s'explique par la fable, la théologie ou la physique, mais il est fondamentalement un fait-qui-a-besoin-d'être-expliqué.

La différence entre le merveilleux ou la féerie, d'une part, et le fantastique, est une différence *a posteriori.* L'humanité a commencé par expliquer les existants, et son existence même, en termes que nous jugeons aujourd'hui merveilleux. Nous nommons *merveilleuse* une explication logique, mais qui ne correspond pas à la réalité des séquences d'événements. Le merveilleux rassure. Il établit un ordre : la baguette magique de la fée, les formules cabalistiques de l'enchanteur, la volonté des génies et des demi-dieux, le Verbe divin sont les causes réconfortantes de la transformation de la citrouille en carrosse, de la transformation du vieux Merlin en jouvenceau, de l'éclosion de l'arc-en-ciel, de l'apparition du monde et des êtres qui le peuplent. Il peut y avoir irruption du fantastique aussi bien à l'intérieur d'un système d'explication merveilleux que d'un système d'explication rationnel et scientifique : le fantastique, c'est ce qui dément et « démantibule » l'ordre des choses admis. Si la bonne fée est celle dont on attend qu'elle métamorphose les souris en valets de pied, il est fantastique que son coup de baguette magique transforme les souris en sorcières. Si le radar est conçu pour capter les signaux des objets matériels connus, il est fantastique qu'il capte le signal des soucoupes volantes. Le trait distinctif du fantastique, c'est d'être un surgissement insolite, un accroc angoissant à la règle reconnue — une Apparition. Qu'on soit installé bien à l'aise dans un univers où la volonté des esprits rend compte de tout, ou bien dans un univers où les équations de la physique ordonnent le mouvement universel, le fantastique sera aussi angoissant dans les deux cas : il est ce-qui-ne-s'explique-pas. Une méchante fée n'est pas fantastique aux yeux de celui qui croit au pouvoir des fées : elle est seulement méchante. Un typhon n'est pas fantastique aux yeux du météorologiste : il est seulement destructeur. Mais un revenant qui fait son apparition dans un conte de fées, un serpent de mer qui fait son apparition dans un lac écossais sont fantastiques : ils ne jouent pas le jeu, ils bousculent les règles. Ils sont *de trop*.

Merveilleux, Féerie, Magie et Fantastique

Les catégories du merveilleux, du féerique, du surnaturel et du fantastique sont toujours relatives, et mouvantes. Elles se modifient selon la perspective. Le cartonnier de tapisseries qui dessinait une licorne en étant persuadé de son existence se croyait un artiste réaliste, tandis que la licorne nous apparaît aujourd'hui, depuis que nous avons quasiment terminé l'inventaire des animaux de la planète, comme un être fantastique. Les tapissiers du XVe siècle n'auraient pas été surpris de rencontrer leur modèle, mais nous serions stupéfaits de trouver une licorne sur notre chemin. La réalité d'hier peut devenir le fantastique de demain. Le contemporain de Jules Verne qui aurait croisé en mer le *Nautilus* ou dans le ciel la *Maison à Vapeur* aurait cru rêver. Le fantastique d'aujourd'hui peut devenir la réalité de demain.

Si la notion de fantastique ne se confond pas exactement avec les notions de merveilleux et de féerique, pas davantage ne peut-elle se réduire à la notion de magie. La magie est une croyance ou une doctrine fondée sur une réalité : celle des *correspondances*. Lorsque André Breton consacre un important ouvrage à ce qu'il nomme *l'Art magique*, il fonde son entreprise sur l'ambiguïté même de son objet : l'œuvre d'art est peut-être une des seules opérations « magiques » qui soit encore efficace. La pensée magique était une pensée impatiente, qui trébuchait par ambition, et échouait pour avoir brûlé les étapes. Pour l'homme primitif, la magie dut être une tentative de mettre les bouchées doubles : Pierre Auger montre comment, parallèlement à l'invention du propulseur et des armes, l'homme préhistorique eut recours, pour « envoûter » le gibier, à des pratiques de magie : « *En quoi le propulseur n'est-il pas magique, et l'onction des flèches avec le sang du gibier à tuer l'est-elle ? En ceci que l'action du premier est fondée sur une correspondance réelle, tandis que la correspondance que suppose la magie est fictive. Le magicien est un homme qui veut aller trop vite, qui croit obtenir ce qu'il cherche par l'action de correspondances imaginaires, alors que le technicien recherche, grâce aux méthodes objectives qui sont celles de la science, des correspondances réelles et qui peuvent donc être efficaces.* » Mais le même savant constate que la magie, condamnée à l'inefficacité dans le domaine matériel, reste fertile sur le plan de l'esprit, et que si elle n'a plus de place « *parmi les méthodes par lesquelles l'homme peut espérer agir sur l'univers, elle en garde encore une parmi les méthodes par lesquelles l'homme essaie d'agir sur l'homme lui-même* ». La religion, l'art, la psychanalyse sont des magies qui *marchent*. Un tableau réussi est un envoûtement réussi ; un beau poème est un enchantement accompli ; la grande musique est une magie sonore. La foi déplace *réellement* les montagnes, fait *réellement* couler le sang des plaies des stigmatisés, ravit *réellement* le croyant en extase. L'exorcisme du prêtre ou la cure du psychanalyste délivrent *réellement* l'âme possédée ou oppressée. L'œuvre d'art *réalise* véritablement les rêves immémoriaux du tapis volant, de l'intrusion-dans-autrui, de l'appropriation de l'objet aimé, de la communication plénière, que le sorcier ou le rebouteux prétendaient naïvement exaucer avec leurs recettes de bonne femme.

Mais si toute œuvre d'art authentique est une opération magique, la magie ne devient fantastique aux yeux de ceux qui lui font foi, que lorsqu'elle se dérègle en tant que magie. L'envoûteur qui, en transperçant le foie de la statuette représentant son ennemi, réussit à donner à celui-ci une lésion au foie, ne trouve pas ce résultat fantastique. La cérémonie de l'envoûtement n'est pour lui qu'une sorte d'acupuncture-sans-fil. Il y a dans son esprit un rapport de cause à effet entre le maniement des aiguilles et l'éclosion de l'ulcère du foie. La naissance de celui-ci n'est fantastique qu'au point de vue de celui qui croit-à-la-magie-sans-y-croire, qui se dit qu'il-y-a-quelque-chose-là-dedans, qui considérerait comme normal que rien ne survienne à la suite de l'opération du mage, mais qui croit constater, avec une surprise terrorisée, que cette magie *marche*. Il n'est d'ailleurs pas nécessaire de croire à la magie pour constater que la haine peut être maléfique : il y a en effet des regards assassins, et des trains d'ondes antipathiques qui *médusent* celui sur lesquels ils sont dirigés. Il y a de même des œuvres d'art chargées de méchanceté, de malice, ou de maléfices. J'ai dû me défaire d'un masque de Nouvelle-Guinée qui entravait mon travail et empoisonnait ma vie. Non par superstition, mais parce que les *intentions* de ceux qui avaient façonné ce masque étaient si violentes, si parfaitement accomplies, que cet objet était en effet redoutable. J'ai dû, de même, décrocher du mur de mon bureau une gouache d'Henri Michaux qui était la parfaite réalisation du conseil du peintre romantique allemand C.-D. Friedrich : « *Clos ton œil physique, afin de voir d'abord ton tableau avec l'œil de l'esprit. Ensuite, fais monter au jour ce que tu as vu dans ta nuit, afin que son action s'exerce en retour sur d'autres êtres, de l'extérieur vers l'intérieur.* » Je suis certain que l'action du fantasme surgi de la nuit de Michaux était dangereuse. Michaux m'en révéla la cause : il avait peint ce visage après la mort tragique de sa femme.

Mais ni le masque océanien, ni l'*apparition* de Michaux n'étaient, en eux-mêmes, fantastiques. Car il n'est pas surprenant de ramener des poissons monstrueux des grandes profondeurs de l'océan, ni d'apercevoir des larves dans les grandes profondeurs de notre nuit intérieure. Ce qui est fantastique, c'est le surgissement d'un monstre marin au coin de la rue, c'est l'apparition des lémures d'Henri Michaux rue La Boétie. Les fées ne sont pas fantastiques pour qui croit aux fées, mais le sont pour celui qui les rencontre sans les avoir invitées. Les spirites ne trouvent pas fantastique de converser avec leurs chers défunts ou les grands hommes de jadis, mais le physicien trouverait fantastique de rencontrer l'esprit de Shakespeare dans une des courbes du continuum espace-temps.

Ainsi le fantastique ne peut se définir seulement comme ce qui est irrationnel, insolite, merveilleux. Il y a toujours dans le fait fantastique une tonalité d'angoisse et de crainte. Le fantastique, c'est ce que nous constatons, sans pouvoir en rendre compte, c'est le *non* que répond la réalité à notre *oui*, c'est le dérangement de l'ordre des choses. Le fantastique, c'est le mal.

Comme il n'y a rien de *mal* hors de nous-même, comme la réalité ne nous offre que l'indifférence miroitante des choses et la luxuriance insignifiante de la vie, comme les catégories du *bien* et du *mal* sont le propre du regardant, et non de ce qui est regardé, de l'homme et non de la nature, il faut avoir recours, pour délimiter ou approcher la nature du fantastique, à la psychologie. Ce sera la deuxième partie, et naturellement la plus considérable, de cet essai. Mais, auparavant, nous retracerons brièvement quelques repères essentiels de l'art fantastique dans l'histoire.

JALONS ET REPÈRES

Le fantastique apparaît à qui suit l'évolution de la culture et des arts comme un *luxe* de la civilisation. Si nous sommes réduits aux hypothèses fragiles sur ce qui pouvait apparaître comme fantastique à l'homme de Neandertal, il semble probable que les contemporains du paléolithique ne distinguaient pas clairement deux ordres de valeurs, plusieurs plans distincts de réalité : l'art pariétal du paléolithique est réaliste avant d'être magique, animiste, merveilleux ou fantastique. Et, comme je l'écrivais plus haut, la magie même y est quasiment invisible : c'est un art peut-être magique d'intentions, mais certainement naturaliste d'exécution.

Religion primitive et Fantastique

La grande révolution du néolithique, qui assujettit l'homme, enfin enraciné, au rythme des saisons et du travail de la terre, permet peut-être aux humains de mieux distinguer ce qui apparaîtra une *dérogation* à l'ordre de la nature. Mais les rituels de la magie et les cérémoniaux fécondants et prophylactiques qui sont utilisés pour assurer la santé des membres de la tribu, du bétail, pour conjurer l'influence néfaste des génies et des esprits des morts, sont aussi peu fantastiques que le fait de semer des grains, de défricher la terre, de voir poindre le brin d'herbe qui deviendra épi.

L'élément fantastique, dans les cultes primitifs, réside dans la menace que font peser les esprits invisibles, dans la malveillance rusée des forces maléfiques : or celles-ci ne sont jamais *figurées*, du moins jusqu'à une époque assez tardive. Au néolithique et au mégalithique, l'art ne porte quasiment témoignage que des signes bénéfiques : sur la glaise des murs de huttes, sur les céramiques des hautes époques mésopotamiennes ou égyptiennes, sur les poteries des dolmens on trouve inscrit, non point le profil des démons qui menacent, mais l'arceau purificateur qui empêche leur irruption.

« *Les animaux fantastiques*, écrit Philippe Stern, *sont liés aux arts jeunes et à la tension en violence dynamique. Que cette tendance fléchisse et les animaux fantastiques disparaissent.* » Si cela est exact, il faudrait considérer que la préhistoire et la protohistoire ne sont pas la jeunesse de l'humanité. Ce qui a des chances d'être vrai : ils en sont peut-être l'enfance (mais n'oublions jamais qu'une métaphore n'est pas une loi, et que parler de l'enfance, de la jeunesse ou de la maturité d'une société, c'est seulement une *façon de parler*...). Il est vrai que le fantastique jaillit dans les sociétés en état, sinon de crise, du moins de tension. Les civilisations qui ont élaboré un art de vivre équilibré et accompli ne connaissent ni la tentation, ni les menaces du fantastique. L'Égypte a des dieux surprenants et bizarres, des fables féeriques, des contes fabuleux : elle a relativement peu de *fantasmes.*

« *L'Égyptien,* fait remarquer Jean Yoyotte, *craignait l'anéantissement posthume, mais il disposait de tout un arsenal de rites et de techniques permettant à chacun, selon ses moyens et selon ses œuvres, de garder la joie de vivre jusque dans la tombe.* » La majesté, le merveilleux, la tendresse sont des sentiments qu'exprime l'art égyptien : la terreur, rarement.

On n'en trouve pas davantage trace dans l'art grec. Si Actéon, sur les cratères athéniens, est dévoré vivant, ce n'est pas par les monstres, mais par les chiens. L'enfer grec est un purgatoire d'une douceur mélancolique, si on le compare aux enfers orientaux. Le fantastique n'éclôt dans la civilisation grecque qu'avec l'alexandrinisme. Toutes les fois que les hommes ont entrevu, au cours de l'histoire, un accord possible entre la nature et eux, une réconciliation réalisable entre soi et soi, aussitôt la terreur et le fantastique battent en retraite. Avant que cet accord ne se scelle, le fantastique cerne les hommes assiégés par l'angoisse. On trouve au fronton de la cathédrale romane d'Angoulême un griffon ailé qui ressemble comme deux gouttes d'eau (ou comme deux plumes de griffon) à l'Oiseau Rouge de l'époque Han, au pilier funéraire de Chen, dans le Szetchouan. Un sinologue remarque à ce propos « *qu'il s'agit là non d'influences, mais de tendances analogues* ». En effet, dans la Chine des Han comme dans l'Occident au début du Moyen Âge, l'inquiétude de la raison engendre les mêmes monstres.

Mais quand ce point d'équilibre se rompt, quand le pacte fragile entre la nécessité et la liberté est dénoncé ou déchiré, de nouveau l'horreur ou le fantastique font brutalement irruption. Les indianisants comparent à juste titre l'homme-lion étripé (dans le style pâlasena) avec les sculptures funéraires macabres du début du XVIe siècle. On voit de même succéder aux harmonies de l'Espagne classique les visions déchirées de Goya. Après l'art du XVIIe et du XVIIIe siècle français, apparaissent les peintres et les illustrateurs fantastiques, de Gustave Doré à Victor Hugo, de Gustave Moreau à Odilon Redon, et la lumière des boudoirs de Boucher fait place aux ténèbres chargées de signes et de menaces.

Christianisme et Fantastique

Il serait absurdement systématique de chercher au fantastique de l'art des correspondances sociales et historiques trop rigoureuses, de prétendre qu'une époque troublée engendre automatiquement un art troublant. Le Moyen Âge reçoit de la théologie catholique une thématique dont chaque artiste, selon son tempérament, ou chaque atelier, selon la personnalité de son animateur, va donner des interprétations très différentes. Pour les uns, l'Enfer c'est d'abord un châtiment intérieur, et les maudits, avant d'être torturés par des créatures fantastiques, sont les bourreaux d'eux-mêmes. Leur châtiment c'est de se savoir *réprouvés*. Pour d'autres, de Thierry Bouts à Bosch, l'Enfer sera la géhenne ardente, un lieu réel, le rendez-vous brûlant de toutes les angoisses. Aux origines de la pensée et de l'art chrétien, le Diable n'est que l'esprit du Mal, un Ange Noir. Il devient, à travers le Moyen Âge, et jusqu'à l'expressionnisme germano-flamand qui triomphe au XVe siècle, la Bête, le monstre fascinant. A l'aurore du christianisme, Satan est rarement représenté dans l'iconographie. S'il apparaît dans les miniatures préromanes, c'est sous l'aspect du classique dragon sassanide de l'Apocalypse. Il ne prend son identité monstrueuse qu'après l'An Mille, et ne devient vraiment *fantastique* qu'au début du XVe siècle. A partir de ce moment, la malédiction n'est plus seulement une tristesse de l'âme, elle est aussi un tourment du corps, un supplice de la chair. Dès lors, la chute n'est plus uniquement caractérisée par l'absence de Dieu, mais aussi par la présence des monstres, et l'Enfer devient un contre-Éden, le jardin des supplices, le verger du fantastique. La punition intérieure s'est extériorisée, le châtiment subjectif s'est objectivé. René Huyghe rappelle qu'en 1163, un grand théologien, Jean de Salisbury, condamnait ceux qui croient « *aux créations magiques du diable* ». Mais il faudra le coup d'arrêt du concile de Trente (1545-1563) pour que les fantasmes, la terreur, les monstres et les démons fantastiques se réfugient dans l'art profane. Le Moyen Âge n'est certainement pas réductible à une Grande Peur généralisée. Mais dans les ombres de sa clarté grouille en effet le peuple de la terreur.

La Bible propose d'ailleurs aux imagiers, aux tailleurs de pierre et aux peintres un répertoire du fantastique traditionnel : ce sont les bêtes de l'Apocalypse, les monstres du Livre de Job, Léviathan et Béhémoth. Cette prolifération de créatures monstrueuses fait tonner saint Bernard : « *Que signifient ces êtres ridicules où la beauté s'unit à la difformité ? Que font dans les églises ces dragons, ces singes, ces centaures, ces monstres à plusieurs têtes ou dont les corps doubles se rejoignent en une tête unique ? Tout cela n'est bon qu'à distraire et à troubler l'attention et le recueillement.* » Louis Maeterlinck pour l'art flamand, Jurgis Baltrusaïtis pour l'ensemble du Moyen Âge, ont dressé l'iventaire des *hybridations,* dont la plupart sont venues de l'Orient, et se sont acclimatées en Occident dès l'époque mérovingienne : démons aux pieds de bouc, femmes aux pieds fourchus, joutes et tournois d'animaux où s'affrontent un singe et un cerf chevauchant des chimères, mouches dont le thorax est un visage humain, têtes à jambes, etc. Les enlumineurs du XIVe siècle ont illustré avec volupté les récits de voyages merveilleux, de Jean de Mandeville à Praetorius, qui aboutiront au *Livre des Monstres* d'Ambroise Paré. On y rencontre l'*Onocentaure,* hybride d'un taureau et d'une ânesse, l'*Alpido* qui a un visage de démon, des dents de morse, des pattes de griffon, le *Scipiode,* personnage à six bras. On y voit prêcher l'*Évêque de Mer,* qui fut trouvé sur les côtes de Pologne en 1433. Ce monstre marin était coiffé d'une mitre et revêtu d'une chasuble, et replongea dans la mer en faisant des signes de croix. On y entrevoit le *Dracone maris,* à tête de poisson, au corps de lézard, aux pattes de griffon, le *Bytirone,* poisson à écailles et aux pinces de homard. Quant aux sirènes, elles sont innombrables, de la *Polipo* à la *Mercatelle.* Elles chantent sur la frange de ces rivages où les noces de la panthère et du chameau donnent naissance à la girafe, où l'union du chameau et du passereau engendre l'autruche.

Jheronimus Bosch

Jheronimus Van Aken, dit Jérôme Bosch, va recueillir à la fin du XVe siècle tout l'héritage fantastique du Moyen Âge et l'accomplir dans une des œuvres les plus étranges de l'art occidental. Il vécut sa jeunesse à l'ombre de la cathédrale de Bois-le-Duc, que son père avait décorée de fresques. Il est certain que Bosch était nourri de la littérature magique, ésotérique ou populaire, de son temps, qu'il connaissait très bien les miniaturistes franco-flamands et hollandais. Il est possible aussi que Wilhelm Fraenger ait raison, qui voit en lui un adepte de la secte mystique des Adamistes, les croyants du *Libre Esprit.* Cette hérésie clandestine professait la doctrine de la *Restauration*

Universelle, et la symbolique de Bosch pourrait être l'illustration des dogmes hétérodoxes des Adamistes. Mais, adamiste ou catholique orthodoxe, Bosch est certainement l'interprète plastique d'un univers spirituel, celui qui projette sur le théâtre de la peinture les visions d'un paroxysme intérieur. L'univers boschien est une gigantesque et minutieuse ivresse parodique, la métamorphose sans fin de la création divine en caricatures démoniaques, l'irruption à la surface de la terre des larves, des passions monomaniaques, des tentations, des impulsions grotesques que chaque homme *réfrène*.

Un moine espagnol contemporain de Greco avait déjà senti ce caractère profond de l'œuvre de Bosch : « *La différence qui existe à mon avis entre les peintures de cet homme et celles des autres consiste en ce que les autres cherchent à peindre les hommes tels qu'ils apparaissent de l'extérieur, mais celui-ci a l'audace de les peindre tels qu'ils sont à l'intérieur.* » Jheronimus Bosch ne se méfie pas de l'eau qui dort, de l'homme qui dort : il écarte les végétations de la surface pour apercevoir la faune grotesque et pernicieuse des marais fétides. Il accomplit ce qu'André Masson nomme « *la transfiguration par l'artiste d'un état nauséeux de l'âme* ».

Et le plus grand peintre de l'horreur, la vraie horreur, celle qui fait partie de nous, qui est nous-même, fut aussi le peintre le plus convaincant de l'Éden. Le *Jardin des Délices* du Prado est un des très rares tableaux vraiment *merveilleux* du monde. L'amour sage et l'amour fou, l'amour multiple et monotone, les délices sans fin de la chair caressée, baignent dans l'extraordinaire lumière d'aurore qu'a su créer Bosch. Il est le peintre-poète de l'Enfer et du Paradis. Il y a aussi la Terre, la simple terre, mais cela, Bosch laisse à d'autres le soin de l'explorer.

Les Tentations de saint Antoine

On ne sera pas étonné que Bosch ait repris plusieurs fois le thème de la *Tentation de saint Antoine,* qui obsédera les peintres européens pendant un siècle et demi. Baltrusaïtis a étudié de façon définitive les analogies étonnantes entre les tentations de l'Asie orientale, la tentation du Bouddha, et les *Tentations de saint Antoine.* Le *Lalita Vistara* décrit les personnages des tentations asiatiques dont les fresques de Toung Houan montrent la prolifération : un peuple de « *créatures douées de la faculté de changer diversement de visages et de se transformer de cent millions de manières... ayant des ventres, des pieds et des mains difformes* ». La légende de saint Antoine tenté a été conçue dans l'Égypte copte, et s'est nourrie, à ce carrefour des religions orientales, de tout l'apport des mythologies asiatiques. Mais elle a été pour les graveurs et pour les peintres européens le prétexte parfait à déchaîner les démons du fantastique. Peindre une *Tentation* c'était choisir la toile où il était permis de figurer tout ce qui était défendu, et tout ce contre quoi on se défend : l'érotisme et les succubes, les tentatrices nues et les hideuses créatures de la pénombre, les pécheresses aux seins nus et aux cuisses tatouées (ou peintes) de Pieter Huys, les sorcières de Patinir et les entremetteuses à cornes de cerf de Blès. Mais un thème n'est jamais qu'un tremplin, et avant de tenter saint Antoine, le peintre doit être lui-même à la fois le tentateur et le tenté. Pour Pieter Huys, par exemple, du moins dans la toile du Louvre, la tentation de l'ermite n'est qu'une parade débonnaire où la sensualité et le grotesque alternent leurs offrandes. Avec Matthias Grünewald, au contraire, qui sait déjà rendre fantastique la scène la plus banale ou la plus paisiblement traditionnelle, que ce soit la *Rencontre de saint Pierre et de saint Paul,* ou bien l'*Annonciation,* avec Grünewald, la *Tentation de saint Antoine* devient véritablement, non plus le cortège des concupiscences, mais la fascination des profondeurs, l'explosion à la surface des puissances d'en bas, un geyser de terreurs.

La Renaissance fantastique

Mais les *sujets* ne sont toujours que le prétexte, le point de départ. Pendant cinq siècles, le fantastique latent se concrétisera dans les représentations religieuses. La Renaissance le fera surgir dans les sujets antiques ou profanes. Le plus admirable exemple en sera Piero di Cosimo en Italie, le plus curieux Antoine Caron en France.

Vasari nous a laissé un portrait inoubliable de Piero di Cosimo, irascible et lunatique, qui vécut comme un somnambule, se disputant avec les mouches. « *Il laissait pousser et ramper à terre (les plantes) et se plaisait à voir toutes choses selon leur nature sauvage. Souvent il sortait pour voir des plantes ou des animaux créés par le hasard ou l'originalité de la nature et il y trouvait une telle satisfaction, un tel contentement, qu'ils le faisaient mettre dans une rage terrible.* »

La fable antique fournit à Piero di Cosimo les mêmes ressources qu'à ses confrères. Mais le farouche solitaire les tire à lui, les déporte, et donne aux malheurs de Silène ou au combat des Centaures et des Lapithes, aux aventures de Vulcain ou à la mort de Procris le même caractère insolite et menaçant. Dans les paysages de Piero, la mandragore fleurit sur les collines rases, et les fleurs vénéneuses des sorcières croissent à l'orée des grottes grimaçantes. Le peintre choisit de préférence dans la mythologie les scènes d'effroi et de carnage, les métamorphoses équivoques, les personnages transformés en sanglier ou en poisson, les jeunes filles pétrifiées. Mais il a ce don, qui sera plus tard celui de Chirico à une époque de son œuvre : l'art, le secret d'insinuer la menace, une terreur tacite, l'inquiétude inexpliquée, dans la scène la plus simple d'apparence. Certes, Piero di Cosimo se plaît dans ses tableaux à peindre (à trois reprises) le monstre horrifiant que Persée foule à ses pieds, certes il organise dans sa vie des cavalcades nocturnes de squelettes à la lueur des torches. Mais il est capable aussi d'exprimer le fantastique avec les ressources du quotidien, comme dans l'*Incendie dans la forêt,* ou d'être le grand poète taciturne de la sublime *Mort de Procris,* une des plus belles toiles de la National Gallery.

Antoine Caron est évidemment un peintre moins grand que Piero di Cosimo, mais il a su gonfler d'une vénéneuse angoisse les allégories que d'autres auront traitées avec une froideur enjouée. C'est, en apparence, un peintre mythologique. Nul monstre, nul hybride n'apparaît dans ses cortèges d'amours potelés et de Romains décoratifs. L'architecture de ses villes est sagement néoclassique, et ses paysages et ses ports ont de Claude Lorrain la majesté en apparence sans imprévu. Mais Caron est un peintre insidieux, qui donne toujours à ses créatures le caractère précaire et redoutable d'une *apparition,* une apparition qui souhaiterait paraître inaperçue, et donne le change sur ses origines ténébreuses.

C'est à Naples que le XVIIe siècle verra apparaître sous le nom de Monsu Desiderio, « Monsieur Didier », deux Messins, travaillant en équipe, François de Nôme et Didier Barra. A première vue, Monsu Desiderio est un de ces innombrables et excellents peintres de genre, spécialisés dans les paysages urbains, les palais, les ruines, dont l'École napolitaine est si riche. Mais le premier des peintres connus sous ce pseudonyme collectif introduit dans ses architectures imaginaires un ferment de désordre et de terreur qui donne à ses toiles leur dimension fantastique. Il aime décrire les palais et les églises à l'instant de leur écroulement et de leur ruine, il se complaît aux paysages lunaires de fin du monde, aux cataclysmes et aux désastres, ces vengeances de la terre. A la même époque, en Lorraine, Jacques Callot s'attachait à décrire les tortures et les supplices inventés par les hommes de justice et de guerre. On a suggéré que les martyres que décrit l'impassible Monsu Desiderio étaient utilisés, comme ceux de Pomarancio et de Tempesta, pour préparer les missionnaires aux souffrances dont ils allaient courir le risque aux Indes et au Japon. Mais quelles que soient les fins pratiques de ces œuvres bizarres, qui devaient d'ailleurs être peintes avant tout pour libérer l'artiste de ses fantasmes, leur charge d'angoisse et leur intensité cruelle sont proprement fantastiques.

Le Romantisme et ses Ombres

Les frontières de la bizarrerie et du fantastique sont incertaines. Le bizarre est d'abord surprise, et le fantastique est essentiellement peur. Mais la surprise est toujours un peu effrayante, ce qui déconcerte angoisse également, et le bizarre est l'avant-coureur du fantastique. Les frères Wenzel et Christopher Jamnitzer, en Allemagne, Arcimboldo, en Italie, donneront ainsi aux jeux de leur imagination et aux caprices de leur vision les charmes sournois du fantastique. Giovanni Battista Bracelli, en Italie, Nicolas de Larmessin en France, créeront cette imagerie d'hommes-robots, de figures précubistes, qui aboutira aux Martiens des films de science-fiction : *l'homme venu d'ailleurs* n'émerge pas forcément de l'animal, il peut aussi surgir du minéral, de l'arbre, du métal, de « *l'écorce des pierres* ». Le grand Hogarth utilisera avec bonheur les ressources de ce fantastique tempéré d'un humour bienveillant, dans ses *Habitants de la Lune*.

Mais c'est, étrangement, le Siècle des Lumières, à son crépuscule il est vrai, qui va voir surgir les seuls peintres fantastiques qu'on puisse, sans *rupture de courant*, inscrire à la suite des grands maîtres germaniques ou flamands. Si Heinrich Füssli, en Suisse, et surtout William Blake, en Angleterre, ou Gérard Grandville en France brillent davantage par la conception fantastique du monde que par l'exécution plastique (quoique Füssli ne soit pas un peintre dénué de qualités), le plus grand frère-voyant de Jheronimus Bosch sera Goya.

Goya

Si toute une part de l'œuvre de Goya est consacrée, comme il le disait lui-même, à « *décrire des formes et des mouvements qui existaient seulement dans son imagination* », il y a une différence sensible entre le fantastique des *Caprices* et celui des *Disparates*.

Les romantiques, de Théophile Gautier à Baudelaire, ont mis l'accent sur le satanisme de Goya. Mais les boucs, les sorcières, les balais à réaction, les monstres de Goya, s'ils ont leur origine dans le folklore vivant des cauchemars espagnols, ne sont pas les créatures les plus effrayantes du peintre. Les inquisiteurs sont ici plus terrifiants que les monstres, les moines plus diaboliques que les diables, les vieilles proxénètes plus horribles que les sectatrices d'Abracadabra. L'attirail de magie noire de Goya est, en effet, convaincant, parce qu'il est l'expression allégorique de toute la zone d'ombre de la société espagnole. *L'Aquelarre,* le bouc blasphématoire qui trône au milieu des sabbats, c'est le Croque-mitaine dont l'Église et le Saint-Office se servent pour rendre sage le peuple-enfant. Mais Goya n'est pas dupe. Il sait *qui* se dissimule à l'intérieur de ces monstres dont il a peur, comme en ont peur les hommes et les femmes de son peuple — en sachant vaguement que ce n'est pas vrai. Au beau milieu des *Caprices,* la planche *Lo que puede un sastre !* le tronc d'arbre revêtu d'un froc devant lequel s'agenouillent des femmes (*Ce qu'un habit peut faire !* souligne Goya) est le symbole même de la démystification à laquelle Goya se consacre. Ce n'est pas un hasard qui fait voltiger derrière l'arbre-prêtre et le moine-épouvantail une escadrille de sorciers grimaçants et de hiboux nocturnes. Et devant l'Église espagnole de 1797, devant le Saint-Office, devant les « sorcières » brûlées vives, et les visionnaires trop audacieux carbonisés à petit feu, comme à Séville, en 1781, la *beata* Dolores, il faudrait avoir d'autres nerfs et un autre cœur que Goya pour n'avoir pas peur, pour n'être pas convaincu de l'existence du mal et des puissances encore redoutables de la nuit. Mais Goya ne confond pas les créatures de l'ombre avec les réalités de l'abîme.

Jusqu'à la fin de l'histoire, les *Caprices,* quand même auront disparu les pouvoirs néfastes et les institutions sanglantes qu'ils clouent au pilori, continueront de nous faire cette *peur-plaisir* qui s'enracine aux vieilles fables de l'ogre, du loup et des méchantes fées. L'homme se souviendra longtemps, même libéré de ses peurs, d'avoir eu peur pendant tant de siècles, et d'avoir lutté pour substituer, aux monstres qu'enfante le sommeil, les créatures vraies qu'anime la raison.

Si les *Caprices,* autant qu'une suite de visions, sont un pamphlet, les *Disparates* constituent une œuvre beaucoup plus intérieure, venue des profondeurs.

Les *Disparates,* c'est la Descente aux Enfers de Goya. Il en remonte. Il sait que l'Enfer, c'est la sottise, et que la sottise, c'est la tyrannie. Les démons de Goya auront une postérité directe. Dans les lithographies que Delacroix, fasciné par Goya, consacre au *Faust* de Goethe, nous retrouvons ces monstres accroupis dans l'ombre qui ont, de Théophile Gautier à Baudelaire, résumé pour le romantisme le message de Goya. Mais, à côté des créatures abyssales de Goya, les monstres de Delacroix sont des reconstitutions archéologiques, comme les gargouilles que Viollet-le-Duc ajoute à Notre-Dame. Ce sont des « magots » amusants et pittoresques. Tandis que, pour Goya, les démons sont des réalités. En marge d'une gravure des *Caprices,* il a écrit : « *Les démons sont ceux qui font le mal en empêchant les autres de faire le bien, ou ne font rien eux-mêmes.* » (Cette gravure des *Caprices* représente deux moines caricaturaux, se goinfrant complaisamment.)

Réalités, les démons l'étaient pour ce Bosch dont les *Disparates* imposent la référence, et d'abord par leur titre, que Goya emprunte aux critiques espagnols d'*El Bosco*. Ils l'étaient avec une précision, une rigueur que Goya, certes, n'a pas. Le manichéisme plastique de l'Espagnol est la projection, non pas d'un système religieux, mais d'une attitude morale. Au contraire, dans les toiles de Bosch que Goya a pu étudier à l'Escurial, dans la fabuleuse allégorie du *Char de foin*, dans *le Jardin des délices*, la plus précise théologie commande le déploiement de la divagation hallucinée. Bosch se réfère constamment à un système d'équivalences et de figurations, à une symbolique dont les œuvres des mystiques de son temps (tel Van Ruysbroek l'Admirable), dont les traités d'héraldisme et de magie, les œuvres des alchimistes et les arcanes des tarots nous suggèrent les clefs. Ici, tout est langage hermétique, signe, correspondances. La chouette qui, chez Goya, symbolise sans doute les forces de la nuit et de l'aveuglement, c'est tout le contraire, c'est-à-dire l'hérésie, qu'elle est chargée par Bosch de *signifier*. Les poissons volants, les rats géants, les oiseaux et, dans le grouillement de création du monde qui déborde du panneau central du *Jardin des délices*, cette ménagerie qui est une des plus *prodigieuses* que nous devons au pinceau d'un peintre occidental — tout parle un langage dont ce n'est pas diminuer l'incandescente poésie que d'y voir une évasion dans l'illusion et la peur, que de tenter de le *traduire*. Mais ces deux corps siamois et nus, dont les quatre bras s'agitent sous l'immense hibou qui leur sert de corps, à droite du panneau central, Goya, pour dire le contraire de ce que dit Bosch, a pu s'en souvenir dans la planche des *Caprices* et dans les *Disparates*. Le hibou de Goya est chargé d'une volonté de démystification, celui de Bosch est chargé de tous les dogmes d'une théologie. Mais, ce qui apparente El Bosco à El Sordo, ce n'est pas seulement ce bestiaire des grandes profondeurs dont ils font un des leitmotive de leur création. Ce n'est pas une simple coïncidence extérieure qui fait du *Char de foin* l'illustration d'un proverbe flamand, et fait Goya donner pour légendes à ses planches les proverbes espagnols. Chez le Flamand de la Renaissance et chez l'Espagnol du Siècle des Lumières, le génie prend sa source dans la conscience et l'inconscient du peuple, dans ses hantises et dans sa sagesse, dans les croque-mitaines dont il s'effraie et dans les dictons dont il se réconforte. Mais, ce qui sépare essentiellement Goya de Bosch, c'est la distance qui définit les démons que le psychiatre moderne analyse, du Satan auquel le sorcier médiéval succombe.

Les monstres de Goya appartiennent à cette zoologie des bas-fonds de l'âme, qui, de l'Écriture au *Roman de Renart*, et d'Ésope à Grandville, ne se contente pas de déguiser les hommes en animaux ou les animaux en hommes, mais brutalement amène au jour, en l'homme, l'animal qu'il dissimulait. Les ânes autocrates de Goya sont une branche de ce bestiaire de la caricature, qui grouille depuis les origines jusqu'aux dessins grossiers des journaux américains, où l'Âne et l'Éléphant continuent encore, naïvement, de symboliser les deux grands partis de la République. Déjà, à la veille de la Révolution, Peyrotte habille en macaques échappés des *singeries* à la mode les nouvellistes du Palais-Royal ; déjà, à la fin du XVIIIe siècle, des ânes savants se livrent dans les gravures aux plaisirs du magnétisme ou de la montgolfière. Un siècle plus tôt, Charles Le Brun a publié son célèbre traité, où des planches étonnantes rattachent chaque type de visage humain à une race animale, et métamorphosent sous nos yeux le rusé en renard, le goinfre en porc et le méchant en loup. Grandville va moins loin, et le bestiaire de ses gravures n'est qu'une ménagerie de calembours, qui travestit le duc de Chartres en grand duc, le barbeau en poisson et l'ingénue en dinde. Il s'agit, avec Goya, de bien autre chose. Son bestiaire n'est pas un travesti, c'est une apocalypse. Et, au terme des *Disparates,* la remontée des enfers est aussi une remontée de l'animal vers l'homme, une victoire de l'esprit sur ces bêtes qui grognent dans les replis immondes de l'humanité défaite.

Car Goya remonte des enfers. Il est beau que les *Disparates* s'achèvent sur une planche qui semble le pendant exact, et le contrepoint, d'une des planches précédentes, ce « *Disparate de tontos* », sottise des imbéciles, où cinq taureaux affolés sont projetés dans l'espace sidéral. La dernière planche des *Disparates* n'est pas horrible, ni si obscure peut-être qu'on pourrait le croire. Les cinq hommes volants de Goya, musclés, casqués, planant dans un ciel souverain, ne sont pas des victimes précipitées dans les abîmes, mais des Icares vainqueurs, dominant la pesanteur qui fait choir au tréfonds les bêtes effarées. Au vieux mythe de l'homme volant, de Vinci à Cyrano de Bergerac, de Hugo à Jules Verne, Goya donne ici une des ses expressions les plus magistrales. Ce *Disparate,* c'est le coup de talon du plongeur qui a touché le fond et remonte vers la surface, le coup d'aile de l'albatros qui va planer au-dessus de la tempête.

C'est le vol immortel de l'*Ange Liberté* que Hugo a chanté :

D'une aile que le vent même ne peut courber
L'Ange Liberté part et franchit l'éther sombre

Le Fantastique moderne

Il est peu d'œuvres qui soient vouées avec la même violence que celle de Goya, au service de l'expression fantastique. Après lui, on va voir plusieurs générations successives de peintres poursuivre simultanément l'Âge d'Or d'une innocence totale et l'Âge de Feu du fantastique. Si le douanier Rousseau s'approche parfois, à pas de loup, des portes du fantastique, Gustave Moreau et Odilon Redon en France, Edvard Munch en Norvège, les franchiront délibérément, et à maintes reprises. Odilon Redon est cet homme qui a vécu pour peindre ses rêves et rêver ses peintures, dont le credo esthétique était : « *Tout en reconnaissant comme base la nécessité de la réalité vue, l'art véritable est dans la réalité sentie.* » La réalité que sentait Odilon Redon est déjà une surréalité, comme celle qu'exprime Munch dans une toile comme le *Cri,* où l'angoisse de l'artiste vient s'inscrire sur la toile, en ondes tremblées, avec la même précision qu'un mouvement de la terre s'inscrit sur un sismographe.

Chagall est beaucoup plus merveilleux qu'il n'est fantastique. Il a l'esprit libre, ironique, et le loisir de sourire. Si le fantastique n'était que l'interruption du fonctionnement des lois naturelles, l'exception aux règles, l'univers voltigeant et onirique de Chagall serait fantastique. Mais si le fantastique est, comme nous le croyons, non seulement un défi à l'ordre quotidien des choses, mais un défi à base de menace, à tonalité dominante de terreur, alors Chagall n'est pas un créateur fantastique. Ce qu'il crée, c'est un monde sans frontières et sans barrières, où voler n'est qu'une façon un peu plus distraite de marcher, où les poissons et les coqs jouent du violon par bienveillance, où nous sommes tous revenus dans l'atmosphère chaude du grand fond premier, du Grand Ventre Réconciliateur.

Entre 1910 et 1922, Giorgio de Chirico, en revanche, va concevoir une des œuvres fantastiques les plus personnelles et les plus neuves qui soient. Jusqu'à Chirico, le fantastique c'est l'*apparition :* des monstres de l'Orient aux monstres des Tentations de saint Antoine ou de Goya, de Bosch à Redon, il apparaît des visages, il se passe quelque chose d'à la fois prodigieux, insolite et terrible. Avec Chirico, dans ces villes quasi désertes, sur ces places où s'allonge l'ombre d'un invisible passant, dans ces architectures peuplées d'allégories mécaniques, de mannequins solennels, nous voici *avant* l'instant de l'apparition, au seuil de l'irruption fantastique, aux lisières de la menace. Chirico trouble, il insinue, il ébranle hypocritement la sensibilité du spectateur, comme l'avait déjà fait, deux siècles auparavant, cet autre Italien magique, le peintre des *Prisons,* l'insidieux et cruel Piranèse.

Il y a des éléments fantastiques dans l'œuvre de Klee, ce petit Poucet de l'espace du dedans, l'Argonaute après qui la carte de la peinture ne sera plus jamais ce qu'elle fut avant lui. Mais la note dominante de l'œuvre de Klee est si cristalline, si sereine, que ce n'est certainement pas l'accent fantastique qui est l'essentiel de son œuvre. Klee est tout d'abord un contemplatif. Il fait le silence en lui pour laisser surgir la douceur ironique de ses visions. Il est beaucoup moins fantastique que ne sut l'être Picasso, dont l'œuvre est le prodigieux journal intime d'un artiste en proie à la fureur de vivre et à la fureur de mourir, amoureux de la pureté et hanté par le trouble, caressant les beaux corps étendus sur une plage de joie, et exorcisant les monstres éternellement métamorphosés de *Guernica,* ce cauchemar de l'histoire, ou de ses cauchemars personnels, inséparables de ceux de son temps.

« *Ce n'est pas la crainte de la folie qui nous forcera à laisser en berne le drapeau de l'imagination* », déclarait en 1924 André Breton, au début du *Manifeste du Surréalisme.*

Non seulement, pour Breton et ses amis, les fantasmes de la folie et la folie du fantastique constituent le *risque à courir* d'une liberté totale de l'imagination, du recours délibéré à ce grand large de l'esprit auquel aspire le surréalisme, mais encore il y a à leurs yeux une joie dans le délire même : « *Les hallucinations, les illusions, etc., ne sont pas une source de jouissance négligeable* ». Les surréalistes n'ont jamais consenti d'établir de limites aux vagues de rêves dans lesquelles ils se laissent rouler, d'accepter qu'une frontière volontaire séparât le merveilleux du fantastique, le *tout-est-possible,* merveille réalisée, de ce *rien-n'est-possible* que le fantastique accomplit. Aragon : « *Le fantastique, l'au-delà, le rêve, la survie, le paradis, l'enfer, la poésie, autant de mots pour signifier le concret.* »

C'est dans la peinture surréaliste qu'on saisit le mieux qu'avant d'être une esthétique, une morale ou une méthode, le surréalisme est d'abord un état d'esprit. Les tableaux des Impressionnistes ont un air de famille, ils se réfèrent tous à une même réalité réfractée dans des esprits parents. Mais les paysages lunaires de Tanguy, les observations micro-analytiques de Miró, les célébrations féroces de Dali, les explorations d'une Atlantide intérieure dont Max Ernst rapporte ses toiles, les trompe-l'âme peints en trompe-l'œil de Magritte ou de Delvaux, les déserts traversés de mirages que parcourt Wolfgang Paalen, les métamorphoses ininterrompues d'André Masson ne se ressemblent qu'*en profondeur.*

Les deux plus grands peintres qui aient illustré la

conception surréaliste du regard interne, André Masson et Max Ernst, ne procurent jamais à celui qui suit leur évolution le sentiment de *sécurité* que peut donner l'œuvre d'un peintre en qui on distingue des *périodes* sans apercevoir de solutions de continuité. Ni Masson ni Ernst ne connaissent le repos des *manières,* le confort d'un style qui se confondrait avec un enracinement. Ils ne croissent pas à la manière des arbres, mais flottent dans l'espace et les ténèbres à la manière de ces algues sans racine, dont l'aventure est une perpétuelle exploration. Il leur faut à chaque reprise, pour chaque découverte, inventer une langue nouvelle, se forger des armes jamais utilisées, avoir recours à des mots inouïs. Le fantastique, c'est l'*imprévu* enfin entrevu, l'imprévisible rendu visible.

PSYCHOLOGIE DU FANTASTIQUE

« Où vont-ils chercher tout ça ? »

Les hommes ont toujours trouvé que l'univers où ils habitaient était à la fois inépuisable et insuffisant. Il y avait énormément de bisons qui galopaient dans les plaines de Lascaux, et pas assez de bisons qui se laissaient capturer par les chasseurs. Le monde voit naître chaque matin des milliards de fleurs et de brins d'herbes, des millions de petits cabris et de petits humains, mais il en voit périr chaque jour le même nombre. Nous n'arrivons jamais à venir à bout de la profusion de ce qui est : il y a plus d'arbres que nous ne pouvons recevoir d'ombre, plus de fruits que nous n'en pouvons mordre, plus de pelages vivants que nous n'en pouvons caresser, plus de joues que nous n'en pouvons baiser. Nous n'arrivons jamais à prendre notre parti de la destruction de ce qui naît, des limites de nos désirs, et des frontières de nos pouvoirs. Sur cette terre sans bornes nous sommes impitoyablement bornés. Aussi n'en avons-nous jamais fini d'inventorier ce qui vit, de capturer ce qui nous fascine, et d'acquiescer joyeusement à l'épanouissement incessant de ce qui est. Aussi n'en avons-nous jamais fini de protester contre l'insuffisance de ce qui est, de réclamer notre dû, et d'avoir les yeux plus grands que le regard. L'homme est ce miroir qui ne se contente pas de réfléchir, parce qu'il n'est jamais tout à fait content.

La question que pose, en balayant l'atelier, la femme de ménage de l'artiste, est le commencement même de toute esthétique. La femme de ménage du sculpteur du paléolithique supérieur constate que l'épouse de l'artiste est une grande belle fille aux seins bien accrochés, au ventre musclé et plat de chasseresse, et que la statue qu'il façonne fait surgir une énorme génitrice aux seins énormément gonflés de lait, au ventre énormément fécondé de vie, au sexe disproportionné, aux fesses gigantesques. « Où est-ce qu'il va chercher tout ça ? » demande-t-elle.

La femme de ménage de Léonard de Vinci le voit regarder par la fenêtre les bourgeois florentins qui vaquent à leurs occupations, et elle s'aperçoit qu'en revenant à son chevalet il dessine un homme ailé qui vole à ses divagations. « Où est-ce qu'il va chercher tout ça ? » demande-t-elle. Quatre siècles auparavant, elle était au service d'un tailleur de pierre mérovingien qu'elle voyait se promener toute la journée dans une ville où les percherons étaient solides et pommelés et où les chiens n'avaient qu'une tête pour aboyer. Mais quand il reprenait son ciseau et son marteau, il ne pouvait s'empêcher de figurer les chevaux avec des ailes et de donner trois têtes aux chiens. « Où est-ce qu'il va chercher tout ça ? » Quant à la gouvernante de Goya, elle n'a sûrement jamais très bien compris pourquoi son patron, quand il revenait de baguenauder à la Feria de Madrid, où il y a de si galants gentilshommes et de si élégantes señoritas, se penchait sur la pierre du graveur pour en faire émerger des corbeaux-aigles à tête de majas et des seigneurs à tête d'âne : « Où est-ce qu'il va chercher tout ça ? »

Les esthéticiens, de Denys, moine de Fourna-Agrapha, à Leon Battista Alberti, et de Hegel à Malraux, n'ont jamais cessé de se poser la question des femmes de ménage : « Où est-ce qu'ils vont chercher tout ça ? » Quand le peintre ou le sculpteur s'appliquait à représenter un cheval ou une jeune femme nue, une grappe de raisin ou une montagne, la réponse semblait aller de soi : il avait été chercher le cheval dans une écurie, la jeune femme dans son lit, la grappe dans sa vigne, et il était allé à la montagne pour que la montagne vienne à nous. Isidore et Aristote étaient sûrs de leur fait : « *La peinture est une image qui rend l'apparence d'un objet.* » L'art est un prêté-pour-un-rendu. Les dieux prêtent un pur-sang au sculpteur, qui leur rend les coursiers du Parthénon. Les choses se compliquent lorsque l'artiste ou le poète rendent ce qu'on ne leur a pas prêté. On met à leur disposition les vagues de l'océan, et voilà qu'ils nous rendent en échange Poséidon et les Néréides. On leur fournit un paisible cheval de labour ou un fringant palefroi, et ils nous proposent en retour Pégase ou la Licorne. Oui, où est-ce qu'ils vont chercher tout ça ?

Phantastikos et Phantasia

La première réponse qui vient à l'esprit, c'est que les créatures inexistantes que les inventeurs de fables et d'images nous proposent, ils vont les trouver là où ils les cherchent. Si nous ne trouvions que ce qui est déjà donné, nous aurions l'existence des pierres, qui ne sont tout entières que ce qu'elles sont. Mais faute de pouvoir prendre les réalités pour nos désirs, nous sommes libres du moins de prendre nos désirs pour des réalités. Puisque avec l'existence, nous sommes toujours loin du compte, que les contes fassent l'appoint ! Puisque les images nous laissent sur notre soif, que l'imagination nous désaltère donc.

Les Pères-le-Langage sont d'accord sur leurs définitions du fantastique. Littré : « *Qui n'existe qu'en fantaisie, en imagination.* » Larousse : « *Créé par la fantaisie, l'imagination.* » Robert : « *Qui est créé par l'imagination, qui n'existe pas dans la réalité.* » Il leur arrive pourtant de se prendre la barbe dans les filets de la sémantique. L'arbre généalogique des mots est aussi embrouillé que celui des humains. *Fantastique,* nous explique Clédat, vient du grec *phantastikos,* du latin *phantasia.* Mais la famille *phantasia* a des rejetons inattendus : elle engendre, par exemple, *fanal* et *falot,* « *qui servent à montrer les objets, à les éclairer, à les rendre visibles* ». Il faudrait tout de même être sérieux, il faudrait tout de même s'entendre : qu'est-ce que c'est que cette *racine* extravagante qui sert à la fois à nommer ce qui n'existe pas, et à rendre visibles les objets? Est-ce que nous serons plus avancés en nous reportant aux mots *merveille* et *merveilleux?* Eh bien, non. Leur arrière-grand-père est le mot latin *mirari,* dont le sens primitif a sans doute été : sourire, puis : s'étonner, admirer, regarder. Et nous voilà aux prises avec une racine qui fait verdoyer indifféremment le merveilleux, « *ce qui s'éloigne du cours ordinaire des choses, ce qui est produit par l'intervention d'êtres surnaturels* », et les miroirs, dont la propriété est de rejoindre et refléter le cours ordinaire des choses. Le merveilleux, c'est ce qui ne ressemble pas, et le miroir, c'est la ressemblance même.

Comment se retrouver dans cet embrouillamini? Mettons-nous d'accord une bonne fois. Que veut dire cette *phantasia* qui fabrique à la fois les fantaisies qui n'existent pas dans la réalité, et les fanaux qui servent à montrer les objets, ce *mirari* qui donne le jour, sans discernement, aussi bien à ce que le jour n'a jamais éclairé qu'à ce qui réfléchit le jour?

La réponse est celle-ci : le miroir de la fantaisie et du fantastique, le miroir des miroirs ne réfléchissent pas seulement sur l'une de leurs faces, mais sur les deux. Les deux aspects inséparables et complémentaires de la réalité se conjugent dans la révélation des étymologies. L'homme n'est pas simplement celui qui est comblé par la munificence de l'être, il est aussi celui qui tente constamment de combler l'insuffisance de l'existence. Le fanal et le miroir nous rendent compte de ce qui nous est donné, le fantastique et le merveilleux nous rendent compte de ce qui nous est refusé.

Comme dans le miroir d'une eau calme nous découvrons à la fois l'image renversée du ciel et l'image endormie de ce qui vit dans la profondeur, les images merveilleuses ou fantastiques qu'inventent les humains nous font découvrir en même temps l'homme dans la nature et la nature de l'homme, les réponses de la réalité et les questions du *réalisant*, les nécessités de la vie et les nécessités du rêve, la patience des choses et l'impatience de l'esprit.

Les revendications de l'espèce humaine

La fable et l'art nous présentent, depuis les origines, à la fois le constat d'une présence et le procès-verbal d'une absence. Ils dissimulent derrière l'écran des images et le voile des symboles le grand livre des revendications de l'espèce humaine.

L'homme pédestre, attaché à la terre, se rêve libéré de la pesanteur : à la paroi des grottes de Toung Huan et sur la muraille romane de Saint-Savin, il projette le vol des génies et des anges. L'homme en proie aux forces naturelles se rêve capable de les dompter à volonté : Héraclès et Jésus détournent les eaux du Pénée de leur lit ou calment les flots courroucés. L'homme aux prises avec les bêtes féroces rêve de les désarmer : Bouddha, Orphée ou saint François d'Assise lient amitié avec les tigres, les lions, le loup et les fauves. L'homme en proie à lui-même se dessèche de n'être que ce qu'il est : des cosmogonies archaïques aux métaphores d'Ovide, des dieux zoomorphes de l'ancienne Égypte au bestiaire merveilleux de Paul Klee, il se multiplie dans les avatars des métempsycoses, la féerie des contes et le renouvellement des renaissances. L'homme captif de l'espace rêve de s'en alléger : les esprits volants des grottes de Haute-Asie, les êtres ailés des fresques d'Ajanta, les anges de l'iconographie chrétienne, les bottes de sept lieues du Petit Poucet, le tapis volant des Mille et Une Nuits, les amants violoneux et plus légers que l'air à force d'amour que Chagall fait voltiger dans le ciel de Witebsk, sont l'image très générale de ce transport très commun des hommes, qui se veulent pourvus du don d'ubiquité. L'homme qui gagne son pain à la sueur de son front rêve de le recevoir sans effort : de la *Pêche miraculeuse* de Conrad Witz au *Pays de Cocagne* de Breughel, il multiplie les images d'une manne divine, dont la bénédiction lèverait la vieille malédiction du labeur et du labour. L'homme mortel se rêve immortel, l'homme imparfait se rêve parfait, l'homme corruptible se rêve incorruptible : il délègue à ses dieux la toute-beauté et la toute-puissance, l'ascension du ressuscité, le pouvoir de faire resurgir du tombeau la chair défaite dans l'éclat de sa fleur et la clarté de son printemps.

Ainsi, le moine tibétain du XIe siècle qui écrit le poème de Milarepa, et le rationaliste logicien Henri Beyle, qui rédige le 10 avril 1840 les *Privilèges* dont il désire ironiquement que Dieu lui accorde le brevet, dressent à peu de chose près le même catalogue des *desiderata* de l'homme. Il n'y a sans doute pas d'Homme Éternel, car les hommes n'ont d'éternel que ce qu'ils n'ont pas, et la seule constance indiscutable de l'espèce humaine, c'est celle de ses *manques*. D'Osiris à Stendhal, l'histoire de l'humanité peut se résumer aussi par celle de ses aspirations. Il y a cent mille façons d'humilier un homme, mais l'homme n'en connaît qu'une de parcourir monts et merveilles. L'archéologue qui ne disposerait pour établir le répertoire des croyances, aspirations et pensées des hommes de 1840 que du texte de Stendhal intitulé *Privilèges du 10 avril 1840,* en déduirait que les Français de cette époque croyaient à la magie, se repaissaient de merveilleux. En lisant l'article 7 : « *Quatre fois par an, le privilégié pourra se changer en l'animal qu'il voudra... occuper deux corps à la fois... Transformé en mouche et monté sur un aigle, il ne fera qu'un avec cet aigle* », l'archéologue en déduirait que les sujets du roi Louis-Philippe pratiquaient le totémisme. Lisant l'article 16 : « *En tout lieu, le privilégié, après avoir dit : Je prie pour ma nourriture, trouvera : deux livres de pain, un bifteck cuit à point, un gigot idem, un plat d'épinards idem* », il conclurait de ce texte que les contemporains du jeune Karl Marx croyaient au pouvoir magique de la prière. Stendhal requiert de *God* la possession d'une bague enchantée qui rende les femmes amoureuses de lui à volonté, ou lui permette de devenir invisible, ce qui n'est pas très différent des magies pratiquées par les Koriak et les Tchouki de Sibérie, ou de celles qui se retrouvent dans les contes de fées du monde entier. Stendhal exige, comme Peau-d'Âne et Cendrillon, de posséder « *beaux cheveux, belle peau, excellents doigts jamais écorchés, odeur suave et légère* », tout comme l'initié des mystères égyptiens ou l'homme du Moyen Âge aspirent à conquérir « l'odeur de sainteté ». L'humanité n'a pas toujours de suite dans son histoire. Elle en a toujours dans ses rêves.

Au ciel des fresques de Ping Ling Ssu les *gandharvas,* gracieuses jeunes personnes volantes, font comprendre qu'en français les libellules soient surnommées les *demoiselles.* Pourquoi, malgré l'odeur chinoise du piment rouge et de charbon de bois, malgré le cri guttural des bateliers sur le Fleuve Jaune voisin, pourquoi le visiteur survolé par ces créatures ambiguës, dont le ravissement nous restitue, en effet, le sens premier du mot, puisque les voilà *ravies* dans les airs pour nous mieux ravir, pourquoi retrouve-t-il soudain, comme s'il avait mangé une miette de la petite madeleine magique de Proust, le parfum d'encens refroidi et de pétunias en fleur du cloître de San Marco, à Florence ? Parce que la fantaisie pieuse du peintre bouddhiste de la dynastie Song a croisé dans le firmament des songes la pieuse fantaisie du Beato Angelico, dont l'Ange gris-rose vient de se poser, comme un ramier ébloui et pensif de retour au nid, aux pieds de la Vierge, à la fois anxieuse et comblée, recevant les mains jointes le message et la visitation. Pourquoi à la commissure des lèvres de l'ange de Reims et des jeunes éphèbes du Gandhara, Malraux a-t-il raison de retrouver le même sourire ?

Parce que ce n'est pas pour rien qu'on dit d'un homme qu'il rit aux anges, dès que les anges lui sourient.

Les *gandharvas* de Ping Ling Ssu, les anges des primitifs ou du sculpteur baroque n'existent, selon la définition de Littré, « *qu'en fantaisie, qu'en imagination* ». Mais ils existent partout, en tout temps et en tout lieux. Il n'y a pas partout des chevaux et des lamas, des vaches ou des moutons, mais il y a partout des génies bienfaisants et des créatures ailées, du panthéon des anciens Grecs à celui des Indiens Crow, des rouleaux tibétains aux fresques romanes, de l'*actua* des Maori aux bienveillants ectoplasmes de William Blake.

De même les méthodes d'élevage du bétail et les façons culturales varient considérablement du désert mongol, où les Ouriates poussent leurs troupeaux, aux plaines du Berry où les tracteurs font lever les moissons. Mais ce qui ne varie pas, c'est l'image qui n'existe « *qu'en fantaisie, qu'en imagination* » du jardin parfait, le verger d'Éden, le domaine terrestre d'avant la chute, où le couple premier vit dans l'amitié des bêtes réunies, le clos fleuri où la Dame à la Licorne reçoit le doux hommage de la blanche bête incertaine, sur un fond rose-garance (au musée de Cluny), sur un fond vert-bleuté (au musée des Cloîtres, à New York).

L'homme, créé parcimonieusement, avec une économie douloureuse, qui ne se sent jamais assez d'yeux, assez de jambes, assez d'espace, assez de temps, assez de vie, assez de souffle, n'invente pas uniquement pour subsister la charrue et la hache, l'arme et l'outil. Il invente à perte de vie des vivants fabuleux à perte de vue. « *L'imagination,* dit Baudelaire, *est la reine du vrai, et le* possible *est une des provinces du vrai.* » Prométhée dérobe leur feu aux Immortels, le Petit Poucet ses bottes de sept lieues à l'Ogre, le Singe Pèlerin du roman chinois dérobe les fruits d'éternité aux habitants du Ciel. Le paysan qui connaît le prix de chaque pas enfoncé dans la terre qui alourdit la démarche, et du sillon qui ralentit l'allure, invente les bons géants du folklore universel : c'est, en France, Gargantua, qui s'empare en se jouant des cloches de Notre-Dame, ce sont les demi-dieux du Far West américain, de Pecos Bill à Paul Bunyan, ce sont les géants du légendaire sicilien. Celui qui n'a que ses dix doigts pour se servir lui-même s'invente des serviteurs fantastiques : Chat Botté qui fait de son pauvre maître le plus riche des marquis, balais apprivoisés de l'apprenti-sorcier, mains magiques de la Belle et la Bête, *djinns* empressés à satisfaire tous les caprices de celui qu'ils ont élu pour maître.

Qu'il le regrette dans le passé ou qu'il l'espère dans l'avenir, qu'il y rêve comme on se console ou qu'il le décrive comme on se berce, on s'explique aisément que l'homme conçoive, pour équilibrer le monde instable où il vit, un univers où tout marcherait *à merveille,* où s'accomplirait enfin *la vie rêvée.* L'art n'est souvent que cela : l'évocation (« *qui n'existe qu'en fantaisie, en imagination* ») d'une terre-paradis, peuplée d'être plus beaux que les vivants ordinaires, baignée d'une lumière plus constante et plus pure que celle qui nous éclaire. Le merveilleux n'a pas toujours besoin de merveilles pour émerveiller, ni d'avoir recours aux fées, aux anges, aux enchantements pour être féerique, pour nous faire rire aux anges, nous enchanter. Il suffit à Claude Lorrain ou à Renoir, à Rubens ou au douanier Rousseau de concevoir un paysage terrestre où tout n'est qu'ordre, beauté, luxe, calme et volupté, pour que s'accomplisse doucement l'invitation au voyage merveilleux, pour nous faire aborder insensiblement aux continents de la fantaisie, et d'un bonheur féerique. Les anges au ciel et les promeneurs au jardin partagent alors les mêmes délices.

Que les hommes aient inventé le merveilleux est tout naturel, et la nécessité qui les y pousse est évidente. Les anges et les fées, les jardins d'âge d'or et les paradis imaginaires sont la réponse que leur imagination fait à leur désir, la projection fabuleuse d'un besoin élémentaire. Les contes de fées et les mythes, l'iconographie des anges et des *gandharvas*, le Paradis terrestre des primitifs et le Triomphe céleste de la vierge que peint Fra Angelico, les lieux de joie éternelle que promettent les théologies et le Pays de Cocagne vers lequel appareillent les fables remplissent cette fonction première que Marx attribuait à la religion. La critique marxiste de la religion ne rendait sûrement pas un compte total de la foi religieuse, dans la mesure où pour Marx l'homme n'était *aliéné* que par la société, où ce qui l'accablait n'était qu'affaire de système économique et social, dans la mesure où il ne consentait à envisager que les chaînes forgées par l'homme pour asservir l'homme, les chaînes que la main de l'homme, en effet, peut briser. Il n'est pas certain que l'homme soit *aliéné* seulement par les lois de la valeur et de la plus-value, qu'il soit captif seulement des prisons du travail et des cachots du pouvoir. Il y a aussi la mort, la maladie, l'absence des êtres aimés, l'oubli et la mémoire, la nostalgie et le regret, qui nous arrachent à nous-mêmes autant et aussi bien que les codes, les devoirs sociaux, les tyrannies sociales et l'iniquité aiguisée de main d'homme. Mais ces nuances apportées et ces réserves faites, la religion du merveilleux et le merveilleux de la religion remplissent en effet la fonction définie par Marx : « *L'homme, dans la réalité fantastique du ciel, cherche un surhomme... La religion* (et nous ajouterons : le merveilleux) *est la théorie générale de ce monde, ... son solennel complément, sa raison générale de consolation et de justification. Elle est la réalisation fantastique de l'essence humaine... l'expression de la misère réelle, et d'autre part la protestation contre la misère réelle, ... le soupir de la créature accablée, le cœur d'un monde sans cœur.* » Qu'il y ait eu autrefois ou qu'il puisse y avoir demain un Âge d'Or, qu'il soit à portée de notre main ou qu'il fuie devant notre nostalgie, c'est toujours le même itinéraire intérieur, c'est le balancier du merveilleux sur la corde raide du réel, la compensation de notre insuffisance foncière par la plénitude du miracle, nos vœux irréalisables exaucés par la bienveillance des fées, et les consolations du beau mensonge pour apaiser la véridique blessure d'exister. L'âge d'or fabuleux est chargé de dorer la pilule amère du temps réel. Ce qui n'existe pas compense le fardeau de l'existence, et les monts et merveilles de l'imagination nous font oublier un moment le monde sans merveille du quotidien.

Mais l'homme n'a pas uniquement inventé les génies et les djinns, les anges et les créatures célestes. Il a aussi enfanté des monstres.

Unité du fantastique

L'humanité ne prend pas seulement plaisir aux formes qui font plaisir. Les monstrueuses Vénus de Lespugne ou de Brassempouy devancent les bisons de Lascaux et les rennes d'Altamira. Les amulettes de Memphis et les gorgones de Mycènes, les personnages bifrons à pattes d'oiseaux des tombeaux de Sardaigne, les dieux acéphales de la Crète et de l'Égypte, apparaissent souvent avant les grandes formes humaines stylisées de la statuaire égyptienne, de la Grèce archaïque ou du Parthénon. En même temps que se développe un art de la séduction, se développe un art de la terreur. La beauté de Néfertiti ou celle d'une korê du ve siècle, le visage de l'Ange de Reims ou celui d'une Vierge de Memlinc expriment une beauté égyptienne ou grecque, française ou flamande. En revanche les démons n'ont pas de patrie, parce qu'ils les peuplent toutes. Les cruels dieux zapotèques et les gargouilles gothiques, le visage grimaçant des démons khmers et des diables tibétains, les créatures à ailes de chauves-souris des bronzes chinois Tchéou ou des peintures taoïstes de la dynastie Tang, les diables des psautiers médiévaux et les démons-tonnerres ou les démons-arbres de Li Long-Mien, les démons arborescents que dessine Jheronimus Bosch et ceux qu'on trouve en Asie centrale dans les ruines de Qara-Khodja, tous ces habitants de l'enfer peuvent varier dans le détail. Jurgis Baltrusaïtis a pu se faire le zoologue érudit de cette faune redoutable, les classer en démons à ailes de chauves-souris (on en trouve dans la peinture chinoise bouddhique et dans les Grandes Heures de Rohan), en démons à oreilles de lièvres (on en rencontre également chez Li Long-Mien et chez Giotto), en démons à becs d'oiseaux (ils apparaissent dans la peinture chinoise et chez les primitifs provençaux) — mais c'est toujours du même diable qu'il s'agit. Il se nomme tour à tour Phégor ou Belphégor, Lucifer ou Moloch, Satan ou Dragon, la déesse Hathor ou Méphistophélès. Les différences entre les divers types humains sont beaucoup plus marquées, en définitive, que les différences entre les divers types démoniaques, l'Homme Éternel moins évident que le Diable Éternel. Les artistes des civilisations successives ou parallèles se différencient par ce qu'ils *reproduisent* et se ressemblent par ce qu'ils *inventent*. On serait presque tenté de dire qu'il y a autant d'arts réalistes qu'il y a de sociétés, de climats et d'époques, mais qu'il n'y a, de la nuit des temps à nos jours mêlés de nuit, qu'un seul art fantastique, et que la nature a plus d'imagination que n'en a l'imagination. Les hommes se sont fait des idées contradictoires de la beauté, mais ont conçu une idée monotone de la méchanceté, de la terreur, du mal et de l'angoisse.

Mille cinquante et quelques années séparent le moine Raoul Glaber du poète Henri Michaux. L'un confiait à la méditation et à la prière le soin de se trouver lui-même, l'autre se fiait plutôt à la poésie et à la mescaline. Tous deux ont vu le Diable. Glaber, dans l'*Historiarum sui temporis Libri quinque*, décrit ainsi son visiteur du soir, qui apparaissait dans sa cellule du monastère de Saint-Léger : « *Je vis au pied de mon lit un petit monstre à forme humaine. Il avait, autant que je le pus reconnaître, le cou grêle, la face maigre, les yeux très noirs, le front étroit et ridé, le nez plat, la bouche énorme, une barbe de bouc, les oreilles droites et pointues, les cheveux raides et en désordre, des dents de chien, l'occiput en pointe, la poitrine et le dos en bosse.* » Michaux, dans *Misérable Miracle*, décrit dix siècles plus tard l'apparition que lui a révélée la drogue : « *Le visage hideux... me regarde d'une expression haineuse..., le visage répulsif que j'ai déjà bien vu trente ou quarante fois..., tête horrible, grimaçante, qui suit avec exaltation mes pensées paniques d'homme traqué... les grimaces du démon, c'est un fait expérimental...* »

Si je nomme *merveille* la projection des désirs inassouvis de l'espèce humaine, qui s'accomplit dans les contes de fées et les tableaux, les rêves heureux et les statues souriantes, la musique et les fresques, les chimères et les poèmes, les utopies et les miracles, je nommerai *fantastique* la projection de ses terreurs et de ses tentations qui se réalise dans les cauchemars et les beaux-arts, dans les hallucinations et les contes, dans les romans noirs et la folie, dans les visions de la fièvre et les apparitions du visionnaire.

Le *fait expérimental* dont parle Michaux, ce n'est pas qu'il existe des diables et des sorcières, des démons et des loups-garous, des gorgones et des goules, des revenants et des lémures, des brucolaques et des lamies, des vampires et des larves, des harpies et des grées, et tout le personnel de la monarchie satanique, ses soixante-douze princes, ses sept millions quatre cent cinquante-neuf mille cent vingt-six diables, divisés en mille cent onze légions de chacune mille six cent six suppôts, dont le médecin du duc de Clèves, Jean Wier, nous donne les noms, de Béhémoth à Cacodoemon, d'Onocentaure à Léviathan, de Pieplat à Asmodée, tous serviteurs de l'Ange des Ténèbres, de l'Esprit Immonde, du Maudit, de l'Ennemi, du Tentateur, du Malin. Le fait expérimental est que des milliers d'êtres humains déclarent qu'ils ont vu ces êtres infrahumains, que saint Bernard, Catherine de Sienne, Martin Luther, Antonin Artaud, Henri Michaux se sont entretenus avec eux, que Crivelli et Bosch, Bellini et Botticelli les ont peints, que d'innombrables sculpteurs les ont taillés dans la pierre, et qu'avant d'être en mesure d'établir une anatomie précise de son propre corps, l'homme avait une notion très détaillée de l'anatomie des êtres fantastiques.

Aussi faut-il corriger (par exemple) la définition de l'art telle que la propose Hegel, qui voit à l'origine de la création artistique le désir, le besoin qu'a l'homme « *de jouir dans la forme des choses de sa propre réalité extériorisée* ». L'homme n'a pas seulement besoin de *jouir* de sa propre réalité intérieure : il exige aussi d'en souffrir. L'art n'est pas toujours une jouissance et un plaisir, il arrive souvent qu'il soit aussi, et surtout, à la fois une douleur et une libération, une souffrance et une catharsis. L'imagination humaine n'est pas seulement vouée à concevoir le meilleur, elle est condamnée aussi à illustrer le pire. L'art n'est pas toujours un agrément, sauf lorsqu'il se définit comme un art d'agrément. On peut dans la littérature d'imagination merveilleuse ou fantastique établir une comptabilité en partie double des nécessités intérieures et des vœux irréalisables que la fiction exauce illusoirement : l'ubiquité, l'invisibilité, l'immortalité, la jeunesse éternelle, le travail et l'effort sans fatigue, le don de se métamorphoser ou de lire dans les pensées, d'asservir les éléments et les objets. Mais à ce catalogue des vœux profonds, Roger Caillois peut opposer un autre catalogue universel, qui est celui des horreurs fascinantes : démon et thèmes du pacte avec le démon, thèmes de l'Âme en Peine, du revenant et du spectre errant, personnification de la mort, bêtes fantastiques, statues ou mannequins soudain doués de la vie, arrêt ou retour éternel du temps, etc. La folle du logis se nourrit aussi avidement d'effrois que de joies, de l'horrible que du paradisiaque. Le rêve angoissant, la peur, le remords, l'ivresse et les états seconds morbides, la superstition et la crainte des châtiments célestes se projettent aussi violemment dans les arts que les aspirations à l'harmonie et au bonheur parfait. Goya n'a pas gravé ses monstres parce qu'il avait besoin d'autre chose que la vérité apparente des formes et des visages, mais parce qu'il était affamé d'une vérité totale, et que la vérité totale de l'homme exige qu'on rende compte aussi bien des spectres qu'enfante le sommeil de sa raison que des créatures de lumière que dévoile la clarté de son intelligence et la chaleur de ses espérances.

Ainsi le siècle des Lumières a beau chercher à chasser du palais les apparitions et les fantasmes : il les exile du salon, mais ils réapparaissent dans les combles. « *Il n'y a qu'une bonne et solide philosophie qui, comme un autre Hercule, puisse exterminer les monstres des erreurs populaires* », déclare Bayle. Les monstres que les Philosophes ont cru exterminer se sont réfugiés dans les recoins d'ombres. *Le Grand Albert* tire à autant d'exemplaires que l'*Encyclopédie*, et *le Traité des Apparitions* de dom Calmet a presque autant de lecteurs que le *Dictionnaire philosophique*. Voltaire a raison de déclarer : « *Ce n'est point du tout une chose rare qu'une personne vivement émue voie ce qui n'est pas* », parce que autour de lui, de son temps, Swedenborg, Martinez et Saint-Martin voient les anges dans les sphères célestes, ou font apparaître les esprits dans des cercles magiques, tandis que du baquet de Mesmer et des poudres magiques de Saint-Germain surgissent des cohortes de génies, de fantômes et de spectres. L'Amérique contemporaine, patrie mécanique et démocratie rationaliste, voit se multiplier les sectes et les petites églises, les films de terreur et les *comic-strips* horrifiques, et le bonhomme Franklin dissimule dans son dos, des sorcières de

Salem au monstre Dracula, comme d'Edgar Poe à Ambrose Bierce, l'armée souterraine de l'irrationnel. Les hommes en général ont faim de sécurité et sont gourmands de peur, ils ont besoin de rêver d'un monde meilleur et de craindre un monde pire, ils veulent espérer, et ils souhaitent frissonner, ils ont besoin que le monde obéisse à des lois et soit régi par un ordre, mais en même temps que ces lois soient parfois suspendues, et cet ordre menacé. On demandait à une femme d'esprit du XVIIIe siècle, Mme du Deffand : « *Croyez-vous aux fantômes ?* » « *Non,* répondit-elle, *mais j'en ai peur.* » L'humanité engendre des dieux plus beaux qu'elle-même, et des Croque-mitaines plus méchants.

Physiologie du démon

Luther jetait son encrier à la tête du diable. Leur encrier jette le diable à la tête de Goya, de Victor Hugo ou d'André Masson. « *Il t'est arrivé,* écrit André Masson, *de sortir du cloaque de l'encre ou de l'acide les démons.* » Mais, à la différence de Luther, les artistes modernes ne sont pas du tout persuadés de l'existence objective et personnelle de ces démons. « *Tu sais,* ajoute Masson, *qu'ils ne relèvent pas de la théologie. Nul docteur démonologue pour se pencher sur le secret signifié par ces créatures hybrides, volontiers obscènes, en proie à quelque mutation cocasse ou blessante.* » De même, Henri Michaux, qui a vu lui aussi le diable, qui l'a tiré de son encrier, de sa gouache ou de ses rêves, sait qu'en voyant le démon il n'a vu qu'un des doubles d'Henri Michaux : « *On a normalement* , dit-il, *un moi correct usant correctement (à peu près) de la personne des autres et de la sienne : de ses appétits, de ses facultés, de ses possibilités, et désirant en user correctement, et d'autre part un moi pervers, mal pensant, féroce observateur, agissant avec perversité, ou y songeant.* » Les démons ne sont que ce second moi, « *mis en personnage, par suite de l'opération involontaire de l'imagination réalisante* ». Satan n'est plus aujourd'hui justiciable de la démonologie, mais de l'anthropologie. Ce n'est plus Psellos, Boguet ou Tritheme, qui nous rendent compte le plus fidèlement de ses agissements, mais Freud, Jung et l'ethnographe. Le Malin n'est plus du ressort de l'auteur du *Theatrum Diabolicum,* mais de celui de la *Psychopathologie de la vie quotidienne.* Avant d'être un espace des arts, le fantastique est une dimension de l'esprit, et toute esthétique du fantastique se fonde sur une psychologie des fantasmes.

Que l'homme soit ambigu, que la conscience soit « *ce qu'elle n'est pas et ne soit pas ce qu'elle est* », on l'avait entrevu avant que Sartre ne le formulât. Pascal le savait déjà, qui définissait *l'entre-deux* de la condition humaine, cet entre-deux grâce auquel « *à mesure qu'on a plus de lumière, on découvre plus de grandeur et de bassesse dans l'homme* ». Mais Montaigne, avant lui, décrivait cet animal divisé, ambigu, déchiré : « *Je n'ai vu monstre et miracle au monde, plus esprès que moi-même.* » Les mythes les plus anciens s'enracinent dans une vision dualiste du cosmos et de la conscience, du macrocosme et du microcosme, des forces extérieures à l'homme et de son jaillissement intérieur.

Freud, qui oscille au début entre une perspective optimiste, parce qu'il croit au pouvoir de la raison, et une vision pessimiste, parce qu'il place le mal à la racine de tous les désirs aveugles de l'être, en vient à fonder à la fois sa théorie et sa thérapeutique sur l'ambivalence de l'esprit humain : « *L'homme*, constate-t-il, *n'est point cet être débonnaire, au cœur assoiffé d'amour, mais au contraire doit porter au compte de ses données instinctives une bonne somme d'agressivité.* » A l'intérieur même des sentiments qui apparaissaient souvent à ses devanciers comme des *corps simples* de la psychologie, Freud révèle l'ambivalence : l'amour est presque toujours tissé d'hostilité et de haine, l'admiration de ressentiment, le respect de révolte. Pour le primitif, estime Freud, « *les esprits et les démons ne sont... que les projections de ses tendances affectives ; il personnifie ces tendances, peuple le monde avec les incarnations ainsi créées et retrouve en dehors de lui ses propres processus psychiques* ».

Il n'y a un art du maléfique, ajouterons-nous, que parce que le Malin lui-même est d'abord un artiste. Le dédoublement que Freud ou Baudelaire, Goya ou Michaux observent en eux-mêmes, est à la racine de la création artistique : l'homme est autre chose que ce qu'il est, et le poète, le comédien, le romancier sont ceux qui tirent parti de ce dédoublement premier pour devenir ce qu'ils ne sont pas en s'accomplissant eux-mêmes.

Il y a art dans la mesure où il y a jeu. Jeu, au sens

technique du terme, parce qu'il y a *du jeu* à l'intérieur de l'âme humaine, parce qu'elle est déchirée par un décalage et des antagonismes toujours latents. Jeu, également, aux sens premiers du mot, action de se divertir, interprétation d'un rôle, etc. L'artiste joue du jeu qu'il pressent en lui, il est celui qui mène le jeu et celui qui est mené par le jeu, il se dédouble et se divise, il est l'auteur et l'interprète, il est celui qui inspire et celui qui est inspiré, l'enchanteur et l'enchanté.

Ce dédoublement vital est d'autant plus sensible dans la création des œuvres d'esprit fantastique. Ni Bosch, ni Goya ne nous ont laissé de confidences sur la genèse du *Jugement dernier* ou des *Caprices*. Mais des artistes plus proches de nous ont éclairé une expérience qui doit être analogue à la leur, quelles que soient les différences de talent ou de génie qui existent entre Bosch et Goya d'une part, Odilon Redon, André Masson et Henri Michaux, d'autre part.

Odilon Redon se fixe pour but d'explorer « *ces vastes perspectives ouvertes à l'imprévu de nos songes* », et nomme « *mes ombres* » les fusains et les lithographies où il tente de restituer ces perspectives. Mais vient un moment de l'œuvre où Redon (auquel on pourrait reprocher précisément d'être trop lucide, calculé et volontaire) a le sentiment d'être *conduit*. Il se sent transporté, ravi, extasié. « *Je subis les tourments de l'imagination* », dit-il. Ce qui naît de sa main lui est dès lors « *bien souvent surprise* ».

De même André Masson, artiste concerté et méditatif, qui sait ce qu'il veut et veut ce qu'il sait, a cédé parfois, explique-t-il, à des poussées intérieures irrésistibles. Il les rejette, aujourd'hui, et les condamne, « *certain qu'il y a plus de ressources dans l'éclair de l'éveil que dans la rumination du songe* », persuadé « *que la volonté de fantasmagorie est, au fond, peu créatrice* ». Mais quand il reparcourt sa route d'autrefois, il se voit livré aux « *associations imprévues* » qui lui sont à lui-même énigme et surprise, révélation et découverte.

Henri Michaux, enfin, se sent habité, rempli, possédé. Il reçoit la visite du « *pervers infini, l'idéal de perversité qu'à son insu tout homme porte en lui, devenu momentanément moi* ». Il écrit : « *En un certain point de l'esprit, semblable à des brisants, est vécu, est vu, est apparitionnel ce qui pour d'autres sera des dessins, ce qui pour moi en ces moments de chaos est surtout signes de survie.*

« *Le passage glissant, effervescent, le passage même de l'être en sa continuation incessamment heurtée, voilà ce qui se dessine alors dans un silence heurté, et que peu après, tant bien que mal, d'une mémoire encore fraîchement gravée, je dessine.*

« *Dans la tempête sans eau, qui parfois en une immense nappe apaisée ondule, des mots apparaissent, balbutiement visionnaire, loques d'un savoir perdu, ou tout nouveau, que l'accident rend aveuglément clairs.*

« *Mots et dessins pareillement sortent du naufrage.* »

Possession et Fantastique

A écouter le témoignage de ceux qui ont créé (ou laissé se créer en eux, et hors d'eux) des mondes fantastiques, il nous apparaît que la première forme d'art fantastique, c'est peut-être ce phénomène psychopathologique qu'on a nommé la possession.

Pendant des siècles la possession d'un être par le démon, ou par des démons, a été l'objet d'un consentement universel, et considéré avec une parfaite simplicité : les juges qui condamnaient les sorcières au feu, et ceux ou celles qu'on brûlait, étaient d'accord sur une définition de la possession. La victime se considérait comme habitée par une force extérieure à elle. Ses bourreaux la retranchaient de la vie pour arracher d'elle l'esprit qui la possédait.

La réaction rationaliste en vint à nier purement et simplement le phénomène lui-même, ou à rendre les armes devant ses manifestations. Voltaire, qui a réponse à tout, refuse de répondre à qui lui dit que le diable l'habite : « *Que répondre à un homme qui roule les yeux, qui tord la bouche, et qui dit qu'il a le diable au corps ? Chacun sent ce qu'il sent.* » On remplaçait un mot par un autre, ce qui donne l'illusion de la science, et quand on avait parlé d'hystérie à la place de possession, on croyait avoir fait un grand pas vers la clarté.

Ce n'est que récemment que ceux qui ont pu étudier, dans les sociétés dites « primitives », les formes encore vivantes de la possession, ont aperçu dans ces phénomènes l'aspect psychologique et esthétique qui permet peut-être d'apporter, non seulement des lumières sur les états seconds auxquels le possédé est en proie, mais aussi sur la démarche intérieure du créateur de formes fantastiques.

Le mot qui vient maintenant à l'esprit des plus sagaces observateurs des formes actuelles de possession, c'est le mot *théâtre*. Le meilleur spécialiste actuel du Vaudou haïtien, Alfred Métraux, intitule une étude sur ce sujet, et quelques autres qui s'y rattachent : « *La Comédie rituelle dans la possession* ». Michel Leiris intitule un ouvrage : « *La Possession et ses aspects théâtraux chez les Éthiopiens de Gondar.* »

L'un et l'autre ethnographes décrivent les mêmes symptômes extérieurs de l'état de possession : somnolence, perte du contrôle du système moteur, convulsions, transes, monologues fébriles, puis réveil, après lequel le possédé prétend n'avoir aucun souvenir de ce qu'il a fait, dit et subi pendant la crise. Mais c'est sur ce dernier point que l'observation permet de mettre en doute l'assertion du possédé, sans pouvoir cependant réduire l'ensemble à une simple simulation, à une supercherie délibérée. Car la possession est, comme la création artistique, « *un état ambigu* ». Ce que veut dire le possédé lorsqu'il affirme ne pas garder mémoire de son expérience, ce n'est pas qu'il en était, et en reste, inconscient, c'est qu'il en est, et en reste, innocent. Ce n'est pas l'ignorance de ce qui lui est arrivé qu'il réclame, c'est l'irresponsabilité. La crise du possédé, éthiopien dominé par le *zar, houngan* haïtien dominé par le *loa, bori* soudanais, etc., est une mise en scène théâtrale qui s'interdit de s'avouer telle. La possession est vécue comme une délivrance, et l'irresponsabilité du possédé revendiquée par lui comme un alibi. « *Il y a dans la plupart des possessions,* observe Métraux, *un élément de comédie qui suggère invinciblement un certain degré de simulation ou tout au moins un élément de délusion volontaire.* » La transe vaudou ou la domination du possédé éthiopien par le *zar* est une imitation volontaire (qui refuse de se reconnaître comme telle) de ces situations psychopathologiques — crises hystériques, hallucinations, etc. — qui sont considérées comme une expérience privilégiée. Ce que le possédé s'autorise, dans le jeu ambigu de la possession, c'est à se délivrer des forces psychiques qui le déchirent, sans se reconnaître responsable de leur déchaînement. Il est celui à qui tout est permis, mais qui est absous d'avance. Ce n'est pas lui qui parle, ce n'est pas lui qui crie, désire, menace, déchire ou frappe : c'est l'esprit tout-puissant. Mais la simulation elle-même ne signifie pas que celui qui la pratique est sceptique, ne croit pas aux esprits. La simulation peut être une façon de retrouver l'état privilégié à la réalité duquel le simulateur croit. C'est le précepte pascalien à son niveau le plus élémentaire : « *Abêtissez-vous.* » L'artiste qui a l'expérience de ce qu'il nomme l'*inspiration,* se met à sa table de travail ou à son chevalet même si l'inspiration n'était pas là au rendez-vous : il simule l'inspiré pour le devenir réellement, il fait les gestes de l'esprit pour que l'esprit pénètre ses gestes.

Hugo, peintre et poète du fantastique

Il est un artiste, créateur parallèlement dans le verbe et dans l'illustration, poète et dessinateur, en qui on retrouve à la fois les phénomènes de dédoublement et de vigilance, de possession et de liberté, de sincérité et de simulation, de défoulement et de contrôle de soi, d'ombre et de lumière qui nous apparaissent dans les confidences de certains peintres ou artistes fantastiques, dans les observations des ethnographes sur les faits de possession et dans les hypothèses de travail des psychanalystes : c'est Victor Hugo.

Dans ses vers comme dans ses lavis et ses dessins à l'encre de Chine, Hugo fait surgir ce que murmure et laisse entrevoir « *la bouche d'ombre* ». Il dessine et fait chanter les monstres de la nuit, les habitants des ruines et les errants de nos ténèbres intérieures, les gnomes de la mer et les apparitions du songe, les grotesques et les larves. Il fait surgir de l'espace la main crispée de l'angoisse et le masque convulsif du sarcasme, il est celui qui dans la nuit prête l'oreille à « *tout ce que Légion par cent voix m'avait dit* », celui qui entrevoit,

... le fantôme et l'effrayant rieur
Et tous les êtres noirs sortis du spectre énorme.

Hugo est le dédoublement fait homme de génie, dédoublé entre l'observateur et le voyant, entre le pur esprit et l'ogre charnel, entre le Jour et la Nuit, dédoublé dans les antithèses de son style et les contradictions de son tempérament. Il a poussé le dédoublement jusqu'à des extrémités proches de cette possession où les ethnographes voient une des comédies vitales que l'esprit se joue à lui-même. De même que dans la cérémonie vaudou le *Houngan* se laisse habiter par le *loa* et profère les paroles que celui-ci lui dicte, de même que le possédé éthiopien n'agit et ne parle que sous la dictée du *zar,* Victor Hugo consent à n'être plus, dans l'interrogation des tables tournantes (qui n'est qu'un immense dialogue de Hugo avec Hugo), que l'interprète de César ou de Shakespeare, du Masque de Fer ou de l'Ombre du Sépulcre, de Bonaparte ou du Christ, la Dame Blanche et le Juif Errant. Mais les vers français que dicte Shakespeare au guéridon sur lequel se penche Hugo, sont des vers de Hugo, les alexandrins qu'improvise Eschyle dans les longues soirées de Marine-Terrace sont des alexandrins de Hugo, Molière, quand il dicte ses inédits à Auguste Vacquerie en présence de Hugo a le ton, le rythme, le vocabulaire et les rimes de Hugo. Mais, de même que les possédés du *loa* vaudou ou du *zar* éthiopien affirment n'être pour rien dans les agissements du génie qui les chevauche, les jugule et les conduit, de même Victor Hugo refuse de croire que les voix de l'ombre soient les voix de sa propre pénombre. « *J'ai toujours discuté avec les esprits,* dit-il, *respectueusement discuté, mais discuté.* » Plus tard, il ne discute plus avec eux, mais il en est effrayé, il ressent devant leurs oracles une « *horreur sacrée* ». Dans ses dessins et ses écrits, il laisse gronder, acteur qui se croit témoin, démiurge qui se pense possédé, bouche qui s'imagine oreille, *les démons dont le chant ressemble à des huées volant dans le tumulte horrible des nuées...*

Comme les séances du rituel vaudou ou abyssin sont la comédie que l'esprit se donne à lui-même avec la foule intérieure qui le divise et le peuple, les séances des tables tournantes de Hugo à Jersey sont la comédie (ou le drame) que Hugo se donne à lui-même avec ses possibles, le dialogue imaginaire de son Moi avec son Ombre. Le Voyant ne voit pas : il *se* voit.

Art psychopathologique et Art fantastique

Cette force intérieure (ou cette faiblesse), ce retour obsédant d'un certain état d'agressivité et de tension, d'angoisse et de volupté, de panique et d'abandon, on n'en pressent pas seulement la présence dans les arts. Cette *chose* innommable, tapie en nous, cette présence sournoise, venimeuse, nous en retrouvons l'ombre portée en étudiant le domaine des rêves, la symbolique du langage usuel, les contes et la littérature populaires, les états psychonévropathiques et les manifestations plastiques de la folie.

Même si on retrouve entre les tableaux de fous, les tableaux de peintres fantastiques et les rêves de chacun des thèmes communs, il serait abusif de réduire l'expression fantastique dans l'art à la folie ou au rêve, de voir dans les tableaux de Bosch des productions psychopathologiques, dans les *Caprices* de Goya des projections de rêves. Dans la création consciente, dans l'expression libre des fous et dans le rêve, il y a une référence à un même contenu latent, à un même fonds intérieur d'images et de sentiments. Mais la même eau peut être captée par le puisatier, par le plombier, ou simplement recueillie à la source dans les mains nues du passant : et, de même que la démarche de celui qui boit l'eau telle qu'elle coule, de celui qui creuse un puits pour la rejoindre, et de celui qui établit des canalisations pour la transporter ne sont pas identiques, de même la passivité du rêveur, la spontanéité du fou et la quête délibérée de l'artiste ne sont pas absolument comparables, même si l'eau qu'elles rapportent des profondeurs est analogue.

Il nous apparaît néanmoins que l'intériorité première des images fantastiques est démontrée par leur retour constant dans des domaines aussi différents que la symbolique du langage, celle des rêves, les fantasmes de la folie, les œuvres d'art volontaires.

Je prendrai quelques exemples de la récurrence d'un même thème dans différents domaines. Il n'est pas inutile de préciser que la réduction des éléments étudiés à une signification symbolique sera ici inévitablement schématique et rapide. Les symboles sont toujours ambigus et polyvalents, ils sont par eux-mêmes indéterminés, ils ne peuvent être profondément compris qu'en les replaçant dans leur situation, dans le contexte qui les éclaire et les détermine. L'imagination symbolique n'est pas une machine-à-traduire, et les opérations qu'elle accomplit ne sont ni linéaires, ni rectilignes : condensation des données, dédoublements, transferts rendent impossible l'établissement d'un lexique des symboles, et téméraire la réduction d'un symbole donné à une seule et simple signification. Le symbole n'est jamais une donnée statique : il faut le saisir dans son mouvement, dans le tissu de correspondances complexes qui le nourrissent, par rapport au passé dont il surgit, aux projets qu'il implique, aux résistances que l'esprit organise devant autrui, devant lui-même. En me référant rapidement à des exemples de contenus analogues, exprimant un symbole commun, et se rapportant à un état intérieur fréquent ou constant, je vais fatalement *simplifier*.

L'état d'esprit qui est exprimé dans le langage quotidien par des expressions comme : *je n'ai plus ma tête à moi, je ne sais plus où donner de la tête, je ne suis pas dans mon assiette, etc.*, s'accentue dans les rêves où le rêveur se voit dédoublé, se regarde être un autre. Nous avons tous présents à la mémoire des rêves de cet ordre. Le Dr Allendy en cite un exemple particulièrement curieux (illustré depuis au cinéma par Ingmar Bergman dans *Les Fraises sauvages*), celui d'un homme qui rêva qu'il assistait à son propre enterrement. Il suivait son cercueil en tirant une sorte de boîte où il savait que se trouvait également son corps, de telle sorte qu'il avait conscience de se trouver simultanément en trois endroits. Le thème du double, le sentiment d'être divisé de soi avec soi se retrouve dans le folklore et la littérature. Le romantisme allemand l'a traité sous cent formes, de l'*Histoire du Reflet perdu,* de Hoffmann, à l'*Homme qui a perdu son ombre,* de Chamisso, du *Radcliff,* d'Henri Heine à *Siebenkas,* de Jean-Paul Richter. On le retrouve dans le *Portrait de Dorian Gray,* de Wilde et dans *le Horla,* de Maupassant. C'est sur la superstition du double ou de l'ombre qu'est basé le jeu populaire commun à de nombreux peuples, qui consiste, pour lire l'avenir de chacun, à projeter sur un mur l'ombre des assistants grâce à une bougie ou à une flamme. Frazer, dans le *Rameau d'Or,* a dressé un impressionnant catalogue des croyances relatives à l'ombre et au dédoublement. Sous la forme la plus nettement manichéenne, le mythe de l'être dédoublé s'incarne dans *Docteur Jekyll and Mr. Hyde,* de R. L. Stevenson. Mais il a des aspects moins terribles : double fraternel tel que l'évoque Alfred de Musset, double gemellaire tel que l'entrevoit Narcisse, double comique des farces et comédies construites sur le quiproquo des Ménechmes, etc. Nous retrouvons le dédoublement sous forme de symptôme dans les cas psychopathologiques, et dans la peinture des malades mentaux comme dans celle des artistes dits « normaux ». La collection de peintures psychopathologiques du Netherne Hospital présente une peinture de schizophrène dédoublé en ange et en bête (l'un et l'autre ayant le même visage humain), typique de cette obsession. Le Dr Mario Yahn, au Brésil, a présenté notamment les œuvres d'un malade atteint de schizophrénie paranoïde, où le visage du malade est multiplié dans l'espace du tableau. On passe sans transition brutale des formes pathologiques de ce thème à ses formes esthétiques : *le Prisonnier*, d'Odilon Redon (1897). Devant cette œuvre de Redon, et devant d'autres de la même inspiration, Émile Bernard s'écriait que cet art était celui d'un pur visionnaire, en proie à une force occulte. En marge de l'article de Bernard, Redon notait sa protestation : « *Je ne suis pas spirite. La plus vive clairvoyance m'est nécessaire à toutes les minutes... Ma volonté est toujours présente.* »

Même récurrence d'un thème, celui de l'œil, du folklore (fables du Cyclope, de l'œil omnivoyant) à la religion (œil de Dieu, œil de la conscience, etc.), de l'art psychopathologique à l'art fantastique « normal ». Le Dr Robert Volmat est frappé par la présence obstinée du motif des yeux dans l'art des malades. On retrouve ce motif dans les tableaux de Chagall et de Max Ernst. L'illustration la plus significative de ce motif est donnée par le tableau de Max Walter Svanberg, *Les filles scellées du soleil*, où le thème du regard se conjugue étroitement avec celui du dédoublement.

Le thème de ce que René de Solier nomme « *l'être hybride* », de la fusion de l'homme avec l'animal, de la contamination de l'être humain par la bête, ou les bêtes, qui sommeillaient en lui, se retrouve constamment aussi bien dans les arts plastiques que dans l'univers intérieur du rêve ou des formes morbides de la sensibilité. C'est peut-être le plus ancien des procédés fantastiques. On croit en trouver des exemples dans l'art pariétal lui-même, où les parois des grottes préhistoriques nous donnent des exemples de personnages humains à tête de renne, de cerf, tels ceux de la grotte des Trois Frères. Mais il est probable qu'il ne s'agit là que de la représentation des danses rituelles totémiques, telles qu'elles se pratiquent encore de nos jours dans les tribus africaines, où les sorciers et les participants se revêtent de masques et de dépouilles d'animaux. En revanche, les mythologies de l'Égypte ancienne, de l'Inde, de la haute Asie nous proposent en abondance des dieux à tête de chacal ou d'éléphant, des taureaux ailés à visage humain, des sphinx au visage de pharaon. La Méditerranée, du Minotaure de la Crète aux Centaures de l'Attique, connaît elle aussi ses êtres hybrides. Jurgis Baltrusaïtis a consacré une vie d'érudit inépuisable à inventorier et étudier les aspects les plus rares et les plus constants du fantastique. Le grand apport de Baltrusaïtis à l'histoire de l'art en général, et à l'évolution du fantastique en particulier, est d'avoir montré que si beaucoup de thèmes fantastiques utilisés par les artistes occidentaux leur viennent de l'Orient, le passage d'une civilisation à l'autre ne se fait pas aussi schématiquement, aussi simplement que l'ont cru certains historiens. Un grand débat, depuis des siècles déjà, oppose les partisans du monogénisme et du diffusionnisme. Est-ce que, par exemple, les monstres hybrides du Moyen Âge flamand *viennent* de l'Orient, ou bien Bosch a-t-il tiré de lui-même des images fantastiques simplement analogues à celles de la Chine ou de la Perse ? Dans son ouvrage sur l'*Art sumérien*, Baltrusaïtis apporte une réponse nuancée et sagace : « *Les contacts extérieurs entre deux univers différents,* écrit-il, *sont précédés par des liens plus intimes, plus secrets et plus profonds qui préparent la pénétration des formes et qui la conditionnent. Il ne suffit donc pas de constater la simple transmission d'images isolées. Ce qui importe surtout, c'est d'établir non seulement les ressemblances extérieures entre deux répertoires artistiques, mais aussi l'analogie et la filiation des procédés qui les ont engendrés.* » Je suis persuadé pour ma part qu'il se transmet et s'échange dans l'histoire de l'art, dans le mouvement des courants internationaux, beaucoup plus de thèmes, de motifs, d'idées et de modèles qu'il n'en germe finalement. On ne *reçoit* vraiment que ce que l'on *cherchait* déjà. L'Orient apportait à l'Occident médiéval bien autre chose que ce que cet Occident a retenu de lui, bien autre chose et bien davantage. Mais les démons venus du « Tartarus » asiatique proliféraient sur un terrain préparé par la méditation de l'Apocalypse et les évocations de l'Enfer chrétien. L'essentiel, ce n'était pas, au départ, que le démon de l'enlumineur français fût inspiré du démon chinois de Long Fon-kong. L'essentiel c'était que l'artiste français et son frère chinois croient tous les deux à l'Enfer et aux démons.

Ainsi, les artistes flamands du XIIe siècle et les peintres chinois du VIIIe se plaisent aussi à inventer des démons à demi animaux, des montres à mi-route entre l'homme et l'animal. Le *Liber floridus* de Gand (1125) est illustré de crocodiles « *du Nyl* » à tête humaine et de diables hybrides. Ce manuscrit, fait remarquer Paul Fierens, est contemporain de la construction de la cathédrale de Tournai, dont les chapiteaux sont peuplés d'une faune hybride d'origine nettement sassanide. Mais ce qui est déterminant, ce n'est pas l'*influence* de la Perse sur la Flandre, c'est l'état d'esprit commun de l'enlumineur ou du tailleur de pierre flamand et de leurs confrères d'Asie.

Les maladies mentales constituent ce *révélateur* qui nous permet de prendre conscience des virtualités et des constantes dissimulées de l'esprit. L'homme changé en bête, l'animal sous la peau duquel s'abrite un être humain, l'être hybride, le monstre des bestiaires du Moyen Âge, des mythologies antiques, des tableaux de Breughel et de Bosch, des tableaux d'Ensor et de Labisse, n'est pas un jeu de l'imagination. Le thème de la déshumanisation tient une place très importante dans la pensée morbide. Le Dr Robert Volmat rapproche les divers processus de *bestialisation* connus en psychopathologie des archétypes célèbres de la fable : les compagnons d'Ulysse transformés en pourceaux, les princes transformés en crapaud, en chien, en poisson par une fée ou par un djinn, les métamorphoses de Jupiter, etc. « *On ne peut pas étudier un mythe,* écrit-il, *sans tomber sur des métamorphoses, c'est la matière même de la mythologie, comme des rêves, comme de l'art pathologique et du délire.* » Les œuvres de schizophrènes montrent fréquemment les métamorphoses de l'homme en animal. Dans les collections médicales on trouve des dizaines d'exemples de transformation du visage (celui-ci glissant vers le singe, le porc, le rat, etc.), d'animaux à tête d'homme ou de femme, de monstres à têtes humaines et animales multiples, d'hommes à tête d'animaux, etc. Parfois, sans qu'il y ait identification ni métamorphose, l'animal est, soit par sa forme, soit par sa dimension, le monstre archétype, dont la vie plonge l'être humain dans l'effroi. Le fantastique ici peut être simplement une question d'*échelle :* un homme de taille normale affronté à un chat géant, ou bien, comme dans le roman de Conan Doyle *le Monde perdu*, un homme d'aujourd'hui égaré dans le monde des plésiosaures, dinosaures et ptérodactyles. Le fantastique se manifeste aussi (et peut-être surtout) dans la création du *monstre* proprement dit, dragon, tarasque, barathre, sphinx, griffon, harpies, scapiodes, etc. Jung donne de nombreux exemples d'apparitions de tels monstres dans les rêves. Pourquoi l'imagination onirique ne se contente-t-elle pas d'animaux réels, qui peuvent être également effrayants ou insolites ? Parce que, répond Jung, « *seul un animal particulièrement compliqué et irréel pouvait exprimer un élément psychique étranger lui aussi à la réalité concrète* ».

Les tableaux de malades exercent la plupart du temps ce que le Dr Volmat nomme une *fonction psychopompe*. Un patient atteint d'une psychose paranoïde explique qu'il a dessiné un sphinx pour « pomper » les fantasmes qu'il a dans la tête. Le Dr Benedict Nagler analyse le cas d'un schizophrène qui, après avoir fixé sur la toile l'animal qui le poursuivait hallucinatoirement, fut grandement soulagé. Le peintre suédois Carl Frederik Hill, que le Dr Blanche soigna, produisit au cours de sa maladie une œuvre abondante. Il se défendait des « démons muldivisibles » dont il était hanté par des formules d'exorcisme et par un rituel dont sa production picturale était un élément essentiel.

Une thématique complète du fantastique nous ferait rencontrer encore dans l'art, en psychopathologie et dans les rêves, les thèmes du monstre à vaincre, du dragon, celui du serpent, etc. Il n'est pas nécessaire de rappeler le très grand nombre des œuvres plastiques inspirées par ce thème, son importance en mythologie, en poésie, en psychanalyse.

Une observation, plus inattendue peut-être, permettra d'établir les mêmes corrélations en se limitant à un facteur chromatique. En effet, un musée idéal de l'art fantastique en peinture montrerait sans aucun doute un nombre très considérable de tableaux à dominante rouge. Des brasiers infernaux des apocalypses au rougeoiement des toiles de Breughel et de Bosch, jusqu'aux nuages sanglants de la toile d'Edvard Munch intitulée *Le Cri*, le rouge est souvent la couleur emblématique, non seulement de la colère et de la haine, mais aussi de cette colère de la nature, de cette haine intérieure qui s'expriment dans le fantastique. Freud a constaté que le rouge est la couleur de la virilité, de l'agressivité, de la guerre. On a constaté que dans les ateliers de photographie où les employés travaillent à la lumière rouge, les querelles sont plus fréquentes qu'ailleurs, l'irritabilité plus répandue. Nous avons tous l'expérience de rêves baignés d'une lumière rougeâtre, qui sont précisément des rêves angoissants, des cauchemars. La signification mythologique du rouge, les expériences sur la lumière infrarouge et l'action accélérante qu'elle exerce sur les phénomènes de germination et de nutrition, tout se recoupe pour établir que la symbolique des couleurs, les rêves de Rimbaud, les « correspondances » naïves de l'astrologie, ne sont pas à rejeter d'emblée, et sans examen. Il y a un phénomène réel, qui fait du rouge une couleur privilégiée du climat fantastique.

Miroir du Fantastique

Dans le miroir de l'art, l'homme se voit donc, et il ne se voit pas seulement exaucé dans ses nostalgies et rédimé de ses faiblesses, mais aussi grimaçant comme les bêtes, dans la convulsion du cauchemar ou la fascination immobile de la terreur. La réalisation intérieure ou en image de nos désirs ne suffit pas à nous donner l'allègement de la liberté et à nous soulager de l'angoisse. Si dans l'espace illusoire du rêve, ou dans l'espace imaginaire de la fiction ou des arts plastiques, le rêve agréable, l'œuvre d'art merveilleuse, le conte de fées ou l'imagerie fabuleuse de la joie correspondent à la réalisation des désirs et des aspirations que nous nous avouons et dont nous admettons la valeur, en revanche le cauchemar, le merveilleux maléfique, le fantastique noir correspondent à la réalisation d'un désir qui avait été refoulé et censuré par la conscience, que celle-ci avait jugé coupable. Il n'est peut-être pas impossible de prolonger le parallèle établi par Freud entre le rêve normal et le cauchemar, et d'en déduire les différences entre ce que nous nommerons, pour plus de commodité, le merveilleux et le fantastique : « *Alors qu'on peut dire du rêve infantile qu'il est la réalisation franche d'un désir admis et avancé, et du rêve réformé ordinaire, qu'il est la réalisation* voilée *d'un désir refoulé, le cauchemar, lui, ne peut être défini que comme la réalisation* franche *d'un désir repoussé. L'angoisse est une indication que le désir repoussé s'est montré plus fort que la censure, qu'il s'est réalisé ou était en train de se réaliser malgré la censure... Le sentiment d'angoisse qu'on éprouve ainsi dans le rêve est, si l'on veut, l'angoisse devant la force de ces désirs qu'on avait réussi à réprimer jusqu'alors.* »

Le merveilleux, cela peut être, par exemple, certaines gravures de Neuville et Riou pour *Vingt mille lieues sous les mers*, de Jules Verne, ou le *Paysage aux oiseaux jaunes*, de Paul Klee (1923), ou du même, la *Féerie de poissons* de 1925. Les illustrateurs de Jules Verne, comme Klee, ne réalisent ici que des désirs « *admis et avancés* », des désirs que nous avons tous, le rêve de nous replonger, mais cette fois-ci libres, dominateurs, autonomes, dans l'étendue salée des eaux premières, de l'eau mère, de l'océan générateur, « *the sea my nursing mother* », dont parle Swinburne, « *mother more dear than love's own longing* ». Et si les gravures où l'on voit des hommes scaphandriers arpenter délicieusement les jardins océaniques, découvrir les villes submergées, chasser du fond de l'eau, avec leurs fusils électriques, les albatros qui volent dans le ciel, si ces gravures nous donnent un sentiment de plaisir et de liberté, de même que les oiseaux jaunes de Klee dans leur décor de fond aquatique, de même que ses poissons et son petit bonhomme également baignés dans le même bleu magique de l'eau profonde, c'est parce que nous n'avons jamais associé l'idée d'un jugement moral, d'une valeur éthique à la nostalgie de l'ubiquité, au beau songe d'être un homme dans l'eau heureux comme un poisson dans l'eau. Nous n'avons pas à nous punir d'avoir souhaité marcher au fond des océans comme nous marchons à la surface de la terre, parce que *cela n'est pas mal*.

Mais le fantastique, c'est-à-dire l'inquiétude sourde, l'angoisse ou la terreur surgissent avec le sentiment du *ce n'est pas bien*, avec la notion de condamnation ou d'autocondamnation, de reproche ou d'autoreproche. Le fantastique est étroitement lié à la notion de mal, de péché, d'interdit. Il n'est pas mal d'aller et venir librement au fond des eaux, mais il est mal d'imaginer le corps d'autrui écartelé, tourmenté, déchiré et foulé, et les images médiévales de la Géhenne d'Enfer ne sont pas fantastiques seulement par ce qu'elles réalisent d'impossible, mais par ce qu'elles incarnent de réel. Les imagiers des séjours infernaux, de l'Enfer des *Très Riches Heures de Chantilly* à celui du chartreux flamand, Denys de Ryckel, ne nous communiquent pas impassiblement une décision de Dieu, qui a jugé que les pécheurs seront brûlés à petit feu, tenaillés et éternellement suppliciés. Ce qui rend leurs représentations de l'Enfer à la fois convaincantes et troublantes, gênantes et angoissantes, c'est la connivence qu'on y devine entre les décrets du Seigneur et les instincts les plus bas de l'artiste. Dieu punit parce qu'Il est la Loi, mais l'artiste ne décrit si bien la punition que parce qu'il est homme, et qu'il y a en tout homme un bourreau qui sommeille. Le fantastique c'est d'abord ce qui est défendu, ou la menace de ce qui est défendu. Le lieu privilégié du fantastique est cette ligne de partage des eaux, ce front où pèsent l'une contre l'autre les armées intérieures qui se disputent notre possession et la victoire. Le fantastique est le domaine de l'hybride, de l'homme investi par les animaux qui en lui-même l'arrachent à lui-même, le territoire des confins, de cette lisière entre la nuit et le crépuscule, entre chien et loup, où la partie n'est jamais jouée entre ce qui nous menace et ce qui nous exalte, entre ce qui nous obsède et ce qui nous libère. Le fantastique implique l'idée de limite, parce que les forces fantastiques sont celles qui peuvent transgresser les limites. Il y a des limites qu'on ne se hasarde à franchir qu'au prix d'une démesure qui peut être un orgueil coupable, et c'est de cela qu'est châtié Icare précipité par Breughel dans la mer, tandis que le paisible laboureur continue d'avancer dans le sillon têtu. Mais il y a aussi des limites dont celui qui les dépasse sait que leur transgression est un péché ou un crime.

Le Fantastique et la Mort

Il n'est d'art que de la séduction et de la fascination. Parce que l'art est cette part de l'activité humaine donnée à l'inutile, il est aussi, par conséquent, cette part de nous qui révèle ce qui nous importe. Le pain quotidien nous est nécessaire, mais la poésie nous est indispensable. La chasse, l'élevage, la pêche, le travail sont nécessaires, mais la culture de certaines émotions est indispensable. Les hommes se distinguent par leurs activités pratiques, et se ressemblent par leurs luxes spirituels. Parmi ces luxes, le moins singulier n'est certainement pas le luxe du fantastique : que l'horrible nous soit séduisant, que la chute nous semble attirante, que la terreur nous trouve consentants, que la douleur nous rencontre fascinés, ce n'est pas la moindre énigme de la vie humaine.

La seule hypothèse de travail qui permette en fin de compte de comprendre l'existence d'un art fantastique, c'est-à-dire d'un plaisir de l'horreur, c'est celle de l'existence du mal, d'une duplicité de l'esprit telle que Freud a pu écrire : « *La psychanalyse fait-elle autre chose que confirmer la vieille maxime de Platon que les bons sont ceux qui se contentent de rêver ce que les autres, les méchants, font en réalité.* » Mais, précisément, dans leurs formes les plus hautes comme dans leurs formes les plus vulgaires, de la peinture surréaliste de Brauner, Svanferg ou Matta aux films d'horreur fabriqués à la grosse, des contes fantastiques très savants d'un Jorge Luis Borges ou d'un André Pieyre de Mandiargues aux fables sidérales de la science-fiction ou au fantastique sanglant de la *Série noire,* ce que prouve l'existence des arts fantastiques, ce n'est pas simplement que les hommes sont mauvais, c'est aussi qu'ils s'efforcent de ne pas l'être. La vogue de Frankenstein ou de la Bête venue d'ailleurs ne prouve pas simplement que les hommes ont peur d'eux-mêmes, mais qu'ils ont peur d'en avoir peur, et honte de cette peur. Les moralistes superficiels accusent les romans de meurtre et de sadisme d'inciter leurs lecteurs à l'assassinat et de les inciter à la cruauté : mais la plupart des amateurs de Mickey Spillane ou de Dominique ne lisent pas *Crève-la avant qu'elle gueule* ou *le Gorille rentre dans le tas* parce qu'ils ont envie de tuer et de faire saigner, mais pour n'avoir pas à tuer et à faire saigner, pour se passer cette envie. La vogue du conte et de l'art fantastiques au XIXe siècle, des peintures de William Blake aux romans de Maturin, des gravures de Gustave Doré aux contes de Charles Nodier, accompagne le plus étonnant développement des techniques rationnelles et des sciences expérimentales, comme aujourd'hui l'appétit de merveilleux et la soif de fantastique coïncident avec le développement prodigieux de l'industrie et de la science, des pouvoirs de l'esprit et des pouvoirs de la main sur le monde. Les arts fantastiques nous font comprendre à la fois que l'homme possède en lui un instinct de destruction et de mort, et l'instinct de réfréner cet instinct. Les hommes ressentent de la peur devant ce qui hors d'eux les menace, mais ils ressentent de l'angoisse en pressentant ce qui, en eux, menace. Les arts fantastiques constituent une tentative permanente pour détourner, canaliser, sublimer ou exorciser cette force en nous qui nous exècre et qui nous nie. Ils sont une ruse de la vie pour tromper notre mort.

CONCLUSION

C'est l'inépuisable diversité des hommes et le retour obstiné de certaines constances de cette nature humaine, la nature de l'être à demi animal et à demi démiurge, que nous retrouvons dans les œuvres façonnées par les générations d'habitants de la Terre pour se rendre propices leurs divinités, orner la demeure de leurs souverains, louer le seul Dieu ou se donner le plaisir des plaisirs, l'utile inutilité de l'art. Mais au fur et à mesure que la planète sur laquelle campait ici et là l'humanité, si faible encore, devient en totalité sa propriété, que « *le temps du monde fini commence* » (Paul Valéry) et que le marché mondial prévu par Marx devient une réalité, la récurrence de ces constantes dans les civilisations perd de sa signification. Quand deux civilisations qui s'ignorent totalement réinventent simultanément le baroquisme des formes, ou qu'on peut sans abus de terme parler du classicisme de l'architcture de Palladio et du classicisme de l'architecture japonaise à la période de Muromachi, l'entreprise que nous avons poursuivie dans cet ouvrage, une enquête sur les concordances entre cultures séparées, et les répétitions de peuple à peuple quand ceux-ci s'ignorent, a encore un sens. Mais l'établissement de communications régulières, le développement des échanges et la diffusion des influences modifient radicalement la perspective. On peut évidemment parler d'arts romantiques qui se développent de l'Allemagne à la France, de l'Angleterre au Portugal et de l'Amérique aux Colonies occidentales de l'hémisphère austral. Mais il y a là diffusion, influences directes, imitation, contagion, et non plus ces résurgences spontanées qui donnèrent son intérêt au parallèle entre la sculpture du temps de Helebid en Inde et les sculptures de la cathédrale de Tolède. La copie d'un modèle, c'est tout autre chose que cet air de famille étonnant entre des peuples qui avaient peu ou pas de contacts, et autorisait à parler d'un *baroque* universel. Peut-on parler d'art abstrait à propos des arts que les interdits religieux de l'islam contraignaient à proscrire la figuration humaine ? Peut-on en parler à propos d'arts décoratifs annexes qui n'eurent jamais le statut d'arts majeurs ? L'abstraction en art est un phénomène relativement récent. Il a été répandu par l'apparition sur le « marché mondial » d'un phénomène ignoré ou limité par les sociétés préindustrielles, la mode culturelle. Il n'y a plus de murailles de Chine ni de *terræ incognitæ,* mais seulement les épaisseurs abolies du Mur de Berlin ou la ligne du 18e parallèle, et ces *no man's land* qui s'établirent entre des belligérants au repos ou des nations que sépara un rideau de fer.

Nous ne retrouverons plus jamais l'innocence absolue des cultures se développant sur des continents sans aucune relation entre eux, et dont l'historien s'étonne que les convergences et les « répétitions » soient cependant plus nombreuses encore que les divergences et les contrastes. L'art des Cyclades invente des figures analogues à celles que le Japon façonne à Haniwa, et les têtes à lampe Chang de la Chine archaïque font écho aux masques des statues sacrées mexicaines, à des milliers de kilomètres et d'années de là. Les corridors secrets du monde archaïque ou antique étaient parcourus par un courant magique, c'est-à-dire humain, qui reliait l'Amérique précolombienne à la Grèce archaïque, la Grèce archaïque à l'Iran d'Amlach et l'Iran à l'Afrique : peuples qui s'ignoraient, mais se *reconnaissaient* souvent sans le savoir et se *ressemblaient* parfois sans y songer. Quand les murailles sont abattues, les océans ouverts et les frontières transparentes, les arts ne s'inspirent plus de la « nature humaine » jamais définissable mais toujours reconnaissable. Ils peuvent désormais *copier sur le voisin* — et ne s'en priveront pas. Mais les âges d'avant la Grande Communication Planétaire nous ont appris un secret qu'il faut garder précieusement : les hommes ne se ressemblent jamais, ne se répètent pas, mais disent souvent la même chose.

I. Arts baroques 9
II. Arts classiques 107
III. Arts fantastiques 211
Conclusion 295

DU MÊME AUTEUR

Aux Éditions Gallimard
(sauf indication contraire)

Poésie

LE POÈTE MINEUR, 1949.

UN SEUL POÈME, 1955.

POÉSIES, dans la collection de poche Poésie/Gallimard, 1970.

ENFANTASQUES, poèmes et collages, 1974.

NOUVELLES ENFANTASQUES, poèmes et collages, 1978.

SAIS-TU SI NOUS SOMMES ENCORE LOIN DE LA MER ? épopée cosmogonique, géologique, hydraulique, philosophique et pratique, en douze chants et en vers, 1979, Collection Poésie/Gallimard, 1983.

À LA LISIÈRE DU TEMPS, 1984.

LE VOYAGE D'AUTOMNE, 1987.

LE NOIR DE L'AUBE, 1990.

Romans

LA NUIT EST LE MANTEAU DES PAUVRES, 1949.

LE SOLEIL SUR LA TERRE, 1956.

LE MALHEUR D'AIMER (Collection Folio, 1974), 1958.

LÉONE, ET LES SIENS, 1963.

LA DÉROBÉE, 1968.

LA TRAVERSÉE DU PONT DES ARTS (Collection Folio, 1983), 1979.

L'AMI LOINTAIN, 1987.

Documentaires

CLEFS POUR L'AMÉRIQUE, 1949.

CLEFS POUR LA CHINE, 1953.

LE JOURNAL DES VOYAGES, 1960.

SUR LA CHINE, 1979.

LA FRANCE DE PROFIL, 1952 (La Guilde du Livre).

LA CHINE DANS UN MIROIR, 1953 (La Guilde du Livre).

Descriptions critiques

DESCRIPTIONS CRITIQUES, 1950.

LE COMMERCE DES CLASSIQUES, 1953.

L'AMOUR DE LA PEINTURE, 1955 (Folio essais, 1987).

L'AMOUR DU THÉÂTRE, 1956.

LA MAIN HEUREUSE, 1957.

L'HOMME EN QUESTION, 1960.

LES SOLEILS DU ROMANTISME, 1974.

LIRE MARIVAUX, 1947 (À la Baconnière).

ARAGON, 1945 (Éd. Seghers).

SUPERVIELLE, 1964 (Éd. Seghers).

STENDHAL PAR LUI-MÊME, 1952 (Le Seuil).

JEAN VILAR, 1968 (Éd. Seghers).

Essais

DÉFENSE DE LA LITTÉRATURE, 1968.

TEMPS VARIABLE AVEC ÉCLAIRCIES, 1985.

Autobiographies

MOI JE, 1969 (Collection Folio, 1978).

NOUS, 1972 (Collection Folio, 1980).

SOMME TOUTE, 1976 (Collection Folio, 1982).

PERMIS DE SÉJOUR, 1977-1982, 1983.

LES CHERCHEURS DE DIEUX, 1981.

L'ÉTONNEMENT DU VOYAGEUR, 1987-1989, 1990.

LE RIVAGE DES JOURS, 1990-1991, 1992.

Théâtre

LE CHARIOT DE TERRE CUITE, 1969 (Le Manteau d'Arlequin, Théâtre français et du Monde entier, 1988).

Journal

LA FLEUR DU TEMPS 1983-1987 (Collection Folio, 2388), 1988.

En collaboration avec Anne Philipe

GÉRARD PHILIPE, 1960.

Livres d'enfants

LA FAMILLE QUATRE CENTS COUPS, texte et collages, 1954 (Club Français du Livre).

C'EST LE BOUQUET. *Illustrations d'Alain Le Foll,* 1964 (Delpire) (Collection Folio-Cadet, 1980).

LA MAISON QUI S'ENVOLE. *Illustrations de Georges Lemoine* (Collection Folio-Junior, 1977).

PROVERBES PAR TOUS LES BOUTS. *Illustrations de Joëlle Bonché* (Collection Enfantimages, 1980).

LE CHAT QUI PARLAIT MALGRÉ LUI. *Illustrations de Willi Glasauer* (Collection Folio-Junior, 1982).

LES ANIMAUX TRÈS SAGACES. *Illustrations de Georges Lemoine* (Collection Folio-Cadet, 1983).

CLAUDE ROY UN POÈTE (Collection Folio-Junior en poésie, 1985).

LES COUPS EN DESSOUS. *Illustrations de Jacqueline Duhême* (Collection Folio-Cadet, 1987).

DÉSIRÉ BIENVENU. *Illustrations de Georges Lemoine* (Collection Folio-Junior, 1989).

COUR DE RÉCRÉATION. *Illustrations de Georges Lemoine* (Collection Folio-Cadet, 1991).

DANS LA COLLECTION FOLIO/ESSAIS

25 Gaston Bachelard : *La psychanalyse du feu.*
26 Ilya Prigogine et Isabelle Stengers : *La nouvelle alliance (Métamorphose de la science).*
27 Henri Laborit : *La nouvelle grille.*
28 Philippe Sollers : *Théorie des Exceptions.*
29 Julio Cortázar : *Entretiens avec Omar Prego.*
30 Sigmund Freud : *Métapsychologie.*
31 Annie Le Brun : *Les châteaux de la subversion.*
32 Friedrich Nietzsche : *La naissance de la tragédie.*
33 Raymond Aron : *Dix-huit leçons sur la société industrielle.*
34 Noël Burch : *Une praxis du cinéma.*
35 Jean Baudrillard : *La société de consommation (ses mythes, ses structures).*
36 Paul-Louis Mignon : *Le théâtre au XXe siècle.*
37 Simone de Beauvoir : *Le deuxième sexe,* tome I *(Les faits et les mythes).*
38 Simone de Beauvoir : *Le deuxième sexe,* tome II *(L'expérience vécue).*
39 Henry Corbin : *Histoire de la philosophie islamique.*
40 Étiemble : *Confucius (Maître K'ong, de — 551 (?) à 1985).*
41 Albert Camus : *L'envers et l'endroit.*
42 George Steiner : *Dans le château de Barbe-Bleue (Notes pour une redéfinition de la culture).*
43 Régis Debray : *Le pouvoir intellectuel en France.*
44 Jean-Paul Aron : *Les modernes.*

45 Raymond Bellour : *Henri Michaux.*
46 C.G. Jung : *Dialectique du Moi et de l'inconscient.*
47 Jean-Paul Sartre : *L'imaginaire (Psychologie phénoménologique de l'imagination).*
48 Maurice Blanchot : *Le livre à venir.*
49 Claude Hagège : *L'homme de paroles (Contribution linguistique aux sciences humaines).*
50 Alvin Toffler : *Le choc du futur.*
51 Georges Dumézil : *Entretiens avec Didier Eribon.*
52 Antonin Artaud : *Les Tarahumaras.*
53 Cioran : *Histoire et utopie.*
54 Sigmund Freud : *Sigmund Freud présenté par lui-même.*
55 Catherine Kintzler : *Condorcet (L'instruction publique et la naissance du citoyen).*
56 Roger Caillois : *Le mythe et l'homme.*
57 Panaït Istrati : *Vers l'autre flamme (Après seize mois dans l'U.R.S.S.-Confession pour vaincus).*
58 Claude Lévi-Strauss : *Race et histoire* (suivi de *L'œuvre de Claude Lévi-Strauss* par Jean Pouillon).
59 Michel de Certeau : *Histoire et psychanalyse entre science et fiction.*
60 Vladimir Jankélévitch et Béatrice Berlowitz : *Quelque part dans l'inachevé.*
61 Jean-Noël Schifano : *Désir d'Italie.*
62 Élie Faure : *Histoire de l'art,* tome I : *L'art antique.*
63 Élie Faure : *Histoire de l'art,* tome II : *L'art médiéval.*
64 Élie Faure : *Histoire de l'art,* tome III : *L'art renaissant.*
65 Élie Faure : *Histoire de l'art,* tome IV : *L'art moderne,* 1.
66 Élie Faure : *Histoire de l'art,* tome V : *L'art moderne,* 2.
67 Daniel Guérin : *L'anarchisme (De la doctrine à la pratique),* suivi de *Anarchisme et marxisme.*
68 Marcel Proust : *Contre Sainte-Beuve.*
69 Raymond Aron : *Démocratie et totalitarisme.*
70 Friedrich Nietzsche : *Par-delà bien et mal (Prélude d'une philosophie de l'avenir).*
71 Jean Piaget : *Six études de psychologie.*

72 Wassily Kandinsky : *Du spirituel dans l'art, et dans la peinture en particulier.*
74 Henri Laborit : *Biologie et structure.*
75 Claude Roy : *L'amour de la peinture (Rembrandt Goya Picasso).*
76 Nathalie Sarraute : *L'ère du soupçon (Essais sur le roman).*
77 Friedrich Nietzsche : *Humain, trop humain (Un livre pour esprits libres),* tome I.
78 Friedrich Nietzsche : *Humain, trop humain (Un livre pour esprits libres),* tome II.
79 Cioran : *Syllogismes de l'amertume.*
80 Cioran : *De l'inconvénient d'être né.*
81 Jean Baudrillard : *De la séduction.*
82 Mircea Eliade : *Le sacré et le profane.*
83 Platon : *Le Banquet (ou De l'amour).*
84 Roger Caillois : *L'homme et le sacré.*
85 Margaret Mead : *L'un et l'autre sexe.*
86 Alain Finkielkraut : *La sagesse de l'amour.*
87 Michel Butor : *Histoire extraordinaire (Essai sur un rêve de Baudelaire).*
88 Friedrich Nietzsche : *Crépuscule des idoles (ou Comment philosopher à coups de marteau).*
89 Maurice Blanchot : *L'espace littéraire.*
90 C. G. Jung : *Essai d'exploration de l'inconscient.*
91 Jean Piaget : *Psychologie et pédagogie.*
92 René Zazzo : *Où en est la psychologie de l'enfant ?*
93 Sigmund Freud : *L'inquiétante étrangeté* et autres essais.
94 Sören Kierkegaard : *Traité du désespoir.*
95 Oulipo : *La littérature potentielle (Créations Re-créations Récréations).*
96 Alvin Toffler : *La Troisième Vague.*
97 Lanza del Vasto : *Technique de la non-violence.*
98 Thierry Maulnier : *Racine.*
99 Paul Bénichou : *Morales du grand siècle.*
100 Mircea Eliade : *Aspects du mythe.*
101 Luc Ferry et Alain Renaut : *La pensée 68 (Essai sur l'anti-humanisme contemporain).*
102 Saúl Yurkievich : *Littérature latino-américaine : traces et trajets.*

103 Carlos Castaneda : *Le voyage à Ixtlan (Les leçons de don Juan).*
104 Jean Piaget : *Où va l'éducation.*
105 Jean-Paul Sartre : *Baudelaire.*
106 Paul Valéry : *Regards sur le monde actuel* et autres essais.
107 Francis Ponge : *Méthodes.*
108 Czeslaw Milosz : *La pensée captive (Essai sur les logocraties populaires).*
109 Oulipo : *Atlas de littérature potentielle.*
110 Marguerite Yourcenar : *Sous bénéfice d'inventaire.*
111 Frédéric Vitoux : *Louis-Ferdinand Céline (Misère et parole).*
112 Pascal Bonafoux : *Van Gogh par Vincent.*
113 Hannah Arendt : *La crise de la culture (Huit exercices de pensée politique).*
114 Paul Valéry : « *Mon Faust* ».
115 François Châtelet : *Platon.*
116 Annie Cohen-Solal : *Sartre (1905-1980).*
117 Alain Finkielkraut : *La défaite de la pensée.*
118 Maurice Merleau-Ponty : *Éloge de la philosophie* et autres essais.
119 Friedrich Nietzsche : *Aurore (Pensées sur les préjugés moraux).*
120 Mircea Eliade : *Le mythe de l'éternel retour (Archétypes et répétition).*
121 Gilles Lipovetsky : *L'ère du vide (Essai sur l'individualisme contemporain).*
123 Julia Kristeva : *Soleil noir (Dépression et mélancolie).*
124 Sören Kierkegaard : *Le Journal du séducteur.*
125 Bertrand Russell : *Science et religion.*
126 Sigmund Freud : *Nouvelles conférences d'introduction à la psychanalyse.*
128 Mircea Eliade : *Mythes, rêves et mystères.*
131 Georges Mounin : *Avez-vous lu Char ?*
132 Paul Gauguin : *Oviri (Écrits d'un sauvage).*
133 Emmanuel Kant : *Critique de la raison pratique.*
134 Emmanuel Kant : *Critique de la faculté de juger.*
135 Jean-Jacques Rousseau : *Essai sur l'origine des lan-*

gues (où il est parlé de la mélodie et de l'imitation musicale).
137 Friedrich Nietzsche : *L'Antéchrist* suivi de *Ecce Homo.*
138 Gilles Cohen-Tannoudji et Michel Spiro : *La matière-espace-temps (La logique des particules élémentaires).*
139 Marcel Roncayolo : *La ville et ses territoires.*
140 Friedrich Nietzsche : *La philosophie à l'époque tragique des Grecs,* suivi de *Sur l'avenir de nos établissements d'enseignement.*
141 Simone Weil : *L'enracinement (Prélude à une déclaration des devoirs envers l'être humain).*
142 John Stuart Mill : *De la liberté.*
143 Jacques Réda : *L'improviste (Une lecture du jazz).*
144 Hegel : *Leçons sur l'histoire de la philosophie I.*
145 Emmanuel Kant : *Critique de la raison pure.*
146 Michel de Certeau : *L'invention du quotidien (1. arts de faire).*
147 Jean Paulhan : *Les fleurs de Tarbes ou la Terreur dans les lettres.*
148 Georges Bataille : *La littérature et le mal.*
149 Edward Sapir : *Linguistique.*
150 Alain : *Éléments de philosophie.*
151 Hegel : *Leçons sur l'histoire de la philosophie II.*
152 Collectif : *Les écoles présocratiques* (Édition établie par Jean-Paul Dumont).
153 D. H. Kahnweiler : *Juan Gris : Sa vie, son œuvre, ses écrits.*
154 André Pichot : *La naissance de la science (1. Mésopotamie, Égypte).*
155 André Pichot : *La naissance de la science (2. Grèce présocratique).*
156 Julia Kristeva : *Étrangers à nous-mêmes.*
157 Niels Bohr : *Physique atomique et connaissance humaine.*
158 Descartes : *Discours de la méthode* suivi de *La Dioptrique.*
159 Max Brod : *Franz Kafka (Souvenirs et documents).*
160 Trinh Xuan Thuan : *La mélodie secrète (Et l'homme créa l'univers).*

161 Isabelle Stengers, Judith Schlanger : *Les concepts scientifiques (Invention et pouvoir).*
162 Jean Dubuffet : *L'homme du commun à l'ouvrage.*
163 Ionesco : *Notes et contre-notes.*
164 Mircea Eliade : *La nostalgie des origines (Méthodologie et histoire des religions).*
165 Philippe Sollers : *Improvisations.*
166 Ernst Jünger : *Approches, drogues et ivresse.*
167 Severo Sarduy : *Barroco.*
168 Wassily Kandinsky : *Point et ligne sur plan.*
169 Friedrich Nietzsche : *Le cas Wagner* suivi de *Nietzsche contre Wagner.*
170 Gilles Lipovetsky : *L'empire de l'éphémère (La mode et son destin dans les sociétés modernes).*
171 Louis Hjelmslev : *Le langage.*
172 Jean Servier : *Histoire de l'utopie.*
173 Pierre Cabanne : *Le siècle de Picasso (1. La naissance du cubisme, 1881-1912).*
174 Pierre Cabanne : *Le siècle de Picasso (2. L'époque des métamorphoses, 1912-1937).*
175 Marguerite Yourcenar : *Le temps, ce grand sculpteur.*
176 Élie Faure : *Histoire de l'art (L'Esprit des formes I).*
177 Élie Faure : *Histoire de l'art (L'Esprit des formes II).*
178 J.M.G. Le Clézio : *Le rêve mexicain.*
179 Collectif : *Introduction aux sciences cognitives.*
180 Oscar Wilde : *De Profundis.*
181 Sigmund Freud : *Le délire et les rêves dans la* Gradiva *de W. Jensen* précédé de *Gradiva fantaisie pompéienne* par Wilhelm Jensen.
182 George Steiner : *Les Antigones.*
184 Roger Caillois : *Les jeux et les hommes (Le masque et le vertige).*
185 Pierre Cabanne : *Le siècle de Picasso (3. Guernica et la guerre, 1937-1955).*
186 Pierre Cabanne : *Le siècle de Picasso (4. La gloire et la solitude, 1955-1973).*
187 Georges Rouault : *Sur l'art et sur la vie.*
188 Michel Leiris : *Brisées.*
189 Bernard Pingaud : *Les anneaux du manège (Écriture et littérature).*

190 Ludwig Wittgenstein : *Leçons et conversations* suivies de *Conférence sur l'Éthique.*
191 Friedrich Nietzsche : *Considérations inactuelles I et II.*
192 Jean-Paul Sartre : *Un théâtre de situations.*
193 Primo Levi : *Le métier des autres (Notes pour une redéfinition de la culture).*
194 André Breton : *Point du Jour.*
195 Paul Valéry : *Introduction à la méthode de Léonard de Vinci.*
196 Mircea Eliade : *Initiation, rites, sociétés secrètes. Naissances mystiques. Essai sur quelques types d'initiation.*
198 Jorge Luis Borges : *Enquêtes* suivi de Georges Charbonnier, *Entretiens avec Jorge Luis Borges.*
199 Michel Serres : *Le Tiers-Instruit.*
200 Michel Leiris : *Zébrage.*
201 Sigmund Freud : *Le mot d'esprit et sa relation à l'inconscient.*
202 Sainte-Beuve : *Pour la critique.*
203 Yves Bonnefoy : *L'improbable* et autres essais.
204 Hubert Dreyfus et Paul Rabinow : *Michel Foucault (Un parcours philosophique).*
205 Michel Foucault : *Raymond Roussel.*
206 Friedrich Nietzsche : *Considérations inactuelles III et IV.*

200 Michel Leiris : *Brisées.*

Impression Bussière à Saint-Amand (Cher),
le 10 novembre 1992.
Dépôt légal : novembre 1992.
Numéro d'imprimeur : 2815.
ISBN 2-07-032733-7/Imprimé en France.